VAMP IN LOVE

Saison 2

KIMBERLY RAYE

VAMP IN LOVE

Saison 2

Traduit de l'anglais (États-Unis)
par Christine Barbaste

Fleuve Noir

Titre original :
Dead and Dateless

This translation published by arrangement with
Ballantine Books, an imprint of Random House Publishing Group,
a division of Random House, Inc.

ISBN 978-2-265-08760-6

Pour Sue Groff,
ma belle-mère qui adore les histoires de vampires.
Vous êtes formidable.

1

— Il me faut un homme, a déclaré la séduisante brune assise en face de moi, dans mon bureau.

Viola Hamilton avait des yeux noirs comme le jais et des lèvres peintes de Rêve Écarlate de Chanel. Vêtue d'un tailleur-pantalon Gucci noir, elle arborait à son poignet gracile une montre Cartier dont le bracelet, serti de diamants, scintillait de mille feux.

Viola était la dernière cliente en date à avoir poussé la porte des locaux – exigus, certes, mais décorés avec un goût exquis – de ma petite et jeune entreprise : Vamp'n'Love, la toute première (et seule en son genre) agence de rencontres de Manhattan dédiée aux vampires. Et aux humains. Et à toute autre créature en mesure de payer mes honoraires – qui ne sont pas donnés, mais pas volés non plus.

Je me présente : comtesse Lilliana Arabella Guinevere du Marchette – rassurez-vous, tout le monde m'appelle Lil. En plus d'être désormais une figure incontournable de la scène matrimoniale de Manhattan, je suis une vampirette héréditaire de cinq cents ans, dotée d'une garde-robe en perpétuelle expansion et sérieusement *addict* aux cosmétiques.

D'accord, *d'accord* : je suis une vampirette héréditaire de cinq cents ans dotée d'une garde-robe en perpétuelle expansion, sérieusement *addict* aux cosmétiques *et* avec tellement de traites impayées sur sa carte Visa que cela suffirait à éponger la dette d'un pays du tiers-monde.

Mais assez parlé de moi et de ma personnalité naturellement exceptionnelle.

— Plus précisément, il m'en faut vingt-sept, a repris Viola. Beaux gosses, grands, gaillards et intelligents. Humains, de préférence. Mais dans la mesure où il ne reste que quinze jours avant la pleine lune, je suis disposée à négocier sur ce dernier point.

Viola présidait la section locale de la SPA – la Société des Prédatrices À poil – dont les membres, adeptes du naturisme, se recrutent exclusivement parmi les loups-garous du sexe féminin. Ces garelles se réunissaient chaque semaine chez Viola, dans sa propriété de Fairfield, Connecticut.

C'est également à cause de Viola que mon père, le week-end précédent, avait manqué s'autodécapiter avec une paire de cisailles. Mon cher papa, que les haies touffues et luxuriantes indisposent presque autant que les garelles, met un point d'honneur à élaguer diligemment les azalées qui séparent sa propriété de celle de Viola. Abhorrant pour sa part les végétations chétives et rases *et* les vampires héréditaires snobs et prétentieux, Viola était bien résolue à ne pas déposer les armes.

En ce qui me concerne, j'accueille tout le monde à bras ouverts et l'esprit tout autant, et je suis toujours prête à compléter un bordereau de dépôt à l'intention de ma banque.

Un grand sourire a illuminé mon visage tandis que je convertissais mentalement ces vingt-sept mâles (humains, de préférence) en traites de crédit en souffrance.

— Donc, vous pouvez m'aider ?

— Ça dépend, me suis-je entendue répondre.

Hé, minute ! Viola pouvait casquer, je le savais. J'aurais dû crier un « Oui ! » enthousiaste. Après tout, je suis une vampire héréditaire : le terme politiquement correct pour suceuse de sang aristo et inconséquente, péroreuse et âpre au gain.

— Ça dépend de quoi ?

— De l'usage que vous comptez en faire.

Bon, d'accord – je ne suis pas politiquement correcte au sens strict du terme. Naturellement, à l'instar de n'importe quel autre antique vampire de la haute, je ne suis jamais la dernière à pontifier. Je suis sans nul doute âpre au gain, et pour ce qui est de sucer le sang, je venais justement – moi qui suis désormais abonnée au sang pasteurisé et conditionné en bouteille – de faire une rechute quelques semaines plus tôt (un pieu m'avait transpercé l'épaule et un vampire converti mégadélicieux du nom de Ty Bonner m'avait aidée à me requinquer). Je suis également une aristocrate (liée à la famille royale française et tout le tremblement). Dans le tableau, c'est la part d'inconséquence qui me chiffonne.

— Je dirige une agence de rencontres, ai-je poursuivi. Je suis entremetteuse. Pas traiteur à domicile.

Viola a souri et découvert une rangée de dents étincelantes à l'alignement irréprochable.

— Nous n'allons pas les manger, très chère ! Simplement coucher avec eux. (Elle a écrasé sa cigarette dans le cendrier en cristal posé au coin de mon bureau.) Et procréer. Chez les loups-garous, voyez-vous, les femmes n'ovulent que lors d'une éclipse lunaire. Nous ne jouissons donc que d'un seul créneau de conception par an – deux, dans le meilleur des cas – mais parfois, comme l'an passé, nous n'en avons aucun. Dans la mesure où c'est nous, les femmes, qui sommes porteuses du gène de la race, nous pouvons nous accoupler avec une créature de n'importe quelle autre espèce et néanmoins donner naissance à un bébé loup-garou. Cependant, mes consœurs de la SPA et moi-même jugeons qu'il en va de notre responsabilité sociale de veiller à la pureté de notre sang : voilà pourquoi nous préférons nous accoupler avec des humains. Ainsi, nous n'avons pas à redouter que des gènes superflus d'une autre créature se mêlent aux nôtres.

Tout ça, je le savais déjà. Par ouï-dire, il va de soi, car jusqu'à une date récente, je n'avais jamais discuté avec une garelle : la vampirette en vue et branchée que je suis aujourd'hui a été élevée dans un environnement très protégé, et la plupart de mes copines étaient elles aussi des vamps héréditaires. Naturellement, parce que j'ai bénéficié de l'excellente éducation qui sied à mes congénères, j'ai étudié dans mon jeune âge la reproduction des diverses races. Mais Jacques, mon sérénissime précepteur vampire, ne s'était guère étendu sur le sujet (les autres créatures n'étaient pas dignes d'occuper notre précieux temps). Aussi, entendre ces informations (détails à l'appui) de la bouche de Viola, c'était tout autre chose. Viola, elle, savait de quoi elle parlait.

— Comment la race peut-elle rester pure si vous vous accouplez avec un humain ? ai-je demandé.

Ma belle cliente m'a considérée d'un air qui semblait dire : *Allons, revenez sur terre.*

— Enfin, très chère, ce sont des *humains*. Notre ADN est évidemment supérieur. Leurs gènes sont loin de faire le poids, et il en résulte un pur bébé loup-garou.

Évidemment.

— Un loup-garou ne serait-il pas néanmoins le partenaire idéal ? Une double dose d'ADN loup-garou, ça ne peut pas nuire, n'est-ce pas ?

— Vous connaissez vingt-sept loups-garous disponibles, vous ?

— Euh... Là, tout de suite, non.

— Moi non plus. Notre sororité compte cinquante-deux membres, dont la moitié a déjà un compagnon et n'a pas besoin de vos services. Je m'adresse à vous de la part de mes consœurs célibataires, celles qui sont sans attache, et plus toutes jeunes. À la différence de vous autres, les vamps, notre créneau de procréation est étroit. Cinquante ans, pour être exacte. Avoir un couteau sous la gorge rend toujours moins regardante… Par ailleurs, le loup-garou est d'un naturel autoritaire, dominateur et il a un comportement extrêmement territorial. Si jamais vous mettez au monde son enfant, *bam !* vous le retrouvez à pisser sur tous les buissons de votre jardin. Je n'y verrais rien à redire si j'avais trouvé un géniteur à ma convenance, mais ce n'est pas le cas et je doute fort de le trouver dans les quinze prochains jours.

— Pourquoi ne pas s'adresser tout simplement à une banque de sperme ?

— Notre système reproductif requiert un déluge de stimuli et l'ovulation est tributaire de l'acte sexuel. Or, une poire en caoutchouc, très chère, on ne peut pas l'embrasser, ni la caresser ni la mordiller.

— Je vois le problème.

— En matière de partenaire humain, nous n'avons qu'une exigence, incontournable : nous ne voulons pas de mauviettes. Ces types sensibles, équilibrés, aux petits soins et tout acquis à la parité qui font fureur de nos jours – on oublie. Ce qu'il nous faut, ce sont des hommes à l'ancienne, des mâles dominants, qui aiment le corps à corps. Nous autres garelles, sommes des femmes très offensives, et les mauviettes ne nous stimulent pas sexuellement. Or, plus nous sommes excitées, plus nous avons de chance de concevoir.

— Uniquement des mâles dominants. Pigé.

— Merveilleux ! a conclu Viola en ouvrant son réticule Christian Dior. Je vous rédige un chèque pour la première moitié des honoraires. La seconde payable une fois que tout le monde est casé ?

— Oui, c'est le règlement de Vamp'n'Love.

Ou du moins, ça le devenait en cet instant. En général, je demande un tiers d'avance, mais si Viola insistait pour régler la moitié d'entrée de jeu, qui étais-je pour pinailler sur des détails ?

Accommodante. Tel était mon mot d'ordre – en ce moment du moins – le deuxième étant *shopping jusqu'à ce que mort s'ensuive.*

À l'instant où j'allais tendre la main et dire adieu aux factures du mois, l'interphone a sonné.

— Lil ? a grésillé la voix d'Evie.

Evie Dalton est mon assistante dévouée. Elle sait choisir ses ceintures comme personne, le tout dernier gloss de Mac est sa raison de vivre et elle est capable de repérer une contrefaçon Fendi à vingt mètres. Si j'étais une humaine lesbienne (et non pas une vampirette bien née, hétérosexuelle et tarabustée par son horloge biologique), je l'épouserais sur-le-champ.

— Lil, je sais que tu es avec une cliente, mais pourrais-tu venir un instant ?

— Une seconde, ai-je répondu en refermant les doigts sur le chèque de la garelle.

— C'est très important.

— Ça aussi, ai-je dit en contemplant la somme à cinq chiffres.

Il ne s'agissait certes pas de mon plus grand fantasme devenu réalité (moi + le méga délicieux Ty Bonner + ce ravissant petit ensemble La Perla que j'avais repéré = rêve suprême), mais c'était à coup sûr une manne tombée du ciel pour un petit chef d'entreprise qui tirait le diable par la queue.

— Il y a ici des euh… messieurs qui souhaitent te parler, a insisté Evie.

— Si Brad Pitt n'est pas parmi eux, ils attendront. (J'ai souri à Viola, j'ai rangé son chèque dans le tiroir et je me suis tournée vers mon ordinateur portable.) Je vais vous imprimer un reçu et…

— Ils n'ont pas l'air du genre patient, a ajouté Evie.

— Eh bien, ils feront une exception ! ai-je tranché en coupant l'interphone.

Qui s'est remis à sonner et à clignoter aussitôt, mais cette fois, j'ai fait la sourde oreille.

— Ça nous fait donc une commande de vingt-sept partenaires, ai-je récapitulé tout en pianotant sur le clavier.

— Dominants, a complété Viola. Ils doivent impérativement bouillonner de testostérone.

— Vingt-sept partenaires dominants et bouillonnant de testostérone, me suis-je reprise. Au tarif usuel, plus un supplément pour la prestation 4**** Express. Et un supplément additionnel pour la distribution exclusive « Mâles Alfa » et…

— Vous ne pouvez pas entrer ! a protesté Evie d'une voix suraiguë.

Dans la seconde qui a suivi, la porte de mon bureau s'est ouverte brusquement et une demi-douzaine d'hommes – fagotés dans de vilains costumes bon marché, et qui ne ressemblaient pas, même de loin, à Brad Pitt – ont fait irruption dans la pièce.

— Lilliana Marchette ? a demandé, en se plantant devant mon bureau, un type à l'air hagard.

Celui-là portait un costume en polyester bleu marine, et la cravate à rayures noires et jaunes la plus moche qu'il m'avait jamais été donné de voir.

— Elle n'est pas là ! a crié Evie, cramponnée des deux mains au chambranle de la porte pour éviter d'être emportée par ce raz-de-marée de costards. Elle est partie de bonne heure ! Cette élégante jeune femme est son assistante. Parce que *si* elle n'était pas son assistante, elle serait dans un gros pétrin, a-t-elle ajouté en m'implorant du regard.

— Gros comment ? ai-je lancé tandis que mes yeux faisaient la navette de l'intrus en face de moi à mon assistante affolée.

— Plaide le cinquième amendement ! a bafouillé Evie, juste avant que deux des envahisseurs ne réussissent à détacher ses mains du chambranle pour la renvoyer à la réception.

Je me suis levée d'un bond.

— Que se passe-t-il ?

— Nous allons vous demander de nous suivre, a déclaré Cravate noire et jaune tout en brandissant un badge argenté.

Il a fait signe à deux de ses hommes, qui se sont empressés d'écarter Viola de leur chemin pour contourner le bureau et se poster derrière moi.

Badges. Menottes. Flics.

Les pièces du puzzle commençaient à s'assembler, et la panique m'a assaillie.

— Non ! Vous ne pouvez pas faire ça ! ai-je protesté en me tortillant pour échapper au type (avec une cravate bleu marine et rouge, celui-là) qui avançait la main vers moi. Je ne voulais pas cabosser ce distributeur de sodas ! J'essayais juste de récupérer ma monnaie et…

— Un distributeur de sodas cabossé ? Je ne suis pas au courant.

— La convocation à un jury ! ai-je bafouillé tout en déroulant dans ma tête la liste de mes délits. J'avais l'intention de me manifester mais mon téléphone portable est tombé en panne et je n'aime pas utiliser mon téléphone professionnel pour autre chose que…

— Qui parle de convocation à un jury ?

— Je n'avais pas l'intention d'emporter cette serviette du club de gym, je vous le jure ! Elle s'est mélangée par hasard à mes vêtements de rechange.

— Il ne s'agit pas de ça non plus.

— Ce chauffeur de taxi m'a certifié que ce n'était pas un problème si je n'avais pas assez de liquide pour payer la totalité de la course…

— Une autre supposition ?

J'ai aperçu un miroitement métallique. Cravate noire et jaune venait de sortir une paire de menottes. Il les a ouvertes d'un mouvement sec, pendant que deux acolytes bataillaient pour immobiliser mes bras – ce qui n'était pas gagné, compte tenu de ma force surnaturelle et du fait que je souffre d'une allergie sévère au polyester.

— Mais alors... Qu'est-ce que j'ai fait ? (Les menottes ont glissé sur mes poignets et on m'a obligée à contourner le bureau.) Parce que, quoi que ce soit, je ne recommencerai pas. Si je mens, je vais en...

— Prison ? a hasardé l'inspecteur.

Là, je n'ai rien trouvé à répondre.

— Je vous demande pardon ?

— Vous êtes inculpée de meurtre, mademoiselle. De *meurtre*.

2

Tandis qu'on me remorquait contre mon gré sur mon tapis persan (un cadeau des Ninas, mes deux meilleures amies) en direction de la porte, les paroles du flic ont commencé à faire sens.

— Mais…

— Vous avez le droit de garder le silence, a récité un des types en costard quelque part à ma gauche. Tout ce que vous direz pourra être retenu contre vous dans un tribunal…

— Attendez !

— … droit de faire appel à un avocat…

— Mais je n'ai rien fait ! ai-je protesté à tue-tête en me débattant comme un beau diable. Jamais, de toute ma vie, je n'ai nui à une autre créature ! Bon, à l'occasion, j'en ai fait voir de toutes les couleurs à princesse Annabelle, c'est vrai. Mais uniquement parce qu'elle l'avait cherché. Franchement, c'est une garce finie et à l'époque, elle faisait du gringue à mon petit ami, mais les Ninas m'ont retenue à temps, et elle n'a pas perdu une seule goutte de sang !

— … pas les moyens d'en payer un, un avocat vous sera commis d'office.

— S'il vous plaît ! (Je me suis arc-boutée et mes talons de huit centimètres ont raclé le plancher de la réception aussi bruyamment que des clous sur un tableau noir.) Je n'ai pas… Je ne pouvais pas… Je n'aurais jamais…

— … compris ces droits tels qu'ils viennent de vous être lus ?

— Non ! ai-je beuglé tandis qu'on me poussait sur le trottoir.

— Vous n'avez pas compris ?

— Si, j'ai compris, mais…

— Alors, tout va bien.

Tout va bien ? Ce type était dingue, ou quoi ? Oh, attendez. Oui, évidemment qu'il l'était. Moi, buter quelqu'un ? Impossible. J'ai la réputation de ne pas toujours mâcher mes mots face aux imbéciles (cf. *supra*, ma confession à propos de princesse Annabelle) mais ce léger travers mis à part, je suis une citoyenne modèle. Je paie mes factures en temps et en heure (enfin, plus ou moins). Je fais l'aumône aux sans-abri. Je laisse même des gens me doubler dans la queue au Starbucks (certes, ce n'est arrivé qu'une seule fois, et uniquement parce que le resquilleur portait un tee-shirt Gucci à tomber par terre que je voulais examiner de plus près, mais doubler, c'est doubler).

Un meurtre ? Moi ?

— Non, tout ne va pas bien ! ai-je protesté tandis qu'on me menait sans ménagement vers la voiture de police garée le long du trottoir. Ça ne va pas bien du tout ! Ça va même très mal !

Et je me refusais à penser à l'état de mes talons après m'être fait remorquer de la sorte.

— Pour hacher quelqu'un en petits morceaux et le transformer en hamburger, il faut en effet que ça aille très mal.

Beurk !

— Bon, et maintenant, on avance ! s'est impatienté un des types.

Très franchement, j'ai toujours eu *mucho* respect pour les policiers new-yorkais qui, chaque jour, doivent lutter avec des criminels sans posséder des pouvoirs de Super Vamp (du moins pour la plupart d'entre eux). Aussi, loin de moi l'idée de leur compliquer la tâche par une résistance acharnée, un concert de hurlements, des chapelets d'insultes, ou encore un coup de genou bien senti là où je pense.

Enfin… celle que je suis en temps normal – saine d'esprit, bien éduquée, dotée d'un solide bon sens et d'un goût pour la retenue – n'aurait jamais fait une chose pareille. Mais pour une vampirette désespérée, déboussolée, sur le point d'être jetée dans une voiture de police et conduite en *prison* pour avoir transformé un pauvre bougre en steak haché, c'était chacun pour soi – et l'adage vaut aussi pour les vamps.

J'ai plié la jambe, et mis en plein dans le mille.

— Ouch !

L'armoire à glace qui m'empoignait le bras a lâché prise pour se protéger l'entrejambe de ses deux mains. Il s'est plié en deux, puis s'est laissé tomber à genoux.

Un battement de paupières plus tard (de ma part, car franchement, le spectacle de la douleur et la souffrance m'indisposent), j'avais infligé le même traitement à un autre type, à un troisième, et encore à un quatrième.

Que voulez-vous ? Je ne supporte pas l'idée de me retrouver sous les verrous pour un délit que je n'ai pas commis. Et surtout : je déteste l'orange pétard (ou quelle que soit la couleur de la saison au pénitencier de Riker's Island) et les pantoufles ringardes.

Personne n'a eu le temps de reprendre son souffle, et encore moins de comprendre ce qui se passait que déjà je rompais mes menottes en jouant de la force de mes bras. Puis j'ai tournoyé sur moi-même et j'ai détalé, en courant aussi vite que le permettaient mes jambes de créature surnaturelle.

Je n'ai ralenti que six blocs plus loin, pour m'engouffrer dans une ruelle entre une épicerie vietnamienne et un marchand de pizzas et me laisser glisser contre le mur de brique.

Les vampires héréditaires sont-ils sujets aux crises cardiaques ? me suis-je demandé en entendant ma respiration saccadée. Si aucun cas n'avait été recensé dans la longue, très longue histoire de ma race (qui remonte bien avant Napoléon), on ne pouvait cependant pas négliger les douleurs de poitrine dont avait souffert ma grand-tante LaRue quelques années plus tôt. Cela étant, il était avéré que mon aïeule – qui s'était amourachée de son avocat (Ricardo, un type sublime) – avait simplement contracté une mauvaise angine. Contrainte de renoncer à des mets épicés, elle avait viré Ricardo et embauché à sa place un végétarien, Scott. Et le problème avait été résolu. En d'autres termes, aussi emballé que soit mon cœur, l'infarctus n'était pas pour aujourd'hui – sauf si les flics réussissaient à me rattraper et me taclaient dans un assaut collectif et musclé.

Passant outre la puanteur de légumes pourris et de sauce tomate de la veille, je me suis enfoncée dans la ruelle en m'interdisant de songer à l'état épouvantable dans lequel devaient être mes chaussures – une paire de sandales Constança Basto dénichée la semaine précédente pour une bouchée de pain. Quant au sort funeste qu'avait connu mon bracelet – un jonc en bois agrémenté de breloques en perles, que les flics m'avaient arraché avant de me passer les menottes – j'aurais tout le temps pour déplorer sa perte lorsque la police ne serait plus à *ça* de me traîner au trou.

J'ai pris une profonde inspiration – non par nécessité, mais parce que, à force de vivre parmi les humains et de me mélanger à eux, c'est devenu une sorte de réflexe – et j'ai réfléchi intensément au moyen de me sortir de cet enfer sur-le-champ.

Presque aussitôt, j'ai senti des fourmillements dans les bras, des vibrations le long des jambes. Toutes mes terminaisons nerveuses semblaient fredonner. Une onde de chaleur est remontée de mes orteils et s'est propagée dans tout le corps, jusqu'à ce que le rouge me vienne aux joues.

Je sais, je sais – on croirait presque que je décris un orgasme. Mais croyez-moi, c'était loin d'en être un. Sauf en ce qui concerne les vibrations dans les jambes. Et peut-être les joues empourprées. Et peut-être aussi cette onde de chaleur… *STOP ! Ne pense pas à ça !*

Cela dit, il y avait si longtemps que je n'avais pas eu un bon gros O (plus d'un siècle avec un vrai partenaire), que ma mémoire était peut-être un peu rouillée.

J'ai soupiré. Une fois, deux fois. Trois fois – hé, *un siècle*, tout de même ! Une soudaine vague de découragement m'a submergée. Mon existence se résumait à une non-vie sentimentale, à un appartement microscopique, à une jeune et petite entreprise qui arrivait tout juste à l'équilibre. Certes, j'avais des cheveux sublimes et une couleur au top de la tendance (un châtain délicieusement ensoleillé de mèches miel), mais qu'était une chevelure dans le grand schéma de l'univers ?

La sirène d'une voiture de police qui fonçait dans une des rues voisines m'a tirée en sursaut de cette rêverie cafardeuse. La panique a déferlé en moi. J'ai fermé les yeux et je me suis concentrée très fort.

Immédiatement, j'ai eu la sensation d'être aussi légère qu'une plume (eh oui ! la métamorphose a ses petits avantages annexes) et un battement d'ailes bruyant s'est superposé au martèlement frénétique de mon cœur. J'ai quitté la ruelle aussi vite que le permettaient mes minuscules ailes roses. (Oui, je sais, la plupart des chauves-souris sont noires, mais le noir c'est trop… Trop noir, trop triste, et ce n'est *pas du tout* ma couleur.)

Si besoin était, c'était là une preuve supplémentaire de ma panique. En temps normal, jamais je n'aurais pris le risque d'être démasquée (et de causer l'extermination de mon peuple) en me métamorphosant en chauve-souris rose, certes ravissante mais archivoyante.

Mais j'étais libre et en train de mettre le maximum de distance entre moi et cette sombre histoire de steak haché (beurk !). Or pour l'instant, c'est tout ce qui importait.

Les pigeons voyageurs ne sont pas les seuls à assurer quand il s'agit de trouver le chemin de la maison. En moins d'une minute, j'étais rendue au pied de la mienne, dans l'Upper East Side, dans la ruelle malodorante qui longeait l'arrière de mon immeuble. Après avoir enduré quelques autres fourmillements et picotements, j'ai été en mesure de gravir précipitamment les marches de mon perron – pieds nus. Je maîtrise la technique des métamorphoses aussi bien que n'importe quel vamp lambda, mais quand je suis nerveuse (ou recherchée pour meurtre), j'ai tendance à égarer un ou deux trucs en route : ce soir-là, ce sont mes chaussures et une bague d'orteil vraiment démente que j'avais achetée à SoHo qui en ont fait les frais.

J'ai pianoté le code et je me suis engouffrée dans le hall. L'immeuble en question était un ancien hôtel particulier réagencé en appartements, occupés pour la plupart par des cadres d'entreprise célibataires ou par des personnes âgées. Il n'y avait que deux couples (les Griffith au rez-de-chaussée, et les Shank au second) et aucun n'ayant d'enfant, les nuisances sonores restaient dans les limites du raisonnable et se limitaient à CNN, aux jeux télévisés – ponctués de temps à autre d'un « Ta mère me rend chèvre ! »

Ce soir-là, cependant, à en croire les éclats de voix que j'ai surpris tout en filant vers l'ascenseur, la mère de Mac Griffith était particulièrement en forme et elle ensevelissait vive sa belle-fille sous de grandes pelletées d'ordures. Après une ascension interminable, je suis enfin arrivée devant ma porte, d'où j'ai entendu – sans avoir besoin de tendre l'oreille – que mon voisin de palier regardait *The O'Reilly Factor* tandis que la vieille Mrs Janske, à l'étage en dessous, se divertissait devant une rediffusion de *Greg le millionnaire*. Mrs Janske, une veuve, avait emménagé la semaine précédente avec une armada de chats et au moins trois volatiles.

Tandis que je déverrouillais ma porte, mes narines se sont dilatées et j'ai humé un parfum qui évoquait... une armada de chats, trois volatiles et une pleine malle de boules antimites.

J'ai noté dans un coin de ma tête d'aller sonner chez ma voisine pour me présenter, un jour où je ne serais pas poursuivie pour meurtre. Je n'aime pas particulièrement les animaux domestiques, mais j'ai un faible pour une garde-robe bien entretenue.

Dire que mon appartement était petit tenait du doux euphémisme. Comparé à la somptueuse demeure de mes parents dans le Connecticut, ou même à leur penthouse de Park Avenue, il était assez exigu.

Pour être honnête, il était minuscule comparé à la plupart des autres appartements de Manhattan, et de l'ensemble du monde d'ailleurs. Cependant, en dépit de sa superficie médiocre, il offrait un salon et une salle à manger séparés en plus d'une cuisine, d'une salle de bains et d'une chambre. Soit cinq micropièces, mais équipées de stores blindés, et qui étaient tout à moi – en d'autres termes, qui m'évitaient d'avoir mes parents dans les pattes jour après jour.

Non que je ne les aime pas, attention. Mais ce sont mes parents et, comme le veut la tradition, ils m'exaspèrent – ou plutôt était-ce le cas jusqu'à ce que je déménage.

Une lampe était restée allumée sur la petite table que j'avais réussi à coincer en bout du canapé. Sitôt que j'ai eu refermé la porte, j'ai filé dans ma chambre, où je me serais volontiers enfouie sous les couvertures du lit king-size qui occupait la majeure partie de la pièce, histoire de pleurer un bon coup.

Pleurer ?

Les vampires ne pleurent pas – du moins pas en public. En outre, selon mes estimations et dans le meilleur des cas, je disposais de cinq minutes (le temps moyen d'une course en taxi entre mon appartement et le QG de Vamp'n'Love) avant que les flics ne débarquent. Ça ne m'aurait pas laissé le temps de répandre beaucoup de larmes. Le plus urgent, c'était... C'était... Comment savoir ?

Jamais, de toute mon existence, je n'avais eu maille à partir avec la police. (Exception faite lors de ce petit incident, quelques années plus tôt, à Mardi Gras. Mais très franchement, loin de moi l'*intention* d'exhiber mes seins sous le nez de ce flic ! Ils avaient jailli de leur propre initiative lorsque j'avais grimpé sur les épaules de Nina I pour empoigner à pleines mains ce collier de perles – et je n'en dirais pas davantage.)

Et maintenant, j'étais recherchée pour *meurtre.*

Qui ? Quand ? Où ? Et quel était le profil de la victime ? Une bête de mode ? Ou une fille mal fagotée qui aurait été bien inspirée de s'adresser à une conseillère vestimentaire ? Je l'ignorais. Je savais juste que la police n'allait pas tarder à débarquer. Pour m'arrêter – *moi.* J'entendais des hurlements de sirènes qui se rapprochaient de seconde en seconde.

Mon instinct de survie a pris les commandes, et j'ai fait ce qu'aurait fait n'importe quelle vampirette traquée par les autorités mais néanmoins soucieuse de son image : je me suis ruée vers mon placard pour changer de chaussures.

Bon, *d'accord* – tant qu'à faire, j'en ai aussi profité pour me changer tout court. En plus d'être chiffonnés, mon chemisier et ma minijupe en jean étaient imprégnés de la puanteur de la ruelle et, surtout, ils juraient à mort avec les bottes en lézard et daim Sergio Rossi que je venais d'enfiler. Mais, franchement, j'ai été super rapide. Pour dire : j'ai même réussi à transférer la moitié du contenu du placard dans deux valises, à remplir un vanity de maquillage et à ne pas oublier ce collier en strass absolument dément avant d'entendre un crissement de pneus devant l'immeuble.

Des portières ont claqué. Des bruits de pas ont martelé les marches du perron.

J'ai empoigné mon oreiller et remorqué tout mon barda jusque devant la fenêtre. J'ai remonté le store, mais quand j'ai voulu ouvrir, le châssis a refusé de bouger d'un iota. Vous parlez d'un danger de mort en cas d'incendie ! J'allais soustraire dix pour cent du loyer du mois prochain, c'est sûr. Quinze, peut-être…

J'ai laissé tomber tout net mes calculs lorsque j'ai entendu la cabine de l'ascenseur s'ouvrir avec un tintement feutré à mon étage. J'ai rassemblé ma force surnaturelle, et poussé sur la fenêtre. Le bois a craqué, s'est fendillé, et le châssis tout entier s'est démantelé entre mes mains manucurées.

Bon, j'allais probablement devoir me contenter d'une ristourne de cinq pour cent.

J'ai entendu des piétinements sur le palier. La poignée a tourné et la porte s'est ébranlée à l'instant précis où j'enjambais l'appui de fenêtre. J'ai contemplé la ruelle sombre et déserte en contrebas, et j'ai hésité.

Je sais – je suis une vamp, une dure à cuire, etc. Mais je suis également une vamp dure à cuire gâtée et douillette, qui n'a pas pour habitude de plonger dans des ruelles sombres pour sauver sa peau. En outre, j'étais perchée sur neuf centimètres de talons aiguilles. On conviendra que ce n'est pas l'idéal pour exécuter un saut de l'ange.

— Allez-y !

L'ordre, donné par une voix grave, a précédé d'un quart de seconde l'impact d'un truc vraiment très gros contre ma porte d'entrée. J'ai entendu le bois craquer et les gonds céder.

J'ai rassemblé mon barda, j'ai fermé les yeux et j'ai sauté.

J'ai atterri dans un fracas de tous les diables, qui s'est propagé en écho dans mes oreilles et m'a terrifiée presque autant que le « Je la vois ! » qui a tonné quelques étages au-dessus.

Presque.

Un bref regard vers l'entrée de la ruelle, côté rue, et j'ai foncé dans la direction opposée, vers une palissade haute de trois mètres. J'ai franchi l'obstacle d'un bond survitaminé et j'ai passé la vitesse On-se-tire-d'ici-dare-dare.

Quelques secondes de course effrénée plus tard et deux ou trois blocs plus loin, j'ai fourré mes affaires à l'arrière d'un taxi, avant de grimper à mon tour.

Le chauffeur a daigné m'accorder un regard par rétroviseur interposé. Il avait une vingtaine d'années, des cheveux blonds attachés en queue de cheval, une chemise à fleurs et la mine du type qui s'ennuie ferme.

— On va où ?

J'ai serré plus étroitement mon oreiller, comme s'il était une bouée de sauvetage.

— Dans le Connecticut. Et je suis très, très pressée.

Le type a regardé l'oreiller et fait un grand sourire.

— Un rendez-vous avec votre chéri ?

Si seulement.

— Non, un rendez-vous professionnel. (Le chauffeur a fixé l'oreiller un instant de plus, avant de me lancer un regard entendu. J'ai froncé les sourcils. Les sirènes hurlaient à quelques rues de nous et mon cœur battait de plus en plus vite.) On peut y aller ? *Tout de suite ?*

J'ai croisé son regard dans le rétroviseur et j'ai vu jaillir des profondeurs brunes de ses yeux une étincelle d'approbation. D'attirance. De désir.

Bingo ! Soudain empressé de me satisfaire, il a démarré et s'est glissé dans la circulation.

— Pas de problème, ma p'tite dame. Installez-vous confortablement et détendez-vous. C'est pas pour rien qu'on m'appelle Freddy l'Éclair.

J'étais prête à parier que ce surnom ne devait rien à ses talents de conducteur, et comme je n'ai pas tardé à le découvrir lorsque nous avons franchi l'Hudson à une lenteur d'escargot, j'avais raison.

Je me suis concentrée pour lui intimer l'ordre d'accélérer la cadence. Le contrôle des esprits est un autre de mes atouts de vampirette – efficace tant que j'en fais usage sur un représentant de l'autre sexe.

Vas-y, fonce ! Fonce !

Son sourire s'est élargi et il a commencé à regarder de plus en plus fréquemment dans son rétroviseur, mais à part ça, nous n'avons pas gagné un seul tour minute au compteur.

À l'appréhension qui me submergeait déjà s'est superposée une bouffée de terreur à l'idée que j'étais en train de perdre la main avec le sexe opposé. (*Cent ans*, n'oubliez pas.) Certes, j'avais échangé un baiser torride avec le délicieux et vampirissime Ty, et à cette date-là, je n'avais apparemment rien perdu du tout. Mais il ne s'agissait que d'un baiser. Un misérable baiser, qui n'avait même pas été bissé – sans même parler d'aboutir à des ébats débridés – et ne pouvait donc m'assurer que j'étais encore suprêmement irrésistible.

J'ai refoulé un afflux soudain de larmes brûlantes. J'étais une vampire héréditaire. J'étais puissante. Intelligente. Supérieure. Invincible. *Attirante.* Même en dépit de mes bottes crottées. Il était hors de question que je craque à l'arrière d'un taxi new-yorkais, devant un chauffeur qui ne comprenait rien à rien, et qui n'était que très passablement mignon.

En revanche, je comptais bien, une fois rendue dans le Connecticut et livrée à ma solitude, laisser libre cours aux grandes eaux et me vautrer *ad libitum* dans l'auto-apitoiement.

À condition, il va de soi, que les flics ne m'aient pas rattrapée d'abord.

3

— Si j'étais un chat, je vous dirais « On est félin pour l'autre », a lancé le chauffeur, tout en freinant à un croisement de la charmante route arborée qui desservait plusieurs luxueuses propriétés, parmi lesquelles celle de mes parents.

C'était sa treizième tentative de vanne vaseuse – la torture avait commencé dès que nous nous étions engagés sur la quatre voies, à la sortie de Manhattan.

La première – un grand classique : « Vous n'auriez pas un sparadrap, par hasard ? Parce que je me suis écorché les genoux en tombant amoureux de vous » – m'avait distraite de ma séance d'auto-apitoiement, et incitée à revoir les positions sur la non-violence.

— Allez, dites-moi quelque chose !

— Je ne suis pas trop d'humeur à bavarder. Ici, ai-je indiqué en montrant le bas-côté. Laissez-moi ici.

— Mais la maison est là-bas, a-t-il protesté en désignant l'imposante demeure blanche de style néocolonial qu'on apercevait au bout de l'allée. Pourquoi vous épuiser à marcher ? (Il m'a fait un grand sourire, assorti d'un clin d'œil.) Vous devriez économiser vos forces. On pourrait sortir, tous les deux. On pourrait aller boire un verre. Ou aller acheter du lubrifiant.

— Je vous demande pardon ?

— Hé ! Avec toutes ces courbes que vous avez, je dois m'assurer que j'ai les freins bien huilés.

Pi-tié.

Il faut croire que, si le « *Vas-y, fonce !* » n'avait pas donné grand-chose, mon bon vieux magnétisme de vampirette, lui, était malheureusement en pleine forme.

Cela dit, c'était aussi une chance : dans la précipitation, j'avais laissé mon sac au bureau, et avec lui, ma carte de retrait et ma Visa. Qu'au demeurant, je n'aurais pas pu utiliser sans alerter la police sur mes moindres faits et gestes.

Je sais, je sais : je commençais à assurer plutôt bien, dans le rôle de la criminelle en cavale. J'avais réussi à embarquer quelques frusques, et j'étais libre. Que voulez-vous que je vous dise ? J'ai un cerveau à l'image de mon physique. J'ai aussi une réceptionniste assistante qui ne loupe aucun épisode des *Experts*, et ne manque jamais de tout me raconter le lendemain.

Pour l'instant, j'étais donc fauchée et destinée à le rester au moins pendant quelque temps, à moins de tomber par hasard sur un petit magot planqué sous les haies d'azalées de mes parents.

Pour ça, je pouvais toujours courir. Mon père, en bon vampire héréditaire, était extrêmement prudent et économe (radin, pour vous et moi), et donc la seule chose qu'il planquait dans les haies, c'était ce piège à ours qu'il avait acheté la semaine précédente, histoire de gâcher la prochaine réunion de la SPA chez Viola.

— Je sais que boire du lait fait un beau corps, mais là, bébé, combien en avez-vous bu ? Des hectolitres, non ?

J'ai inspiré très profondément, j'ai pris sur moi pour ne pas gifler le chauffeur et lui passer l'envie de sourire, et j'ai décidé d'opter pour la tactique du charme.

— Elle est bien bonne, celle-là.

— J'en connais plein d'autres.

— Je vous crois sur parole. Et maintenant, arrêtez-vous ici !

Tout de suite !

À la seconde où la pensée a pénétré son cerveau, ses mains se sont crispées sur le volant. Il a rangé la voiture sur le bas-côté et s'est arrêté.

— Merci beaucoup pour la course, ai-je dit en posant la main sur la poignée de la portière.

— Avec plaisir, a répondu le chauffeur en se retournant. Ça fera quatre-vingt-cinq dollars et...

— Et merci de tout oublier à mon sujet.

— Mais...

Comme je venais d'accrocher son regard, ses protestations sont restées en suspens.

Tu vas m'oublier. Sitôt que je serais descendue de ce taxi, tu oublieras jusqu'à mon existence. Tu penseras que tu es venu jusqu'ici pour prendre un bol d'air et admirer la mer. Fin de l'histoire. Tu n'as pas vu de bombe atomique cramponnée à un oreiller sur ta banquette arrière. Tu n'as pas essayé de la draguer. Elle ne s'est pas sauvée sans payer la somme exorbitante qu'indiquait ton compteur. Nada.

Il a battu des paupières et, dans son regard, le désir a cédé le pas à la perplexité.

Tandis que je m'extrayais de la banquette arrière, j'ai remarqué le livre de poche écorné, posé sur le tableau de bord. *Couple : la formule du succès.* Mordillée que j'étais par la culpabilité, je me suis entendue dire :

— Vous auriez un stylo ?

Le chauffeur a cligné des yeux, toujours hébété, puis il a extrait un crayon à papier de sa boîte à gants. J'ai attrapé un vieux reçu qui traînait sur le siège, et j'ai griffonné le nom et le numéro de Vamp'n'Love.

— Appelez Evie Dalton, et elle vous aidera à trouver la personne idéale, ai-je dit en lui tendant le papier.

Je sais, je ne perds jamais le nord.

Il va sans dire que je n'avais pas le moins du monde *craqué* sur ce type. Et que j'ignore complètement ce que c'est de se morfondre chez soi en se demandant s'il y a quelqu'un – n'importe qui – qui m'attend quelque part (je parle ici du sexe opposé, pas de mes créanciers). Une fille est bien obligée de protéger son gagne-pain et j'avais besoin de tous les clients que je pourrais rameuter. Bref.

Le type a contemplé fixement le numéro de téléphone, comme si je venais de lui tendre une carte Visa Gold avec un plafond de dépenses illimité. J'ai souri. Et puis j'ai froncé les sourcils parce que, bon, une vampirette dure à cuire ne s'attendrit pas au motif qu'elle a illuminé la journée de quelqu'un – surtout quand elle a d'autres chats à fouetter, comme c'était mon cas en cet instant.

Oublie que je mérite ta gratitude éternelle, et barre-toi.

J'ai fait entrer de force cette pensée dans son esprit tout en descendant du taxi et j'ai commencé à m'éloigner d'un bon pas le long de la route. Puis j'ai risqué un regard en arrière pour m'assurer qu'il était bien parti – ouais, bien joué ! – et là, j'ai vraiment mis les gaz. Lorsque je me suis élancée au pas de charge sur la pelouse superbement entretenue qui entourait la demeure de mes parents, les semelles de mes bottes fumaient, littéralement.

Une douce lumière jaune brillait au-dessus de la porte d'entrée. Je me suis représentée pelotonnée dans mon lit, au deuxième étage. Convaincus que ma petite entreprise ne tarderait pas à faire faillite, mes parents n'avaient pas encore converti ma chambre en chambre d'invité. J'ai commencé à gravir les marches du perron, avant de me raviser.

Le domicile de mes parents figurait certainement tout en haut de la liste des lieux où j'étais susceptible de me planquer. Je savais que mes parents ne douteraient pas de mon innocence et qu'ils n'auraient aucun scrupule à me cacher, mais je répugnais à les mettre dans une position où ils seraient obligés de mentir. Plus encore, je répugnais à *me* mettre dans une position qui me vaudrait une fois de plus un interminable sermon maternel m'enjoignant d'abandonner le business des rencontres, à me caser avec un compagnon d'éternité convenable et à pondre, au prix de quelques contorsions, deux ou trois bébés vamps.

Je sais de quoi je parle, d'accord ?

Et de toute façon, j'avais besoin de réfléchir – activité que je ne pouvais pas faire en défendant mon choix de carrière et/ou de vie sociale et/ou de tenue vestimentaire. Je devais trouver le moyen de m'extraire de ce pétrin. Je devais… *m'organiser.*

L'organisation – et cela pourra surprendre, venant d'une entrepreneuse qui a réussi – n'a jamais été mon point fort. Je suis plutôt du genre qui aime improviser et saute sur toutes les occasions de s'amuser.

Traduction : irresponsable.

Du moins dans l'idiome de mes parents.

C'est vrai qu'à la seule idée de devoir bétonner, étape par étape, un plan raisonnable, je me sentais un peu barbouillée (c'est dire, puisque nous, les vampires héréditaires, jouissons d'une constitution de fer), mais je savais que je n'y couperais pas. Seul un plan béton m'aiderait à me tirer d'affaire dans les prochaines heures, les prochains jours, les prochaines semaines – ou quel que soit le temps nécessaire pour découvrir le fin mot de cet imbroglio et me laver de tout soupçon.

Car c'était ça mon objectif. Bien qu'ignorant tout du meurtre en question, j'étais fermement convaincue (un mandat d'arrêt lancé contre vous et une course-poursuite avec les forces de l'ordre font souvent cet effet-là) que les flics croyaient en ma culpabilité. Je devais leur prouver qu'ils se trompaient.

Et puisque mon BlackBerry était resté lui aussi en rade à l'agence, dans mon sac, j'allais devoir compter sur ma seule matière grise pour redresser la situation.

Priorité n° 1 : trouver un endroit sûr où dormir et reprendre des forces.

J'ai contourné la maison en direction de la véranda. J'avais les pieds en compote et il me semblait que mes bras étaient en ciment (n'oublions pas que je trimballais deux valises *et* un vanity-case, tous pleins à ras bord). À l'instant où je dépassais un palmier en pot, un de mes talons aiguilles a cassé et j'ai trébuché. Ma cheville s'est tordue. J'ai poussé un cri aigu puis j'ai boitillé jusqu'à une chaise longue, sur le bord de laquelle je me suis laissée choir, avant de poser mes valises pour examiner ma cheville.

Bon, d'accord – j'ai d'abord examiné le talon de ma botte. Le fait est que, après quelques heures de sommeil, ma cheville serait comme neuve. Ma botte, elle, n'aurait pas cette chance.

J'ai extrait le pied de sa luxueuse enveloppe en cuir et j'ai tortillé les orteils pour apaiser la douleur. Quand celle-ci s'est transformée en un élancement sourd, mes autres sens (qui tous s'étaient concentrés sur la mutilation de mes bottes adorées) ont pu se mettre au diapason de mon environnement. Mes narines se sont dilatées et j'ai humé un parfum, discret mais familier, de kirsch.

Je vous explique : chaque vampire héréditaire dégage une fragrance entièrement spécifique, perceptible uniquement par d'autres vampires héréditaires, et qui est toujours chaude, sucrée, suave. Par chance, étant assise à l'abri du vent, mes parents, eux, ne pouvaient pas me sentir. Du moins le croyais-je.

Chaque vampire héréditaire jouit également d'un don bien particulier. Quelques-uns sont télépathes. D'autres possèdent une faculté extraordinaire qui leur permet de contrôler, par la seule force de l'esprit, les éléments (le vent, le feu...), et qui compense la dose de mauvais sort vampiresque qui nous est échue à tous à la naissance. Mon grand-oncle Martine, par exemple, peut prédire le futur immédiat. Il a gagné une fortune en écumant les casinos de Las Vegas et d'Atlantic City. Pour ma part, je possède un flair hors du commun pour dénicher des pièces de grands créateurs à des tarifs de supermarché. D'où ma sublimissime paire de Sergio Rossi.

J'ai ressenti des picotements dans les oreilles et j'ai distingué la voix de ma mère, quelque part dans la maison.

— Peux-tu croire une chose pareille ? Me faire ça, à moi !

— C'est juste une invitation à prendre le thé, très chère, ai-je entendu mon père lui répondre, tandis que le riche arôme du chocolat à la menthe venait se joindre à celui du kirsch.

— Nous sommes des vampires. Nous ne buvons pas de thé.

— La promise de Jack ignore que nous sommes des vampires. Tout comme ses parents. D'où cette invitation.

— Ne l'appelle pas ainsi ! Elle n'est pas sa « promise ». Elle est son caprice de la semaine. Tu connais Jack. Il change d'avis aussi souvent que Lilliana de vêtements. D'ailleurs, à propos de ma fille adorée, j'ai appelé deux fois au bureau, et elle ne répond pas.

Priorité N° 2 : retourner ASAP à l'agence et brancher le répondeur.

Je ne savais pas trop comment j'allais me débrouiller pour faire ça, mais je savais que c'était d'une importance capitale. Tout au long des derniers mois, je m'étais échinée à me faire un nom dans le milieu des rencontres, et j'avais presque atteint mon but. J'avançais sur le sentier de la gloire.

Ou du moins sur celui qui me permettrait de payer mon loyer.

Je ne pouvais donc pas, au simple motif que j'étais recherchée pour meurtre, tomber dans des pratiques professionnelles minables telles que, par exemple, omettre de brancher le répondeur.

La solution, c'était d'appeler Evie pour m'assurer qu'elle s'en était occupée. Comment allais-je m'y prendre pour la contacter (sans téléphone, ni monnaie, ni rien de rien), je n'en avais pas la moindre idée, mais j'étais résolue à trouver une solution.

— Elle ne prend jamais tes appels, a souligné mon père.

— Certes, mais au bureau, il y a toujours sa réceptionniste pour décrocher ou au moins le répondeur. Or, là, je n'ai eu ni l'un ni l'autre. Je pense qu'il se...

Ma mère a laissé sa phrase en suspens.

— Qu'y a-t-il, très chère ?

— Je... Non, rien. J'ai cru humer un parfum de barbe à papa.

À l'abri du vent – vous m'en direz tant.

— Tu te fais trop de mauvais sang.

— Naturellement que je me fais du mauvais sang ! Je suis sa *mère.*

Et également le P.-D.G. de Culpabilité, S.A.

— Je suis certain que Lil va très bien. Si ce n'était pas le cas, nous serions déjà au courant. Les garçons la gardent à l'œil.

— Pas Jack. Il est bien trop occupé à nous embringuer dans des mondanités avec tous les humains de New York.

— Ils ne seront que deux. Trois, en comptant leur fille.

— Eh bien, cela fait trois de trop ! a râlé ma mère. Je te jure que mes enfants vont me tuer.

— Tu es immortelle, très chère.

— Mais sensible aux pieux et à la lumière du jour – deux fléaux qui me semblent préférables à l'obligation de prendre le thé avec cette fille et ses parents. Es-tu bien certain qu'elle n'est pas une sorcière ?

— Jack a dit qu'elle était médecin.

— Ah, nous y voilà ! Une guérisseuse vaudou ! Elle lui a probablement jeté un sort. D'où cette invitation abracadabrante !

— Elle ne pratique pas une médecine parallèle, très chère. Pas que je sache, du moins. Cela dit, ça expliquerait bien des choses. Jamais notre fils n'aurait échafaudé tout seul un plan aussi farfelu.

J'ai trois frères, tous plus âgés que moi. Jack, le cadet, est la bonne pâte de service. Quant aux deux autres... Max est le beau gosse du trio. Bon, d'accord, ils sont tous beaux gosses (des vampires, n'oubliez pas), mais Max étant le premier-né, il jouit d'un droit d'aînesse dans ce créneau. Rob, lui, est le frère qui assure au rayon intelligence. D'accord, *d'accord* – ils sont tous intelligents (une autre caractéristique de notre race) mais Rob est le seul qui réussisse à voler en dessous du radar de mes parents. Il fait acte de présence le dimanche soir, pour la chasse hebdomadaire, et le reste du temps, il le passe à Hoboken, où il supervise l'ensemble des antennes de Midnight Moe's du New Jersey. Et – ce n'est pas là la moindre de ses qualités – il observe la plus totale discrétion quant à ses conquêtes féminines.

Je m'efforce d'en faire autant – voler en dessous du radar, s'entend – mais les résultats sont moins probants, compte tenu que je suis une fille et que la survie de notre race – pour ne rien dire de la lignée familiale – repose entièrement sur moi et ma rapidité à trouver un partenaire *ad hoc* et à procréer.

C'est du moins ce que pense ma mère.

— Je vais rappeler Jack et lui dire que c'est non. Ils sont *humains*.

Dans l'idiome de ma race, « humain » est synonyme de « dîner ».

— Si nous y allons, Jack changera peut-être son fusil d'épaule, a fait valoir mon père. Lorsque nous serons tous ensemble, il verra cette humaine sous un jour nouveau. Nous sommes différents et cela lui sautera aux yeux, si c'est juste sous son nez.

La définition de « différent » dans la bouche d'un vampire ? « Supérieur ».

— Donc, selon toi, nous devrions annuler la chasse dominicale et y aller ?

Je me suis redressée sur ma chaise. *Annuler* la chasse ? Ils feraient ça ? Ils pouvaient faire ça ?

— Quelle autre solution ? Jack doit constater par lui-même combien il est stupide de sa part de s'acoquiner avec quelqu'un comme ça.

Ouiiiiiiii !

— En ce cas, c'est entendu, a décrété ma mère. On va reporter la chasse à samedi.

J'ai regardé autour de moi, en quête de n'importe quel truc pointu et tranchant. Sans rien trouver qui puisse faire l'affaire, autre que le talon de ma botte.

Troisième point : acheter un pieu en bois.

J'ai éteint la « fréquence parents » dans mes oreilles et je me suis relevée pour contourner la piscine illuminée par le reflet du clair de lune et gagner en boitillant la cabane de la piscine.

Une cabane de piscine à l'usage – ne l'oublions pas – de vampires. Il n'y avait donc là ni parasols, ni draps de bain, ni aucun accessoire destiné à abriter un corps de l'astre incandescent qui allait s'allumer dans six heures et trente-six minutes exactement. En revanche, il y avait des matelas gonflables, plusieurs chaises longues, et le mini-frigo recelait deux flacons de AB+, datant de la dernière fiesta donnée par mes parents.

La petite horloge sur la porte du frigidaire indiquait qu'il était à peine 23 heures. *23 heures ?*

Cela signifiait que je devais passer inaperçue pendant toute une nuit, et toute une journée.

No problemo. C'était jouable. J'allais me pelotonner, reprendre des forces et, le lendemain à la tombée de la nuit, je regagnerais Manhattan pour éclaircir de fond en comble cette sombre histoire d'accusation de meurtre. Et m'occuper de ma petite entreprise. Je ne savais pas trop comment j'allais m'y prendre pour mettre en œuvre ce dernier point (je pouvais difficilement arriver la bouche en cœur au bureau), mais je me suis dit qu'une idée géniale me viendrait pendant mon sommeil.

Une chose après l'autre. J'ai entassé plusieurs chaises longues contre la porte (qui n'était pas équipée d'un verrou) et consacré une demi-heure à gonfler quatre des énormes matelas tout en complétant, mentalement, la liste des choses à faire le lendemain soir – contacter Evie, par exemple. Là encore, j'ignorais comment procéder, mais je n'étais pas très inquiète (cf. *supra*, le commentaire concernant mon idée brillante.) J'ai bu une demi-bouteille de sang qualité gourmet (glacé, mais les vagabonds ne peuvent pas se montrer exigeants) et j'ai enfilé mon survêtement J-Lo préféré (le rose à rayures blanches) en m'efforçant de ne pas m'apitoyer sur mon sort. J'ai empilé trois des matelas, je me suis allongée et j'ai étendu sur moi le quatrième. Il ferait office de couverture, et d'écran de protection au cas où quelqu'un ouvrirait la porte et me surprendrait en train de pleurer à chau…

J'ai balayé cette pensée avant même qu'elle n'ait totalement atteint mon cerveau, j'ai fermé les yeux et me suis abandonnée aux lar… – euh, non je voulais dire au sommeil.

Jusqu'à ce que, quelques heures plus tard, la police débarque.

4

Quand j'ai entendu le vagissement de la sirène, j'ai presque fait pipi dans mon pantalon.

Presque.

Mais, puisque je suis – vous l'avez deviné – une vampire, mon équipement, en tout point identique à celui d'une humaine lambda, ne fonctionne pas exactement de la même façon. Au moins, dans ce cas précis (un très grand merci à notre Grand Vampire Qui Êtes Là-Haut pour ça).

En outre, les stridulations n'ont duré que quelques secondes (du coup, mon pantalon de survêtement J-Lo est resté impeccable), si bien que me suis demandé si mon imagination ne m'avait pas joué des tours. Une odieuse sirène stridente ? Ou une vampire bien habillée, folle à lier et bonne à enfermer ?

J'ai opté pour la première solution (j'étais indéniablement bien habillée, et là tout de suite, je n'étais pas prête à me présenter à l'asile pour un internement volontaire), et me suis approchée de la porte à pas de loup. Mes oreilles se sont mises à bourdonner, mes narines se sont dilatées, et j'ai capté la fréquence du monde, de l'autre côté. Le sifflement des criquets. Le clapotis discret de la piscine. Le ronronnement de la pompe. Un bruit de pas…

Oh oh…

Des semelles en élastomère étaient en train de fouler l'allée conduisant à la porte d'entrée de mes parents. J'ai eu un haut-le-cœur. Les pas se sont arrêtés. Puis j'ai entendu un trépignement, des gorges qu'on éclaircit.

Respire, me suis-je intimée. J'ai aspiré une bouffée d'air et j'ai essayé de me concentrer sur les aspects positifs de la situation : je n'avais entendu ni pistolet qu'on arme, ni tintement de menottes, ni personne chuchoter « Tu attaques par l'arrière » ou « À mon signal », ou quelque autre phrase que les flics disent en pareille situation. La maison n'était pas encerclée, aucun hélicoptère n'était en train de quadriller le périmètre.

J'ai aspiré à fond une nouvelle fois pour essayer de calmer le rythme endiablé de mon cœur, puis une voix féminine ruisselante de contrition a dominé le fracas de mes palpitations cardiaques.

— Je suis vraiment désolée, chef. Je pensais que la sirène était la procédure standard.

— Oui, Morris, a répondu une voix masculine, plus mélodieuse et posée. En cas d'appréhension d'un criminel. Ici, il s'agit d'une visite de courtoisie à deux membres éminents de notre communauté.

— Dont la fille est inculpée de meurtre.

— Soupçonnée.

— Mais si elle est ici ?

— Ce n'est pas le cas.

— Oui, mais si ça l'était ? Cela signifierait qu'ils l'aident et la couvrent, ce qui ferait d'eux des criminels à leur tour, ce qui impliquerait que ce n'est pas une simple pol…

— Il s'agit d'un malentendu.

— Mais comment pouvez-vous en être si…

— Elle n'est pas là, a tranché la voix mélodieuse et grave. Maintenant, fermez-la, Morris ! Le sujet est clos.

Le. Sujet. Est. Clos.

Le ton était catégorique. C'était une fin de non-recevoir. C'est là que j'ai compris de qui elle émanait.

Remy Tremaine est le vampire de service des forces de police de Fairfield. Ses parents vivent dans une belle demeure coloniale, à quelques pas de là, et sont des amis de longue date des miens. Nos pères regardent ensemble les matchs des Knicks et jouent au golf tous les samedis soirs. Nos mères sont toutes deux membres du Club des Gaies Chasseuses du Connecticut. La *mater* de Remy collecte les cotisations pendant que la mienne sévit en tant que vice-présidente du club – et chargée de com officielle de votre servante.

En d'autres termes, à chaque réunion, elle rabâche mes statistiques (taille, poids, quotient orgasmique) tout en servant les rafraîchissements.

En d'autres termes encore, elle a essayé de me maquer avec chaque fils, cousin, neveu, oncle, père, grand-père ou arrière-grand-père (allez savoir !) constituant un parti avantageux.

Tous des vampires héréditaires, il va de soi, et satisfaisant de surcroît aux exigeants standards de ma mère en matière de gendre : un physique séduisant ; un taux de fertilité spectaculaire ; une fortune digne de Crésus. Or, si un commissaire divisionnaire ne gagne pas des cents et des mille, l'entreprise de sécurité privée de Remy – qui fournit des gardes du corps à des nantis aussi bien qu'à une liste impressionnante de people et de politiciens –, elle, rapporte gros.

Remy m'a déjà été assigné comme cavalier plus d'une dizaine de fois. Non pas que j'aie jamais craqué pour lui, attention. Certes, physiquement, il est chou ; mais il porte aussi des semelles en élastomère. En outre, Remy est peut-être joli à croquer, mais son odeur, elle, n'a rien d'appétissant. Son créneau professionnel l'oblige à prendre des cachets très spéciaux, mis au point par une agence top secrète qui pourvoit les forces militaires en armes tactiques. (Quand je vous disais que j'ai passé plus d'une soirée avec lui.) Ces cachets inhibent son odeur naturelle et lui permettent d'infiltrer les milieux criminels (qui comptent dans leurs rangs quelques vampires héréditaires) en toute discrétion. Or l'odeur étant, entre vampires, un élément déterminant dans l'attirance pour un partenaire, Remy ne m'a jamais fait ni chaud ni froid. Même si je lui sais gré de m'avoir épargné l'impression de passer la soirée avec une tarte à la noix de coco ambulante à mon bras.

Pour moi, Remy c'est... Remy. Je le connais depuis toujours (en décodé : depuis l'époque où nous n'étions que des bébés vamps, dans le pays de nos ancêtres). Je l'ai connu en culotte bouffante, il m'a vue affublée de barboteuses puis, plus tard, de perruques poudrées (ben, oui...) Autant de détails qui, à mes yeux, constituent de trop lourds antécédents.

Lil ? Arrête avec les faux arguments. J'aurais pu passer outre, si j'avais vraiment éprouvé quelque chose pour lui. Si l'alchimie avait opéré. Si j'avais eu le cœur qui fait *bam !*

Ah... le *bam !* C'est une condition *sine qua non* dans le choix d'un futur compagnon d'éternité. Voilà pourquoi j'ai rayé, depuis belle lurette, le nom de Remy.

Un coup de sonnette a résonné dans la maison et j'ai entendu ma mère dire à mon père :

— Je t'avais bien dit que j'avais entendu un bruit !

— Naturellement que tu as entendu un bruit ! Tout le quartier l'a entendu.

On a déverrouillé la porte d'entrée, qui s'est ouverte avec un petit grincement.

— Remy ? Que signifie ce ramdam ?

— Je suis navré pour la sirène, Mrs Marchette. Morris, ici présente, est une bleue et elle n'a fait que suivre la procédure. Elle a lancé la sirène avant que j'aie pu l'arrêter.

Je ne pouvais pas voir la scène, mais j'aurais mis ma main à couper que Morris contemplait Remy avec une expression de pure extase car il était tout de même assez sexy et, à l'évidence, il l'avait vampée pour la contraindre au silence.

— Depuis quand existe-t-il une procédure pour passer boire un verre ? s'est étonnée ma mère.

— Ce n'est pas une visite de courtoisie. (Remy a marqué une pause et mon cœur s'est arrêté de battre.) J'ai un mandat d'arrêt à l'encontre de Lil.

— Tu vois, très cher ? Quand je te disais qu'elle était incapable de gérer ses finances ! s'est écriée ma mère. Remy, dis-moi juste à combien s'élèvent les contraventions, et nous allons nous en occuper.

— Elle n'est pas recherchée pour des contraventions impayées, Mrs Marchette.

— Je crains de ne pas te suivre, Remy...

— Elle est recherchée pour meurtre.

— Tu vois ? Quand je te disais que ce régime exclusivement pasteurisé allait finir par lui créer des soucis ! s'est exclamée ma mère, avec la même exaspération que lui avaient inspirée d'hypothétiques contraventions impayées. Combien de fois te l'ai-je dit ? Un vampire doit chasser. Point. Naturellement, nous pouvons nous contrôler, mais être dans le déni total de notre soif... C'est ridicule !

— Bah, c'est notre Lil tout craché, a dit mon père.

La chasse, voyez-vous, ce n'est pas trop mon truc. Non que je n'en sois pas capable, attention. Simplement, je préfère siroter mon dîner dans un verre à cocktail et enchaîner sur un Martini-pomme en guise de digestif – ou, mieux, une Margherita au jus d'agave. C'est ma toute dernière découverte, et c'est à tomber. Voyez-vous, on remplace le sel par du sucre et ce délicieux jus de cactus est naturellement sucré…

Bref. Où en étais-je ? Ah oui. Tout en s'astreignant la plupart du temps à un régime pasteurisé, mes parents s'accordaient de temps à autre quelques écarts. Ils laissaient parler leurs instincts sauvages, histoire de les entretenir.

Je sais, je sais. Mon instinct sauvage a très vraisemblablement mordu la poussière il y a une centaine d'années. C'est possible. Mais qui vous dit que je ne le garde pas au chaud en attendant de le laisser se déchaîner avec un vampire archidélicieux qui sera fou de moi ?

Hé, ça pourrait arriver !

— C'est exactement comme ta cousine Brigitte, a poursuivi ma mère. Tu te souviens lorsqu'elle a décidé de devenir nonne et qu'elle a renoncé aux hommes et au sang ? Elle a tenu deux semaines, avant de vider jusqu'à la dernière goutte un vendeur d'encyclopédies. Elle a même essayé de planter ses dents dans le globe offert avec la souscription.

— Le globe ?

— Naturellement, à ce moment-là, elle n'avait plus toute sa tête. Imagine, une *nonne*. Je préfère ne pas y penser, c'est trop effroyable.

— Lil n'a pas perdu la tête et encore moins vidé quelqu'un de son sang. Elle l'a découpé en petits morceaux, a précisé Remy.

— C'est grotesque ! Il va de soi que j'aimerais voir notre fille s'accorder une petite chasse de santé. Mais notre race ne tue pas, tu le sais bien, Remy. Par ailleurs, Lilliana a pleuré une semaine entière lorsque son frère a arraché la tête de sa poupée préférée. Tu t'en souviens, très cher, n'est-ce pas ?

— Et comment ! Ça a été l'enfer pour la calmer. L'enfer.

— Et jamais notre fille ne ferait quelque chose d'aussi dégoûtant. Elle déteste se salir les mains.

En fait, ce sont mes vêtements que je déteste salir. Mais ma mère méritait une couronne de lauriers pour prendre ma défense, aussi n'allais-je pas pinailler sur des détails.

— À l'évidence, il s'agit d'un quiproquo, a-t-elle repris. Un ridicule quiproquo.

— J'en suis convaincu, a soupiré Remy. Mais les preuves affirment le contraire. La victime s'appelle Kevin Gillespie, plus connu sous le nom de Keith Gillman.

Immédiatement, ce nom a fait surgir une image. J'ai fermé les yeux et revu le garçon d'une vingtaine d'années qui s'était présenté à l'agence, moins de quinze jours plus tôt. Il voulait à tout prix rencontrer la fille de ses rêves. Un type pas très dégourdi, un peu grassouillet et bien trop blafard, mais j'avais néanmoins accepté de l'aider. Que voulez-vous ? J'adore les défis. Plus encore, j'adore les clients qui sont prêts à payer un supplément pour le service express.

— Il était journaliste au *New York Times*, a poursuivi Remy. Il réalisait…

Hou la ! Minute. Un *journaliste* ?

— … une enquête sur les agences de rencontres new-yorkaises. Il feignait de chercher à rencontrer quelqu'un, il s'inscrivait pour les divers services, se rendait à quelques rendez-vous, puis écrivait son papier. Il était sur le point de quitter son appartement pour se rendre à un rendez-vous arrangé par Vamp'n'Love quand Lil est arrivée. Elle a donné son nom et sa carte au portier.

Ben… oui. Keith s'était pointé chez Vamp'n'Love avec des Birkenstocks et des chaussettes, pour l'amour de Damien ! Une publicité vivante pour « Le Faux Pas Vestimentaire Fatal Lors d'Un Premier Rendez-vous ». Je m'étais donc rendue chez lui pour une ronde de fashionpolice, afin qu'il ne reste pas toute sa vie un pauvre petit employé de métro blafard, effacé et seul.

Il portait un jean, des baskets et un tee-shirt bleu marine Banana Republic que je l'avais convaincu d'acheter lors de notre razzia shopping prérendez-vous. Une tenue parfaitement acceptable pour une soirée décontractée devant une pizza et une bière avec son éventuelle âme sœur.

— Je savais que cette agence de *rendez-vous* allait lui valoir des ennuis. Des *rencards* ! Vous imaginez ?

Et c'était reparti pour un tour.

— Les vampires bien nées ne donnent pas dans les *rencards*, a insisté ma mère. Et en aucun cas elles ne jouent les entremetteuses pour des humains.

Ni pour des convertis. Ni pour des loups-garous. Ni pour aucun de ceux qui s'étaient inscrits depuis que j'avais ouvert boutique, etc.

— Non contente d'être la risée de tout le monde, la voilà criminelle recherchée par la police. Autant qu'elle se plante à un carrefour avec une pancarte autour du cou : « Les vampires existent et j'en suis la preuve. »

— Allons, allons, très chère, je suis sûre qu'elle ne voulait pas attirer l'attention.

— N'as-tu pas vu comment elle était attifée pour la chasse, la semaine dernière ? Un tutu rose vif ! Rien que ça !

Ce n'était absolument pas un tutu. Mais une chemise de poète volantée – une pièce de la dernière collection Dior, et mon plus récent coup de génie en matière de mode.

— Tout ça, c'est ta faute, a poursuivi ma mère. De mon côté de la famille, nous sommes tous la discrétion incarnée.

— Qu'est-ce que...

— Allons, allons, mes amis, s'est interposé Remy. À quoi bon vous blâmer l'un l'autre de cette pénible situation ? Ce qui est fait est fait, et la seule façon de s'en sortir, c'est de se serrer les coudes.

— Quel garçon intelligent ! s'est extasiée ma mère. Naturellement, tu as raison.

— Je ne comprends toujours pas pourquoi la police est à ce point convaincue de la culpabilité de Lil, a observé mon père. Le simple fait qu'on l'ait aperçue chez ce journaliste ne signifie pas qu'elle l'a tué.

Bien vu, papa.

— Certes, mais la victime l'a prise en photo avec son téléphone portable quelques minutes avant l'heure estimée de la mort. Lil se trouvait dans sa chambre – là où il a été tué. Et elle tenait l'arme du crime. Un énorme couteau de cuisine.

Ben tiens… Je ne pouvais tout de même pas le laisser filer à son premier rendez-vous avec l'étiquette du prix encore attaché au tee-shirt. Vous parlez d'un tue l'amour. Oups ! Jeu de mot involontaire.

— L'immeuble est équipé de nombreuses caméras de surveillance et personne d'autre n'a été vu en train d'entrer ou de sortir de l'appartement.

— Lil n'a tué personne, a insisté mon père. Elle est parfois un peu excentrique, mais jamais elle ne trahirait sa famille en commettant quoi que ce soit qui puisse lui nuire.

Évidemment ! J'aime ma famille.

La plupart du temps, en tout cas.

— Nous l'avons élevée mieux que ça, a renchéri ma mère. Du moins, nous avons essayé.

— Je suis certain que vous avez réussi et que tout ça n'est qu'un malentendu, l'a rassurée Remy. Je connais Lil. Jamais elle ne ferait une chose pareille.

Peut-être aurais-je dû réfléchir à deux fois avant de rayer Remy de ma liste de compagnons d'éternité potentiels ? Le facteur *bam !* mis à part, on ne peut qu'aimer un homme qui a foi en vous.

— Mais la police pense qu'elle est notre coupable. Surtout après avoir résisté à l'arrestation et agressé la moitié de la patrouille lorsqu'ils ont essayé de l'embarquer au poste. Elle est dans une mauvaise posture et c'est évident que vous, ses parents, n'allez pas couper à un interrogatoire. Ce serait un gain de temps, et de soucis, si vous m'accompagniez tout de suite au commissariat pour faire une déposition. Sinon, c'est la porte ouverte à un mandat de perquisition.

— Je vais chercher mon sac, a aussitôt répondu ma mère.

J'ai écouté mes parents partir avec Remy, puis je me suis laissée choir sur les matelas gonflables en m'efforçant de ne pas suffoquer.

Arrête de respirer, me suis-je intimée. *Arrête ! Tu n'as pas besoin de respirer. Si tu respires, tu vas suffoquer, et une vampirette ne suffoque pas. Elle ne panique pas non plus. Et elle ne chiale pas. Elle reste calme. Elle conserve son sang-froid. Elle garde le contrôle de la situation. Et elle établit un plan : elle cherche un point de chute, elle réfléchit à la façon de s'y rendre, et ensuite – action.*

Voilà ce que je me disais à moi-même, mais au lieu de réfléchir à la façon de déplacer le curseur du point A (je me planquais pour un crime que je n'avais pas commis) au point B (mon innocence reconnue, un énorme succès financier et un rendez-vous avec Orlando Bloom ou Jason Hallen), je n'arrêtais pas de me représenter Keith, dans son tee-shirt bleu marine flambant neuf, en train de se faire découper en tranches, ou en petits morceaux et –

... *peux plus res... res... res...*

Peut-être ma mère avait-elle raison.

Peut-être avais-je bel et bien été échangée à la naissance parce que, vampirette ou pas, j'étais indéniablement en proie à une crise d'angoisse carabinée.

5

Chers maman et papa,

Je passais juste vous dire bonjour. Je regrette de vous avoir ratés. Prenez soin de vous, on se verra à la prochaine chasse.

Baisers, Jack.

P.S. : ne vous inquiétez pas pour le 4 x 4 de papa. Je l'ai juste emprunté.

J'ai aimanté le petit mot sur la porte du réfrigérateur, j'ai raflé les clés suspendues derrière la porte de la cuisine et je me suis dirigée vers le vaste garage qui abritait une demi-douzaine de véhicules.

J'avais réussi à juguler la crise de panique (en respirant dans un sachet de chips vide qui traînait dans la cabane de la piscine – la gardienne et bonne à tout faire avait un faible pour la crème fermentée et l'oignon) et à recouvrer suffisamment mon calme pour élaborer un plan. Je disposais à présent de deux heures et demie avant le lever du soleil pour me trouver une planque où je serais en sécurité. Un lieu où personne ne penserait à venir me chercher, et que je pourrais rallier sans laisser de traces. Ce qui signifiait que j'allais devoir payer en liquide. Ce qui signifiait que j'avais besoin d'aide.

Je ne pouvais pas attendre le retour de mes parents : certes, ils m'auraient donné de l'argent, mais gratifiée au passage d'un sermon, assorti de tout un tas de conseils dont je n'avais vraiment pas besoin pour l'instant.

Je pouvais me réfugier chez l'une des Ninas, mais elles auraient posé des tas de questions auxquelles je n'étais pas encore prête à répondre.

Je pouvais m'adresser à Evie, mais elle était fauchée comme les blés. De plus, les flics la gardaient probablement à l'œil après le fiasco essuyé à l'agence.

Je pouvais m'adresser à mon grand frère, Max, mais lui aussi avait un goût un peu trop prononcé pour les sermons. Il y avait bien mon autre frère, Rob, mais vu la façon dont il s'enorgueillissait de son indépendance, je répugnais à l'impliquer. Cela étant, n'allez pas croire que mes deux frères aînés sont des étrangers pour moi. Nous nous téléphonons. Nous partageons des choses. Enfin... plus ou moins.

Restait donc mon plus jeune frère, Jack. Jack est un tombeur impénitent, un monsieur-je-sais-tout, une authentique plaie. En outre, il trouve que je suis une peste pourrie gâtée et égocentrique qui jette l'argent par les fenêtres pour acheter des quantités inconsidérées de fringues.

Je sais.

Je devrais ajouter béotien au C.V. de Jack.

Jamais de ma vie je n'ai jeté un sou par la fenêtre. Ma garde-robe est un investissement, au même titre qu'un bataillon de figurines GI Joe vintage, une collection d'incunables ou n'importe quel autre truc qui s'arrache à prix d'or sur eBay. Et pour ce qui est d'être une peste pourrie gâtée et égocentrique... Bon, peut-être – mais personne n'est parfait.

Là où je veux en venir, c'est que tout en nous aimant beaucoup (la famille, c'est sacré), Jack et moi ne sommes pas près de gagner le concours des frère et sœur les plus unis de la Terre. Et, par conséquent, il est *a priori* la dernière personne à laquelle j'irais demander de l'aide. Mais si la police n'avait pas encore mis mes parents sous surveillance, il y avait tout à parier que mon frère cadet, celui dont j'étais le moins proche, n'était pas non plus dans leur ligne de mire.

Du moins, c'est ce que j'espérais.

J'ai pianoté le code commandant l'ouverture du garage puis, le temps que le vantail ait entièrement basculé, j'ai contemplé avec envie la décapotable rouge de ma mère avant de me tourner vers le mastodonte qui, avec sa carrosserie jaune pétard, évoquait une abeille bourrée de stéroïdes anabolisants.

Le cabriolet BMW me correspondait davantage. Le 4 x 4, lui, était taillé sur mesure pour un vampire frimeur, cherchant à faire étalage de sa virilité par un symbole phallique de dimension obscène – j'ai nommé mon frère Jack.

Je me suis installée au volant, j'ai démarré et j'ai mis le cap sur Manhattan. Mon intention était de passer chez Jack, de le convaincre de m'avancer un peu de liquide et de lui abandonner le 4 x 4. Après quoi, je sauterais dans un taxi pour m'installer dans un hôtel discret, aux fenêtres équipées de stores bien étanches, afin de m'offrir un sommeil dont j'avais grand besoin.

Jack n'était pas chez lui.

J'ai sonné, pour la millième fois. Rien.

Non. Il ne pouvait pas me faire un coup pareil.

J'ai insisté. Peut-être s'était-il simplement fait ligoter par une de ses multiples esclaves (au sens littéral), ce qui l'empêchait de venir répondre ? Certes, Jack étant doté de cette superforce vampirique, ma supposition ne tenait pas la route, mais bon, l'espoir fait vivre.

— S'il te plaît, ai-je murmuré en sonnant à nouveau.

Peut-être la sonnette était-elle cassée ? Peut-être que Jack était bel et bien là, mais qu'il ne pouvait pas m'entendre parce qu'il était sur le point de se coucher et de grimper dans son cercueil (oui, vous avez bien lu – un cercueil : Jack est un indécrottable frimeur).

En me cramponnant à cet espoir, j'ai regagné la voiture et j'ai foncé vers la cabine téléphonique la plus proche.

Quelques secondes plus tard, j'étais à un angle de rue, à côté d'un marchand de hot-dog. L'odeur des saucisses grillées m'a donné un haut-le-cœur, avant même que j'entende la voix familière de mon frère.

« Ici Jack, je ne suis pas chez moi. Vous connaissez la marche à suivre… *Biiiiiip.* »

J'ai raccroché et rebroussé chemin. De retour devant chez lui, j'ai recommencé à m'acharner sur la sonnette, en espérant, avec l'énergie du désespoir, qu'il soit arrivé dans les trois minutes qu'il m'avait fallu pour revenir de la cabine téléphonique. Irréaliste, je sais. Mais j'ignorais où aller, et quoi faire.

— Il n'est pas là, a dit une voix féminine dans mon dos.

Je me suis retournée et j'ai vu une fille d'une vingtaine d'années, au teint mat et aux longs cheveux châtains tirés en queue de cheval. Elle était courte sur pattes, moulée dans son caleçon noir en Lycra ; et son tee-shirt barré de l'inscription I LOVE NEW YORK, tout autant que ses baskets fatiguées, accentuaient son côté nain. Dans une main, elle tenait un gobelet de café fumant et, dans l'autre, un journal du matin.

Oh ! oh !

J'ai regardé ma montre et mon cœur a fait un bond : je disposais exactement de quarante-huit minutes avant le lever du soleil. J'étais, sans conteste, en train de vivre la nuit la plus éprouvante de ma vie. Et quand j'ai croisé le regard de la fille, ça n'a rien fait pour arranger mes affaires.

Elle n'était pas humaine. Sinon, j'aurais pu lire dans ses pensées – ben oui, c'est là encore un privilège de vamp : il nous suffit de regarder dans les yeux n'importe quel humain pour savoir ce qui se trame réellement dans sa tête et connaître sa vraie personnalité – celle que la plupart des gens s'échinent à dissimuler. Or là, les yeux sombres qui me fixaient à leur tour ne révélaient rien. En revanche, j'étais démangée par l'envie, presque incontrôlable, de tendre la main pour lui grattouiller le derrière de l'oreille.

J'ai étudié ses pommettes hautes, son visage étroit et, soudain, une image a surgi dans mon esprit.

— Non ! Vous n'êtes pas… (J'ai eu du mal à réprimer un sourire.) Vous ne pouvez pas être…

La fille s'est raidie.

— Un chihuahua-garou. Ouais. Et alors ?

— Et alors… (Et alors, jamais je n'avais vu une paire d'yeux aussi globuleux et exorbités.) Rien. C'est juste que je n'ai encore jamais rencontré de chihuahua-garou en chair et en os.

— Nous ne sommes plus très nombreux, aujourd'hui. Notre espèce a été presque entièrement décimée par tous les autres garous carnivores, qui sont bien plus gros, bien plus forts, et qui ne font pas de ségrégation en matière de casse-dalle. Mais grâce à la technologie moderne, nous arrivons à vivre tous en paix et en harmonie, a-t-elle ajouté en brandissant son sac à dos. Du moins, on bénéficie d'un minimum de tolérance.

— Que transportez-vous là-dedans ? Une télécommande pour loup-garou ? Une massue spéciale tigre-garou ?

— Un revolver, et une provision de balles.

— Ça marche aussi. Dites, vous connaissez Jack ?

Elle m'a toisée.

— Qui le demande ?

— Sa sœur… non, je veux dire, la cousine de la cousine de sa sœur.

— Ce qui fait également de vous sa cousine, non ?

— Euh… Oui, c'est ça, je suis sa cousine. J'ai vraiment besoin de le voir. C'est une urgence familiale. (J'ai regardé ma montre : plus que quarante-cinq minutes.) J'ai du mal à croire qu'il ne soit pas chez lui.

— Il ne va pas rentrer.

— Comment ça ?

— Il n'est jamais là, maintenant. Il est avec *elle*. Ils vivent quasiment ensemble.

— C'est qui, *elle* ?

— L'humaine. (Au lieu de prononcer ce mot avec dégoût, comme la plupart de ses frères surnaturels, il y avait de l'envie dans sa voix.) Il ne la quitte plus d'une semelle. Il passe la nuit chez elle, et le lendemain il la suit au travail.

— Mais… il faut bien qu'il dorme, à un moment donné.

— Elle le planque en lieu sûr.

— Et comment savez-vous tout ça ?

— Je les ai surpris ensemble. J'étais sortie chercher une pizza et je les ai aperçus. Ça a été plus fort que moi, je les ai suivis jusqu'à l'endroit où elle travaille. Et le lendemain, j'y suis retournée pour mener ma petite enquête. Elle est interne au centre médico-légal, elle bosse là du matin au soir. À l'évidence, elle le planque quelque part dans le centre, parce que Jack y entre le matin et n'en sort qu'à la nuit tombée. Ils en sortent ensemble d'ailleurs. (Ses yeux se sont mis à briller.) *Ensemble*. (Elle a cligné des paupières.) Soir après soir. Vous devez trouver ça malsain de ma part, de les avoir espionnés, non ?

J'aurais plutôt dit pathétique.

— Non, pas du tout. Manifestement, ça ne vous fait pas plaisir.

— J'étais inquiète. Jusqu'à ce que je les aperçoive ensemble, je n'avais pas croisé Jack depuis plusieurs jours. Je ne savais pas s'il était mort ou vivant. Il aurait pu se faire descendre par un SCS[1], ou passer à travers le plateau en verre de sa table de salle à manger et finir empalé. (Elle a secoué la tête.) L'idée qu'il lui soit arrivé quelque chose m'était insupportable. Jack est quelqu'un à part… Il est tellement…

— Égocentrique ? Condescendant ? Superficiel ?

— Adorable. Beau. *Sexy*. Je n'ai jamais rencontré aucun homme comme lui.

Un voile brillant a glissé devant ses yeux, qui se sont mis à briller de plus belle. Ma gorge s'est nouée. Je compatissais à son chagrin parce que je me sentais moi-même sur le point de hurler. *Plus que quarante minutes.*

— J'ai du mal à accepter qu'il fréquente quelqu'un. (Une larme s'est faufilée entre l'épaisse frange de ses cils et a glissé le long de sa joue.)

— Ne faites pas ça.

— Quoi donc ?

— Pleurer. Quand on pleure devant moi, je ne sais plus quoi faire.

— Je ne pleure pas. (Elle a essuyé sa joue.) C'est vous qui êtes en train de pleurer.

— Moi ? Mais pas du tout.

J'ai passé le doigt sur ma joue et *waouh !* J'étais effectivement en train de pleurer. Une réaction d'empathie, il va de soi. Pleurer, ça ne sert à rien – sinon à gaspiller son temps et de précieux fluides corporels.

Bon, d'accord, dit comme ça, ça a l'air répugnant. Mais c'est clairement un gaspillage de temps.

J'ai reniflé et essuyé ce perfide sillon.

1. Snipers de Créatures Superflues – voir *Vamp in Love saison 1.*

— Vous vous êtes vus pendant combien de temps, Jack et vous ?

— Trois ans et quatorze jours.

J'ai haussé les sourcils.

— Et combien d'heures ?

Elle a consulté sa montre.

— Six heures et trente-deux minutes.

— Je plaisantais.

— Ah..., a-t-elle reniflé.

— Écoutez, je sais combien ça peut être pénible. Mais on survit.

— Oui, il paraît.

— Vous allez vous en sortir. Une rupture, même compliquée ou brutale, ce n'est pas la fin du monde. Simplement un nouveau départ.

Elle a reniflé de nouveau et essuyé ses yeux.

— Nous... Euh... Nous n'avons pas exactement *rompu*. Enfin, si – mais le terme est inexact.

— Je ne vous suis pas...

— Nous n'étions pas réellement *ensemble*. Je l'aimais bien, c'est tout.

— Et ce n'était pas réciproque ?

Je sais que mon ébahissement était audible, mais que voulez-vous, on parlait de *Jack*. Dont la seule exigence, en matière de femmes, se résume à un vagin. C'est la conclusion à laquelle Rob et moi étions arrivés un an plus tôt en voyant notre frère fricoter avec une danseuse de Broadway – Nick. Diminutif de Nicole. C'est ce que prétendait Jack, car, personnellement, vu le volume de ses pectoraux, je restais sceptique.

— En réalité, il ne me connaît pas. Enfin, il sait qui je suis, il sait que j'habite dans l'immeuble. Du moins, je pense. Mais il ne me *connaît* pas vraiment. D'un point de vue sexuel, je veux dire. Et tout bien pesé, il ne me connaît pas non plus comme on connaît une amie. Nous n'avons jamais discuté ensemble. Disons qu'une fois, il entrait et moi je sortais, et nous sommes tombés l'un sur l'autre, et il s'est passé un truc.

— Un truc ?

— Vous savez bien, quand vous croisez le regard de quelqu'un et que vous restez sonnée, persuadée que c'est votre prince charmant.

L'image de Ty Bonner s'est matérialisée dans ma tête avant que j'aie pu lui barrer la voie et certaines parties de mon anatomie ont commencé à fourmiller. Et comment que je savais !

Non pas que Ty soit mon prince charmant. Il était plutôt mon prince éphémère. Un prince temporaire. Comme dans « Passez votre chemin, jeune homme. »

J'ai consulté une nouvelle fois ma montre.

— Le centre médico-légal, avez-vous dit ? Vous connaîtriez l'adresse, par hasard ? Merci, ai-je ajouté avec un sourire quand elle a hoché la tête.

Elle est entrée chez elle et a réapparu deux bonnes minutes plus tard, en me tendant un bout de papier.

— La voici.

— Merci encore, ai-je dit en lui arrachant le papier des mains.

— J'espère que tout va s'arranger ! a-t-elle crié tandis que je dévalais l'escalier. Pour votre urgence familiale.

Je me suis arrêtée net et lorsque je me suis retournée et que j'ai vu son regard de chien battu, ça a été plus fort que moi : j'ai déchiré un coin vierge du papier qu'elle m'avait donné, je lui ai demandé de me trouver un stylo et j'ai noté le numéro de Vamp'n'Love.

— Comment vous appelez-vous, déjà ?

— Je ne me suis pas présentée. Rachel. Rachel Sanchez.

— Tenez, Rachel.

— C'est quoi ?

— Un nouveau départ. C'est le contact de cette agence de rencontre démente que je viens de lancer – je veux dire, dont on vient juste de me parler. Un truc phénoménal, paraît-il. La patronne est une vampire ultra-branchée, avec un goût vestimentaire hors pair. Et elle est incollable pour ce qui est de caser des célibataires.

— Une marieuse *vampire* ? Vous plaisantez ?

— Hé, si les crocs sont compatibles…

— Les vampires ne sont pas intéressés par les rencards.

— Généralement pas, mais nous avons évolué. Moi, par exemple, j'enchaîne un rencard sur l'autre. (*Dans tes rêves, oui !*) Quoi qu'il en soit, vous devriez vraiment essayer. Vous ne le regretterez pas.

Rachel a secoué la tête.

— Je ne sais pas… Comment une vampire saurait-elle comment s'y prendre pour caser une garelle ?

— Il se trouve que la patronne – cette vampire absolument démente – est justement en train de caser tout le chapitre de la SPA du Connecticut.

— Comment savez-vous ça ?

— Une de mes amies travaille pour elle.

Ben oui, quoi – Evie était mon amie.

Rachel a réfléchi un instant.

— Une loup-garelle est bien plus facile à caser qu'une chihuahua-garelle.

Comme je dis toujours : ne jamais perdre espoir.

— À votre place, je ne m'inquiéterais pas des détails. La devise de la maison, c'est « satisfaite ou remboursée ».

— L'argent, ce n'est pas un problème…

Reste calme, mon cœur qui ne bat pas.

— Simplement, je ne suis pas sûre d'être prête.

— Je sais que ça vous semble prématuré, mais mieux vaut ne pas traîner avant de se remettre en selle.

— Ça fait très longtemps que je ne suis pas sortie avec quelqu'un.

— C'est quoi, très longtemps ?

— Dix ans.

— Dix ans ? Mais c'est rien ! Si je vous disais que m... Je sais que certaines de leurs clientes n'ont pas eu un seul rencard depuis bien plus longtemps que ça.

— Je voulais dire dix années de chien.

— Ah ?

— Et ça fait encore plus longtemps que je n'ai pas eu de relation sexuelle.

J'ai lutté pour endiguer une vague de panique et j'ai souri.

— Et alors ? La vie ne se résume pas au sexe.

Oh là là, qu'est-ce que je racontais ? Le sexe détermine ma race. Tout vampire héréditaire cesse de vieillir lorsqu'il ou elle perd sa virginité. Et quand nous cherchons une compagne ou un compagnon d'éternité, le quotient orgasmique et le taux de fertilité déterminent notre choix. J'ignore s'il en allait de même pour la branche chihuahua des garous, mais à en croire la nature limitée de ma mission pour Viola, j'étais prête à parier que le sexe arrivait sacrément en bonne place ici aussi.

— Vous croyez ?

— Évidemment. Il y a aussi les centres d'intérêts mutuels, les joies du compagnonnage...

Rachel a réfléchi un instant.

— C'est sûr que ce serait sympa d'avoir quelqu'un avec qui partager une pizza.

— Vous voyez ! Donc, passez un coup de fil chez Vamp'n'Love et demandez Evie. C'est plus ou moins elle qui dirige l'agence. (Du moins le temps où j'étais à *ça* du couloir de la mort.) Elle sera enchantée de vous aider.

— Merci. Je vous suis infiniment reconnaissante, a dit Rachel avec un sourire sincère.

— Non, non, c'est moi qui vous suis reconnaissante.

Ou qui, du moins, le serais si la filature de Rachel se révélait payante et que j'arrivais à mettre la main sur Jack.

6

En général, la vue d'un cadavre ne me fait ni chaud ni froid. Forcément : je suis de la race des suceurs de sang intrépides.

Oui, enfin... ne nous emballons pas. Je n'excelle pas non plus dans l'art de semer la mort et la désolation sur mon passage, et je n'ai pas assisté à des obsèques depuis... En fait, je n'ai jamais assisté à des obsèques (il convient de préciser que les vampires sont des suceurs de sang intrépides *et* quasiment immortels) donc il n'était pas exclu que l'idée d'entrer dans une morgue me flanque un peu la pétoche.

J'ai regardé à travers la petite ouverture carrée pratiquée dans la lourde porte en métal et ma main a hésité. Tous les murs de la pièce, du sol au plafond, étaient occupés par de grands tiroirs métalliques, et de grands sacs noirs équipés de fermetures Éclair reposaient sur des civières, alignées en rang d'oignons. L'odeur du désinfectant me brûlait les narines.

— Vous êtes sûr qu'elle est là ? ai-je demandé au garçon de salle qui m'avait escortée le long du couloir.

— Je l'ai vue signer le registre lorsqu'elle a pris sa garde. Tenez, la voilà, a-t-il ajouté en regardant pardessus mon épaule.

Il m'a indiqué le seul être humain en position verticale de toute la pièce : une petite rousse en blouse blanche, qui arborait un badge indiquant, DR. MANDY DUPREE, INTERNE EN MÉDECINE MÉDICO-LÉGALE.

— Peut-être pourriez-vous frapper à la vitre et lui faire signe de nous rejoindre ici ?

— Elle commence tout juste son service. Elle ne peut pas encore faire de pause, ni laisser la salle sans surveillance.

J'ai inspiré profondément, ce que j'ai immédiatement regretté. Non seulement tous ces cadavres me mettaient vraiment mal à l'aise, mais l'odeur de la mort n'aidait pas. J'ai relâché mon souffle en me promettant de mettre mes fonctions respiratoires en veille, puis j'ai appuyé sur la sonnette rouge, à côté de la porte. Quand Mandy a levé les yeux, j'ai agité la main. Elle s'est avancée vers la porte, l'air interloqué, et a actionné la commande d'ouverture de la porte.

— Excusez-moi de vous déranger. Vous êtes bien la Mandy qui sort avec Jack Marchette, n'est-ce pas ?

Je n'avais posé la question qu'histoire de trouver un préambule car, à l'instant où j'avais croisé le regard vert de la jeune femme, j'avais eu la réponse. Elle ne sortait pas juste avec Jack. Elle était follement amoureuse de lui, et certaine de la réciprocité de ses sentiments. Quinze jours plus tôt, pour son anniversaire, il lui avait fait une surprise (il lui avait offert un chiot), et la nuit précédente, il lui avait fait une autre surprise en léchant son…

Oups ! Ça, c'était une information vraiment superflue. J'ai battu des paupières et je me suis concentrée sur la courbure très fine de son sourcil gauche. Épilé à la cire – et drôlement bien.

— Pourquoi cette question ?

— Je cherche Jack. Vous le connaissez, n'est-ce pas ?

Elle m'a étudiée un instant, avant de finalement hocher la tête.

— Il est allé me chercher un café dans la salle de repos.

— Jack est allé vous chercher un café ? *Jack ? Jack Marchette ?*

Je vous explique : mon frère adore les femmes et il faut croire qu'il sait drôlement bien s'y prendre avec elles car en général, il en a toujours une à sa disposition, vingt-quatre heures sur vingt-quatre, sept jours sur sept. Et les rôles ne sont jamais inversés.

— Qui êtes-vous ?

— Sa… (J'ai hésité à reprendre le bobard de la cousine, mais comme Jack ne savait pas encore que j'avais quelques soucis, il n'allait vraisemblablement pas jouer le jeu.) Je suis sa sœur.

Réponse qui m'a valu un immense sourire.

— C'est toi, Lil ? (J'ai hoché la tête et Mandy m'a serré la main avec chaleur.) J'ai tellement entendu parler de toi ! Je suis ravie de faire enfin ta connaissance.

— Tu as entendu parler de moi ?

— Mais bien sûr ! De toi, et de tes deux autres frères. Jack vous adore.

— Ah bon ?

— Oui, il est intarissable à votre sujet.

— Ah bon ?

— Évidemment. Il a la fibre familiale.

— Ah bon ?

Bon, d'accord, je sais – mes reparties ne brillaient pas par leur intelligence, mais j'étais confrontée à un de ces instants où tout bascule dans votre vie : c'était toute ma représentation de la cellule familiale (notamment avec mon emmerdeur de frère qui ne pouvait pas me supporter) qui était en train de se désintégrer.

— Ce sens très fort de la famille est l'une des choses qui m'ont attirée chez lui. Il est tellement loyal, tellement protecteur et… Ah, le voilà !

Je me suis retournée au moment où Mandy actionnait l'ouverture de la porte et j'ai vu Jack s'avancer, une tasse de café fumant dans une main, une rose rouge à longue tige dans l'autre.

Oubliez l'histoire de l'instant où tout bascule dans votre vie. Là, c'était carrément une scène sortie de *La Quatrième Dimension*.

— Pour toi, mon cœur, a-t-il dit en tendant à Mandy et la tasse et la fleur.

Et puis il l'a embrassée, longuement.

Je me suis raclé la gorge, ce qui a mis un terme au baiser. Jack s'est retourné et son air rêveur a laissé place à une expression interloquée.

— Lil ? Qu'est-ce que tu fabriques ici ?

— J'ai les flics aux trousses. Il paraît que j'ai découpé un mec en morceaux.

— Très drôle, ta blague, frangine, a répondu Jack en souriant.

— Ce n'est pas une blague.

— Lil ne supporte pas la vue du sang, a expliqué Jack, avant d'exploser de rire, bientôt imité par Mandy. Mais c'est toute de même une vampire.

Voyant leur hilarité redoubler, j'ai froncé les sourcils et tapé sur l'épaule de Jack.

— Hé, je ne plaisante pas. D'accord ?

— C'est ça. (Jack s'est essuyé les yeux.) Pourquoi es-tu là ?

— Pour la raison que je viens de te dire : j'ai les flics aux trousses et j'ai besoin de ton aide.

Jack a secoué la tête, mais Mandy, elle, a repris ses esprits.

— Je crois qu'elle est sérieuse, Jack.

— Un meurtre ? Mais c'est le truc le plus débile que j'aie jamais entendu !

— On est deux dans ce cas. Mais il n'empêche que c'est vrai. Je suis en cavale. Je suis une fugitive. Je suis suspectée de *meurtre*.

Ma vision s'est brouillée et j'ai battu des paupières, frénétiquement. Ah, non ! Je n'allais pas me mettre à chialer ! Pas là. Pas devant Jack. La dernière fois que j'avais lâché les grandes eaux en sa présence, il s'était moqué de moi. Cela étant, à l'époque, j'avais cinq ans et lui sept, et il venait de briser en mille morceaux la tête de ma poupée en porcelaine préférée.

À ce souvenir, ma vue s'est brouillée encore plus. J'ai reniflé.

— Alors, tu peux m'aider ?

— De quoi as-tu besoin ?

Il n'avait pas ri. C'était carrément bon signe. J'ai dégluti et lâché :

— D'argent. De beaucoup d'argent.

Pendant que Jack allait retirer du fric au distributeur, j'ai papoté avec Mandy qui déshabillait et préparait un corps pour le stocker au frais jusqu'au jour de l'autopsie.

Vous parlez d'un épisode malsain, et interminable. Sur la pendule, l'aiguille des minutes progressait à une allure d'escargot tandis que Mandy emballait le corps dans une housse. Je commençais à ressentir des douleurs dues à la fatigue musculaire. Nous nous trouvions dans une salle sécurisée et aveugle, mais je sentais que le soleil s'acheminait vers la ligne d'horizon. Mes forces s'amenuisaient de minute en minute, mes paupières devenaient lourdes. Silencieusement, j'ai prié pour que Jack se dépêche.

— Tu as une mine de déterrée, m'a-t-il dit lorsqu'il a enfin réapparu, quinze précieuses minutes avant le lever du soleil.

Bon d'accord – je me doutais bien que, là tout de suite, j'étais mal partie pour remporter le titre de Miss Vamp Amérique, mais de là à avoir une mine de *déterrée*...

— Je te remercie infiniment. Moi aussi, je t'adore, ai-je répondu en ouvrant l'épaisse enveloppe qu'il venait de me tendre.

— J'ai vidé quatre distributeurs. J'espère que ça te suffit.

— C'est plus qu'il ne m'en faut. Tu me rends un sacré service.

— Laisse tomber. Tu devrais vraiment aller te coucher, a-t-il ajouté en me dévisageant, les yeux plissés.

— C'est ce que je vais faire, dès que j'aurai trouvé un endroit où je serai en sécurité. (J'ai regardé l'horloge murale. Plus que treize minutes. Bon sang de bonsoir !) Faut que je file, ai-je ajouté en fourrant l'enveloppe dans ma poche.

— Tu n'y arriveras jamais, a fait Mandy en refermant un tiroir avec un bruit sourd.

— J'ai repéré un petit hôtel, à quelques blocs d'ici.

— Oui, Mandy et moi y sommes déjà allés pour... Bon, je ne te fais pas un dessin, a dit Jack. Et nous avons passé un quart d'heure à la réception pour remplir la fiche.

Avais-je besoin de tant d'informations ?

— Je vais y arriver. Je n'ai pas le choix.

— Il se pourrait que si, a dit Jack.

En le voyant échanger un regard avec Mandy, j'ai compris où il voulait en venir, et j'ai eu l'impression de recevoir un crochet dans l'estomac.

— Jack, je sais à quoi tu penses, et franchement, tu peux t'épargner la peine de le dire, ai-je protesté.

En pure perte.

— Tu pourrais squatter ici.

Beuuuuurk !

En voyant mon expression horrifiée, il a ajouté :

— Bon sang, ce que tu peux être chochotte !

— Un peu que je le suis ! On est entourés que de macchabées, ici ! Sans vouloir te vexer, ai-je ajouté à l'intention de Mandy.

— Frangine, tu es une vampire. (Jack s'est avancé vers un des tiroirs et l'a fait coulisser. Il était vide, et consistait en une table en inox de la longueur d'un corps.) Dépasse tes réticences.

— Je suis une vampire *héréditaire*. Ce qui signifie que je n'ai jamais cassé ma pipe.

— Tu n'en es pas moins morte au vu des critères de la société.

— Là n'est absolument pas la question.

— Elle est où, alors ?

— Eux, ils sont *morts*.

— Comme tu le seras, toi aussi, si tu ne trouves pas rapido un endroit où échouer. Arrête tes chichis. Je l'ai bien fait, moi.

Il a tourné un regard dégoulinant d'adoration vers Mandy qui, me suis-je aperçue, était allée chercher des draps propres dans un grand placard, à l'autre bout de la salle.

Je sais de quoi je parle, d'accord ? Mon *frère*. *Éperdu d'adoration*. Contradiction dans les termes.

— Arrête, tu me fais flipper.

— Qu'y a-t-il de flippant, ici ? Ce n'est jamais qu'un cercueil sur glissières. Nos congénères ont dormi des siècles durant là-dedans. Bon sang ! Papa dort toujours dans un cercueil.

— Papa est un excentrique. Et je ne parlais pas du tiroir. Mais de Mandy et toi. (J'ai coulé un regard vers la jeune femme qui, tout en attrapant les draps et repliant soigneusement l'un d'eux, tombé de la pile, n'avait rien perdu de notre échange.) Jack, réfléchis deux secondes, ai-je poursuivi en baissant la voix. Toi qui dormais dans des draps égyptiens superluxe avec un surmatelas en duvet, tu rampes maintenant dans un tiroir de morgue. Pour une femme.

Une femme *humaine*, ai-je précisé à part moi.

— Mandy est interne, a répondu Jack en souriant.

— Et... ?

— Et elle bosse comme une folle, ce qui ne facilite pas franchement une relation. Alors on se débrouille en se voyant ici. Si je m'installe près d'elle pendant sa garde, elle peut m'embrasser quand je me couche, et au réveil, et je ne perds pas de temps à rentrer chez moi.

— Tu habites à dix minutes d'ici.

— Dix minutes loin de Mandy, c'est dix minutes de trop.

Bon, d'accord – maintenant, j'étais vraiment inquiète. J'ai tâté son front. Il était frais, comme d'habitude. Notez bien qu'un vampire ne peut pas réellement tomber malade, mais je devais m'en assurer. Parce que si Jack n'avait pas été infecté par quelque étrange virus affectant uniquement les vampires héréditaires de sexe masculin, machos, condescendants et tombeurs de femmes, alors tout cela ne pouvait signifier qu'une seule chose... J'ai senti mon sourire s'élargir d'une oreille à l'autre

— Tu es amoureux.

Mon sourire devait être contagieux, car Jack a répondu, rayonnant :

— Bien deviné.

— Papa et maman sont au courant ? Je sais qu'ils sont au courant pour Mandy, mais leur as-tu dit que...

— Non, pas encore. Je leur ai parlé d'elle et j'ai organisé une petite rencontre pour la leur présenter. On s'est dit qu'on le leur annoncerait à ce moment-là.

— Au thé ? J'ai surpris une conversation entre eux, pendant que je me planquais dans la cabane de la piscine, ai-je expliqué en voyant son regard intrigué.

— Ils ont parlé de ça ? (Une étincelle d'anxiété a jailli dans son regard.) Et qu'en ont-ils dit ? Est-ce qu'ils vont venir ? Il le faut. Bon, je sais – rien ne les y oblige, mais il le faut. Ce sont mes parents, non ? Ils devraient avoir envie de rencontrer la femme aux côtés de laquelle je veux passer l'éternité...

— Du calme, l'ai-je coupé. Ils vont venir, mais ça ne les enchante pas.

Une expression de soulagement est passée sur le visage de mon frère.

— Ils n'ont pas besoin d'être enchantés. Il faut juste qu'ils viennent.

— Et moi ? Je peux venir aussi ?

Si tant est que je ne sois pas morte, ou en train de me crêper le chignon avec une compagne de cellule répondant au doux sobriquet de Big Mama.

J'ai écarté cette dernière pensée pour m'accrocher à mon espoir tout neuf. J'avais de l'argent. Et bientôt, j'aurais un lieu où être en sécurité. La vie après la mort avait du bon.

— Pourquoi voudrais-tu venir ? s'est étonné Jack. Tu détestes le thé.

— Certes, mais j'adore voir maman flipper quand je n'y suis pour rien.

Jack a souri et m'a indiqué le tiroir métallique d'un mouvement des yeux.

— Alors, tu grimpes, oui ou non ?

— Non.

À l'instant même où la réponse s'échappait d'entre mes lèvres, j'ai compris que je n'avais pourtant pas le choix. Le soleil était en train de se lever. Je ne pouvais plus prendre le risque de sortir de l'immeuble et je devais accepter l'hospitalité qu'on me proposait. J'aurais pu me mettre en quête d'une salle déserte ou d'un placard à balais, mais celle-ci ou celui-là aurait été bien trop accessible pendant que j'étais la plus vulnérable.

Le « sommeil des morts » n'est pas une expression sortie de nulle part. Une fois que j'aurais sombré, je dormirais comme une masse, et même si je réussissais à me réveiller au premier signe de danger, je serais trop faible pour me défendre.

Ce dont j'avais besoin, c'était d'un endroit sombre, paisible et avant tout, sûr, jusqu'au coucher du soleil. Et j'en avais besoin tout de suite.

— Je peux au moins avoir une couette, ou une couverture ?

— Mandy ? a lancé Jack à tue-tête. Lil veut une couverture.

— Nous n'en avons pas sous la main, ici, mais j'ai ça, a annoncé Mandy en brandissant des draps. Je peux t'en trouver quelques autres, que tu poseras en double épaisseur. Ça sera plus confortable. D'accord ?

J'ai hoché la tête et elle est repartie en souriant vers le placard.

— J'ai du mal à croire que je suis en train de faire ça, ai-je dit à Jack tandis que je grimpais dans le tiroir, après avoir étalé la demi-douzaine de draps que Mandy m'avait donnés.

— Ce n'est pas si inconfortable. Et je serai juste à côté de toi.

— Non, est intervenue Mandy en arrivant derrière lui. Ils ont mis un suicidé à ta place. (Elle lui a caressé le bras.) Mais je t'ai dégagé un nouvel endroit, juste à côté de la salle d'autopsie. J'ai même apporté ton oreiller préféré de la maison, a-t-elle ajouté avec un sourire en lui tendant l'oreiller blanc et dodu.

— Oooooh ! Merci, mon cœur. C'est adorable.

Ce que cet échange pouvait avoir de légèrement malsain dans un tel décor – la morgue, tout de même ! – ne m'a pas échappé ; cependant, je n'ai pas pu m'empêcher de ressentir une chaleur dans la poitrine.

Attention : je n'étais pas en train de cautionner l'idylle de mon frère avec une humaine. Il va de soi qu'il aurait dû craquer pour une vampire héréditaire en mesure de lui donner des bébés vamps et, surtout, quelques petits-enfants à mes parents pour qu'ils arrêtent de me mettre la pression.

Mais que voulez-vous ? J'ai fondé une agence de rencontres. L'amour, c'est mon fonds de commerce.

— Tiens, voilà d'autres draps pour te couvrir, a dit Mandy. Ne t'inquiète pas. Tu seras en sécurité, ici. On n'ouvre les tiroirs que lorsqu'on transfère un corps, ou qu'on l'emporte en salle d'autopsie, et c'est moi qui gère les entrées et les sorties.

— En somme, tu es ouvreuse de tiroirs ?

— Entre autres choses, a répondu Mandy en souriant. C'est également moi qui décide où et quand chacun sera rangé. Et en tant qu'interne, je participe également à l'autopsie. C'est comme ça que j'ai rencontré ton frère. Il avait eu un accident de voiture et nous avons constaté la mort. On l'a mis dans un sac, avec une étiquette, et rangé dans ce tiroir, là-haut. Ça, c'était le matin de bonne heure, alors que je venais juste d'arriver. Le soir, tandis que je faisais une dernière ronde avant de partir, j'ai entendu le tiroir s'ouvrir. J'ai levé la tête, et je l'ai vu. Ça a été le coup de foudre.

— Au sens propre, a précisé Jack. Le choc a été tel qu'elle est tombée dans les pommes.

— Jack m'a ranimée et expliqué la situation.

— Et... ça ne t'a pas posé de problème ?

— Non, bien sûr. Je m'étais toujours doutée que les vampires existaient. Ils m'avaient même inspiré quelques fantasmes. Jack est mon fantasme devenu réalité.

— C'est tellement délicieux, mon cœur.

— C'est toi qui es délicieux. (Elle a attiré son bras vers son visage et inspiré.) Littéralement. Il est tellement appétissant ! Je pourrais passer mon temps à le sentir sans jamais m'en lasser.

— Tu peux le *sentir* ?

— Au début non, je ne pouvais pas, mais une fois que nous...

Sa phrase est restée en suspens, à la différence de ses pensées. Je me suis surprise à regarder une fois encore la pendule, désireuse de me concentrer sur quelque chose d'autre que l'image très nette de Mandy et de mon frère en train de…

J'ai arraché l'oreiller d'entre les mains de Jack et je me suis allongée sur le dos.

— Tu surveilleras l'heure, n'est-ce pas ? ai-je bafouillé. Ça ne t'embête pas ?

— Si, ça m'embête.

— L'amour fait mal, frangin. L'amour fait mal.

J'ai calé l'oreiller sous ma tête et essayé d'ignorer le froid glacial de la plaque métallique qui pénétrait à travers les draps.

— C'est plutôt confortable, non ? a lancé Jack.

— Tu es barjo.

— Ferme les yeux et dors.

— Je vais fermer les yeux. Mais dormir, ça m'étonnerait, ai-je répondu tandis qu'il commençait à pousser le tiroir.

— Tu es une vampire. Fais-moi confiance, tu vas dormir.

— C'est toi qui le dis, ai-je râlé à l'instant où le tiroir se refermait avec un cliquetis métallique.

L'obscurité m'a enveloppée. Mon cœur battait, aussi poussif qu'un train de marchandises qui progresse vers sa destination.

Ka-boum, ka-boum, ka-boum…

Dormir ? Ouais, c'est ça.

J'étais à la morgue, nom d'un chien ! J'étais en cavale, parce que soupçonnée d'un meurtre que je n'avais pas commis. J'avais été obligée d'emprunter de l'argent. Et pour couronner le tout, ce fichu tiroir était aussi dur que de la pierre. Et aussi froid.

Tout en cherchant une position confortable, j'ai forcé mon esprit à se détacher de ma situation misérable et inextricable pour se tourner vers un de mes fantasmes préférés – une plage mexicaine, un chasseur de primes archidélicieux et une Margherita à la mangue.

Oui, voilà qui était bien mieux. Le sable. La caresse du soleil. Et un bikini italien en daim – une vraie tuerie.

Ty s'inclinait au-dessus de moi, faisant écran à la chaleur du soleil, et promenait ses mains sur mon corps. Bientôt, le bikini gisait à côté de nous ; Ty tendait la main vers le verre glacé et un filet de cocktail coulait délicatement sur mon ventre nu. Et tandis que le jus fruité glissait sur ma chair gorgée de chaleur, Ty me souriait, puis se penchait pour chatouiller de la langue mon... *Zzzzzzzzzzzzzz !*

7

— La victime est une femme de type caucasien de vingt-six ans, SDF, retrouvée morte dans une ruelle près de la 52e Rue, par d'autres SDF. Apparemment, le décès a été causé par strangulation.

La voix s'est faufilée insidieusement à travers mon sommeil et jusque dans mes oreilles. *Pfff !* Ma voisine regardait encore une rediffusion des *Experts*.

Bon, j'aime bien *Les Experts*, comme tout le monde. Enfin, plus ou moins. Evie, ma réceptionniste, y est complètement accro et je dois reconnaître que j'ai un peu de mal à la comprendre. Mais dans l'ensemble, je trouve la série plutôt bien ficelée – dans le genre morbide et déprimant. Franchement ! Un macchabée par-ci, un autre par-là. Comment, après ça, un humain lambda peut-il avoir foi en son prochain ?

Je devais absolument m'extraire du lit pour aller cogner contre le mur. Mais je n'avais pas encore assez récupéré. Mes bras, mes jambes étaient toujours lourds comme du plomb, et je n'avais qu'une envie : rester là où j'étais, les pieds bien au chaud sous les draps.

— La gorge de la victime ne présente aucune marque de ligature apparente...

En ce cas, gros malin, c'est qu'elle n'a pas été étranglée. Si c'était aussi simple que ça, les indices d'écoute ne seraient pas aussi élevés.

— Les vaisseaux autour de la bouche et du nez semblent intacts…

Oh ! oh ! le mystère s'épaissit. Les ongles, coco. Vérifie sous ses ongles.

— Les extrémités ne présentent aucun signe apparent d'hématomes. Les ongles sont soigneusement manucurés et semblent intacts.

Bravo !

— Êtes-vous sûrs que cette victime a été étranglée ?

— C'est ce que dit le dossier, doc. Il est écrit que le corps présente tous les signes attendus d'une mort par strangulation.

— Pour un débutant, peut-être. Mais si cette femme a été étranglée, moi, je suis Britney Spears. La cause de la mort est forcément autre.

Ben tiens !

Il y a eu un déclic d'appareil photo, suivi du crépitement d'un flash. Puis d'un autre. Aveuglants. *Je peux vous assurer que je vais convoquer une assemblée générale de copropriétaires, et que ça ne va pas traîner.*

— Préparez-vous à l'ouvrir. On va jeter un œil.

Le légiste a tracé le dessin d'un Y avec une pointe émoussée (j'avais définitivement besoin d'occuper ma vie à des choses plus sérieuses, d'accord ? Je n'aurais pas dû savoir ces trucs).

— Ça m'a l'air bon, a dit l'homme. Allons-y pour la première incision.

Il a posé la pointe du scalpel sur le sternum de la victime, dont le corps a aussitôt été parcouru d'une douleur cuisante, qui est remontée jusque dans son cerveau.

Hé, minute !

C'était *mon* cerveau.

J'ai ouvert les yeux d'un coup, et je me suis retrouvée nez à nez avec un bonhomme entre deux âges, au front dégarni, chaussé de lunettes.

Il a hurlé – et moi aussi.

Ouais, je sais. C'est pas très vampiresque, mais bon, on parle d'un *scalpel*.

J'ai dégringolé de la table en acier dans un concert de cliquetis métalliques. Des instruments se sont éparpillés sur le carrelage. Un filet de sang s'échappait de la petite incision pratiquée sur mon thorax. Quand je me suis redressée, le photographe, pris de panique, a lâché son Polaroïd, qui a volé par terre et éclaté en morceaux.

— Nom de Dieu ! Elle est vivante !

Et *nue*, aurait-il pu ajouter.

Que les choses soient bien claires : je suis on ne peut plus fière de mon corps. Mais n'étant pas naturiste dans l'âme, me retrouver dans le plus simple appareil m'a fait flipper presque autant que si j'avais été découpée en morceaux.

J'ai examiné la pièce d'un regard affolé jusqu'à ce que j'aperçoive un tas de draps pliés. En l'espace d'un battement de paupières, je m'étais enveloppée dans l'un d'eux et je cherchais frénétiquement la sortie tandis que le pathologiste et son assistant restaient les bras ballants, assommés. Et puis mon frère a déboulé, Mandy sur ses talons.

— Je suis désolée, a-t-elle bafouillé. Je faisais ma pause lorsqu'ils sont venus s'occuper de la SDF qu'on a apportée hier. Ils ont mal lu les dossiers, et ils t'ont sortie à sa place et… Je suis horriblement désolée. Oh, mon Dieu ! s'est-elle écriée d'une voix perçante. Mais tu saignes !

— Tout va bien, bébé. (Jack a glissé un bras autour d'elle.) Tu n'y es pour rien.

— Mais si ! J'aurais dû être plus attentive. J'avais tellement besoin d'un café, j'ai un peu traîné, et ils ne sont pas censés sortir quelqu'un tant que je ne suis pas là.

— L'erreur ne vient pas de toi. Tu as fait de ton mieux.

— Tu n'es pas en colère ?

— En colère ? Mais pourquoi ? Tu n'y peux rien, si quelqu'un a enfreint la règle. Toi, tu as été aussi consciencieuse et appliquée que d'habitude.

— Oh, que tu es mignon !

— Non. C'est toi qui es mignonne.

— Non, c'est toi.

— Excusez-moi ? (J'ai remonté le drap au ras des aisselles pour plus de sécurité.) Je m'en veux d'interrompre vos roucoulades, mais je suis à poil, je saigne et ces types veulent me débiter en morceaux.

— Oh, on ne débite personne en morceaux, ici. On t'ouvre pour retirer tes organes, c'est tout.

— Ah... eh bien, me voilà rassurée. (Je me suis avancée vers mon frère.) TU TE FICHES DE MOI ? Je me suis retrouvée avec une lame de scalpel enfoncée dans ma chair pendant que je dormais et que j'étais totalement vulnérable.

— C'est une situation un peu délicate pour nous, a expliqué Jack à sa dulcinée. Lil est bouleversée.

— Et folle de rage !!!

— Mais pas contre toi, s'est empressé de préciser mon frère pour rassurer sa chérie. Un rien la bouleverse, en général.

— Crétin ! Tu as dit que j'étais en sécurité !

— Je pensais que c'était le cas, a reniflé Mandy. Je suis vraiment désolée.

Un voile humide a fait briller ses yeux, et sans réfléchir, je me suis entendu dire :

— C'est pas grave.

— C'est vrai ?

— Oui. Je suis sûre que tu ne m'as pas envoyée délibérément sur la table d'autopsie. Cela aurait ruiné tes chances de faire bonne impression sur mes parents.

— C'est sûr, a-t-elle convenu en retrouvant le sourire.

— Je n'avais plus de pouls, a expliqué l'homme au front dégarni d'une voix chevrotante. (L'attention générale s'est reportée sur lui. Il avait fini par s'arracher à sa stupeur et par reprendre pied.) J'ai vérifié moi-même : elle n'avait pas de pouls, et maintenant, elle parle, elle saigne, et elle *parle*.

— Ouais, c'est superbizarre, a marmotté le photographe. Tu parles d'un truc tordu.

— Et le corps était froid, aussi. Je l'ai vérifié personnellement. (Front Dégarni a secoué la tête, comme s'il essayait de trouver une explication à la situation.) Elle était froide. Glacée.

— Essayez donc de dormir dans un réfrigérateur, lui ai-je lancé.

Il a ouvert des yeux ronds et reculé avec empressement.

— Je... Je dois appeler la sécurité.

— Lil ? Pourrais-tu faire quelque chose, s'il te plaît ? est intervenu mon frère.

Moi ? Et qu'est-ce que j'étais censée faire... Ah oui !

J'ai inspiré profondément pour recouvrer mon calme, ignoré la sensation de brûlure dans ma poitrine et fixé du regard Front Dégarni qui gagnait la porte à reculons.

— Ne bougez plus, lui ai-je intimé en le regardant intensément dans les yeux, qui étaient remplis d'effroi. (Le type s'est immobilisé et, sur son visage, le choc a laissé place à la surprise.) Vous n'êtes pas vraiment ici. Vous êtes confortablement installé dans la salle de repos, vous êtes en train de faire un somme, et toute cette scène, ai-je expliqué en désignant la salle d'un mouvement circulaire du bras, est un rêve. (J'ai souri et je lui ai lancé mon regard de séductrice. Ses traits se sont détendus et une lueur d'avidité a enflammé son regard.) Un fantasme. Un fantasme classé X.

Ben oui, quoi – ce type m'avait vue *nue*.

— Qu… qui êtes-vous ? a bafouillé le photographe, qui s'était tapi entre deux grandes étagères métalliques.

J'ai reporté mon attention sur lui.

— Je viens de vous le dire. Un fantasme.

— Pas le *mien*…, s'est-il défendu faiblement tandis que son regard perdait de son éclat.

J'ai entr'aperçu dans sa tête une bonne femme maigrichonne, avec des cheveux ternes et un visage semé de taches de rousseur. Sa femme.

Ma propre peur s'est un peu dissipée et mon cœur a battu une fois de trop.

— Je suis ce qui arrive quand on abuse des sandwichs au salami, ai-je ajouté.

Bon, d'accord – j'avais également entr'aperçu le menu de son déjeuner.

— Vous voulez dire… une indigestion ? a demandé l'intéressé.

Mon frère a ricané et je lui ai lancé un regard qui signifiait « Boucle-la ou je vais faire en sorte que l'éternité te semble très, très longue. »

— Exactement, ai-je répondu au photographe.

Cette conversation manquait de glamour, mais hé ! je suis l'assistante de Cupidon – pas une briseuse de ménage. En outre, un type qui fantasme sur sa femme mérite des encouragements.

— Au moins, ils ont attendu ce soir pour l'autopsie, me suis-je félicitée quelques minutes plus tard tandis que Mandy me conduisait dans le vestiaire des femmes, après avoir nettoyé et désinfecté mon entaille de deux centimètres.

Je sais. Vampire. Immortelle. Mais Mandy était flippée et je ne pouvais pas l'en blâmer. J'étais moi-même quelque peu affolée, même si je savais que dans vingt-quatre heures, tout serait rentré dans l'ordre.

— N'oublie pas ça.

Jack a passé la tête dans le vestiaire et déposé juste derrière la porte mes valises et mon vanity, qu'il avait sortis du 4 × 4.

Il a adressé un clin d'œil à Mandy avant de refermer la porte. Toujours enveloppée dans mon drap, je me suis assise sur un banc pendant que Mandy tirait une des valises jusqu'à moi.

— Quelques minutes de plus, et mon nom aurait appartenu au passé.

— Le docteur Morrow aime bien faire des heures sup. (Elle a hissé une valise sur le banc et l'a ouverte.) Il en veut, et il court après une promotion. Tu n'étais pas programmée avant demain matin. La SDF, je veux dire. Mais le docteur Morrow s'est dit qu'il allait s'en débarrasser ce soir, avant de fermer boutique. Je suis vraiment désolée pour tes vêtements, a-t-elle ajouté en regardant le drap que je serrais autour de moi.

— J'en ai plein d'autres.

Tout en ravalant la boule qui m'obstruait la gorge, j'ai extrait un jean et un tee-shirt à paillettes de la valise.

— Prends ton temps. La relève n'arrive que dans quelques heures, m'a informée Mandy avec un sourire contrit avant de me laisser me changer.

Quelques minutes plus tard, je les ai rejoints, elle et mon frère, dans le couloir.

— Tu peux rester chez moi, a proposé Mandy tandis que nous nous dirigions vers une sortie à l'arrière du bâtiment. J'ai un grand débarras, très sombre.

— Chez moi, ce serait sans doute trop risqué puisque je suis ton frère, a ajouté Jack. Je suis sûr que la police va débouler.

J'avais pensé la même chose. Mais si jamais les flics tombaient sur la chihuahua-garou, où n'importe qui d'autre susceptible d'avoir croisé Jack et Mandy ensemble, ils ne manqueraient pas de faire également une visite à cette dernière. Ce qui signifiait qu'aller décompresser dans le débarras de Mandy n'était peut-être pas l'idée la plus intelligente non plus. J'ai secoué la tête.

— Merci, mais non. (J'ai tapoté l'enveloppe de billets dans la poche de mon jean.) J'ai du fric maintenant, et la nuit ne fait que commencer. Je vais me trouver une planque jusqu'à ce que ce bazar soit réglé.

Jack m'a serré affectueusement l'épaule.

— Je suis sûr que si tu te tiens tranquille assez longtemps, ils vont trouver le vrai meurtrier.

Peut-être.

Et peut-être aussi qu'ils allaient juste continuer à me chercher.

Cette dernière pensée m'a poursuivie tandis que je remontais la ruelle et contournais le bâtiment de la morgue pour rejoindre le taxi qui m'attendait. La nuit était tombée et la ville s'était animée de milliers de lumières.

— Où va-t-on ? s'est enquis le chauffeur une fois que j'ai eu enfourné mes bagages dans le coffre, et que j'ai été installée sur la banquette arrière.

La question a flotté dans ma tête plusieurs minutes tandis que je réfléchissais aux différentes options qui s'offraient à moi. Je ne pouvais pas aller chez mes parents. Ni chez mes amies. Pour l'instant, je pouvais encore me réfugier dans un petit hôtel discret. J'y serais probablement en sécurité, mais il n'était pas totalement exclu que je me réveille menottée, et bouclée dans une cellule.

Si tant est que je me réveille tout court.

L'entaille sur ma poitrine me brûlait. J'ai frissonné. Oui, je pouvais courir me cacher, c'est sûr – mais qu'est-ce qui me garantissait que je serais en sécurité ?

À moins que…

— Mademoiselle ? Ça va ?

— Non. (J'ai secoué la tête.) Non, ça ne va pas. Pas encore.

Mais ça pourrait aller mieux bientôt, avec l'aide d'un certain chasseur de primes tout bonnement délicieux.

8

— Vous êtes sûr qu'on est à la bonne adresse ?

— Vous avez dit Washington Street, mademoiselle. Nous y sommes.

J'ai contemplé le vaste entrepôt et les chiffres à demi effacés imprimés à côté de l'imposante porte en acier. Mon estomac s'est noué à l'idée que ma pire crainte était sur le point de se réaliser.

Bon d'accord – ce n'était pas la pire. Mais elle arrivait en très bonne position sur la liste, en même temps que les culottes bleu layette en polyester, un poste de gérante chez Midnight Moe's, et des détecteurs de vampires chez Barney's.

Je vous parle ici d'un dix sur mon trouillomètre.

Voyez-vous, Ty est un supermec. Il est beau. Il est sexy. Il a bon goût. Et dès qu'il est dans les parages, mon cerveau tend à laisser ma soif de quelques orgasmes spectaculaires penser à sa place. Or c'était là que le bât blessait : j'avais fait une croix sur le sexe et les morsures sans lendemain et, malheureusement, Ty et moi ne pourrions jamais partager autre chose puisqu'il était un converti et moi une vampire héréditaire. Pour vous la faire courte, on nageait en pleine tragédie shakespearienne.

Jamais je n'aurais pu le convier à la chasse dominicale : mes parents l'auraient empalé d'abord, et auraient discuté après. Quant à moi... Je m'économisais pour Le Vampire De Ma Vie.

Je sais. Tout ça, c'était des conneries. Mais après cinq cents ans de gratifications instantanées et éphémères, je voulais donner une chance à l'éternité.

Donc, Ty était définitivement R-A-Y-É de la liste.

Mais j'avais beau les connaître par cœur, toutes ces raisons pour lesquelles nos relations devaient rester platoniques semblaient me sortir de la tête dès que Ty et moi nous retrouvions dans la même pièce. Ou en train de flotter de concert dans les airs tout en observant un couple se livrer à des galipettes (mais ça, c'est une autre histoire).

Donc vous imaginez sans peine combien j'étais acculée pour ne serait-ce qu'envisager de cohabiter avec lui. Mais j'avais besoin d'un point de chute sûr, chez quelqu'un dont le nom ne figurait pas en haut de la liste de mes éventuelles planques dressée par la police. Ty, avec ses innombrables connexions au NYPD[1], sans même mentionner le FBI, ne serait nullement inquiété. Et dans la mesure où il gagnait sa vie en traquant les criminels, jamais la police n'irait imaginer qu'il puisse en héberger un.

Ou plutôt, héberger une vampirette aux abois, dotée d'un goût hors du commun et pacifiste invétérée.

J'avais appelé Ty pour lui expliquer la situation avec force détails, et d'une voix étranglée de surprise – et d'indignation, entièrement justifiée. Bon, d'accord – j'y avais ajouté quelques sanglots, aussi, mais les circonstances étant pour le moins stressantes, il était compréhensible que je sois *bouleversée*. On parle d'un meurtre.

1. New York Police District

Ty m'avait crue, bien entendu, même avant que je lâche les grandes eaux. Comment aurait-il pu en être autrement ? Nous étions, pour ainsi dire, en pleine fusion spirituelle. Voyez-vous, depuis que j'avais bu son sang, mon esprit se trouvait relié au sien. Lorsqu'il le souhaitait, je pouvais entendre ses pensées, et lui pouvait entendre les miennes.

N'étant pas entièrement à l'aise avec cette nouvelle facette de notre relation, j'avais fait comme s'il n'en était rien, je lui avais déballé toute l'histoire par le menu avant de lui demander asile. Il avait accepté et m'avait indiqué son adresse.

Il se trouve qu'il vivait au cœur de Meatpacking, l'ancien quartier des abattoirs, au sud-ouest de Manhattan. Oui, je sais, « abattoirs » évoque immédiatement un environnement violent, rude (ce qui allait comme un gant à Ty), mais au cours des dernières années, la physionomie du quartier avait changé. Il était devenu l'un des plus en vue de la ville et n'abritait plus désormais que des restaurants à la mode, des galeries d'art, des boutiques fabuleuses – certains créateurs renommés y avaient même élu domicile, dont un de mes préférés – Carlos Miele. Là, on parle du chic, du vrai.

En apprenant que Ty avait élu domicile dans ce quartier branché, j'avais songé (non sans un hoquet d'épouvante) qu'il n'était peut-être pas le yang de mon yin. Peut-être – je dis bien, *peut-être* – n'était-il finalement qu'un métrosexuel expert dans l'art de peaufiner son look et de se faire passer pour un chasseur de primes cool et macho.

J'avoue être ridiculement attirée par le look cool et macho ; en revanche, les hommes qui sont accros aux pédicures et qui possèdent plus de produits capillaires que moi dans leur salle de bains, ça ne me parle pas – mais alors *pas du tout*. Donc, je pouvais sans problème cohabiter avec un métrosexuel un certain temps sans sortir mes crocs (jusqu'à ce que je trouve un moyen de me sortir de ce bazar et de prouver mon innocence). *No problemo.*

Mais cohabiter avec un vampire viril, un authentique dur à cuire au visage taillé à coups de serpe et naturellement sexy ?

Là, gros souci.

Juste au moment où j'ai senti resurgir la panique qui s'était emparée de moi lorsque j'avais appelé Ty, le chauffeur de taxi a lancé :

— Il n'y a pas d'étoiles ce soir. C'est drôlement sombre.

— Oui, très sombre.

Personnellement, ça ne me gênait pas du tout. Ma vision de vamp pourfendait l'obscurité pour me permettre de contempler le monstrueux entrepôt.

Visiblement, ceux qui font la mode à New York ne se sont jamais aventurés jusqu'à cette section de Washington Street. La lanterne au-dessus du porche était hors service et la large porte, qui ressemblait à s'y méprendre à celle d'un garage, était baignée d'un halo sinistre. Ses gonds étaient rouillés, ses parois métalliques couvertes de graffitis. L'un dans l'autre, ça n'avait rien de l'antre d'un métrosexuel, et tout de celui d'un mâle dominant.

Gros, très gros souci.

J'ai inspiré à fond, lentement, j'ai réglé la course et je suis descendue.

— Vous voulez que j'attende ici, mademoiselle ? a proposé le chauffeur tout en sortant mes bagages du coffre. Au cas où vous devriez décamper rapidement…

J'ai ravalé un *oui* et secoué la tête tout en la détournant pour observer le bâtiment.

— Non, merci. Ça va aller.

Du moins l'espérais-je, de toutes mes forces.

— Parce que franchement, ça ne m'embête pas d'attendre, a insisté le chauffeur. Vous êtes vraiment très jolie, et je ne trouve pas très prudent de vous abandonner ici toute seule.

Bon, d'accord – il était simplement sensible à mon charme de vampirette, mais tout de même, sa proposition était vraiment gentille.

Je l'ai fixé dans les yeux et j'ai appris qu'il s'appelait Norm Walker. Cinquante-sept ans. Père de cinq enfants – sa fierté. Grand-père comblé de huit petits-enfants. Marié et heureux en ménage avec une Earline Walker, sa chérie du lycée. Et j'avais beau être la plus jolie des inventions depuis celle du pain de mie prétranché, c'était Earline qui avait mis au monde ses gamins, qui briquait sa maison et lui mitonnait un ragoût hebdomadaire depuis trente-huit ans.

Nom d'un chien ! Il devait assurer, ce Norm...

— Ça va aller, ai-je répété en souriant.

Ça va aller, me suis-je répété pour moi-même. *Et en ce qui te concerne*, ai-je ajouté en vrillant mon regard dans celui de Norm, *je suis juste un rêve formidable et demain, tu auras tout oublié à mon sujet.* Après quoi, j'ai rassemblé mes malles et je me suis dirigée vers la porte, pendant que Norm se réinstallait au volant.

— Vous êtes sûre ? a-t-il insisté en se penchant par la fenêtre.

— Absolument.

Rentre chez toi, lui ai-je intimé. *Et n'oublie pas de t'arrêter acheter des fleurs pour Earline. Et quelques bonbons. Et propose-lui aussi de lui faire un massage des pieds.*

Hé ! Cinq gamins *et* des ragoûts. C'était le moins qu'il pût faire, non ?

Norm n'avait pas l'air très convaincu mais après un autre regard insistant de ma part, il a fini par hocher la tête et par se redresser face au volant.

Quand il a démarré, j'ai réfréné l'envie pressante de m'élancer derrière lui.

Bon – qu'allais-je faire si Ty n'était pas un métrosexuel ? Tout espoir n'était pas encore perdu. Peut-être avait-il juste l'*air* cool parce que je ne le *connaissais* pas vraiment. Certes, je savais qu'il sentait bon, qu'il embrassait bien, que son corps était agréable au toucher (tout en lignes droites et muscles saillants) et qu'il avait un groupe sanguin très goûteux. Mais à part ça, que savais-je *vraiment* de lui ?

Le rencontrer accoutré en chasseur de primes et le voir évoluer dans son élément naturel, c'était deux choses complètement différentes. Et si ce personnage de chasseur de primes sexy et archiséduisant n'était qu'une façade ? Une image soigneusement étudiée pour masquer le fait qu'il était, en réalité (s'il vous plaît, s'il vous plaît !), le dernier des ploucs ?

Et si je découvrais un appart jonché de cadavres de bouteilles de sang ? Et s'il passait son temps à roter ? Pis : s'il venait m'ouvrir en tricot de peau, caleçon informe et chaussettes dépareillées ?

J'ai sonné à l'interphone, et Ty m'a ouvert. Je me suis engagée dans un étroit couloir qui menait jusqu'à un monte-charge, à l'arrière du bâtiment. L'entrepôt comportait trois niveaux, et Ty vivait au second et dernier étage.

Il a ouvert la porte, vêtu d'un jean délavé et élimé, et c'est tout.

Oh là là !

Les valises m'ont échappé des mains et ont atterri sur mes pieds. Ma bouche est devenue toute sèche.

Il avait des épaules larges, des bras musclés, et des tablettes de chocolat qui auraient rendu jaloux Brad Pitt dans *Troie*. Ses cheveux bruns caressaient ses épaules et encadraient son visage dans un désordre nonchalant, comme s'il venait de les repousser d'un geste. La vue de la petite cicatrice qui balafrait l'extrémité d'un sourcil m'a donné des fourmillements dans les doigts. (Ouiiiii, je l'avais déjà touchée mais, malheureusement, à la faveur d'une situation qui n'avait rien de sexuel.)

Hé minute ! Ai-je vraiment dit *mal*heureusement ? Oubliez le préfixe. Ty avait gardé ses distances, et moi les miennes. *Heureusement.*

Nos regards se sont croisés. Le sien était d'un bleu vif et électrique. Aussitôt, un tremblement s'est emparé de mes mains. Mon estomac a fait un salto. De l'électricité a crépité entre nous et mes tétons se sont mis au garde à vous. Ah, et quelques autres régions de mon corps se sont également manifestées à mon attention.

J'ai battu des paupières pour refouler un soudain afflux de larmes et l'image de Ty a commencé à flotter devant mes yeux.

— Salut, a-t-il lancé de sa voix grave en effleurant mon épaule d'une main puissante. Ça va aller. C'est juste un malentendu. Un fâcheux malentendu.

— Si vous le dites, ai-je reniflé en clignant des paupières pour refaire le point sur son image.

Mauvaise idée : sitôt que tous les détails sont redevenus clairs, ma panique a redoublé, en même temps que le désir qu'il m'inspirait. Vous parlez d'une épreuve à surmonter – j'allais cohabiter avec un « mordu » sexy de la mort (et, pour l'heure, à moitié à poil) qui m'avait inspiré maints fantasmes érotiques avec son look de cowboy mâtiné de mauvais garçon, *sans le mordre.*

Eh bien, oui, c'était précisément l'idée !

Mes yeux se sont embués à nouveau.

— Allons, allons, du calme.

Cette fois, sans me laisser le temps de renifler, il m'a invitée à entrer et à aller m'asseoir dans le coin salon, sur un canapé en cuir.

— Il n'y a pas de raison de se mettre dans un état pareil, a-t-il poursuivi. On va trouver une solution.

Vraiment ? Oui, évidemment qu'on allait trouver une solution. Nous étions des adultes, des gens matures. Nous pouvions inventer des tas de ruses pour gérer cette situation. Chacun de nous pouvait respecter l'espace privé de l'autre. Nous pouvions dormir dans des pièces séparées. Il pouvait enfiler des vêtements. Je pouvais nouer un bandeau sur mes yeux.

— Je vais appeler ce type que je connais, au NYPD, a-t-il poursuivi en allant chercher mes bagages restés devant la porte. Il nous donnera un coup de main.

— Ah bon ? Comment ? Il sait faire des colliers d'ail ?

Question idiote de ma part. Puisque Ty était un vampire, je ne pouvais pas lui imposer de porter un de ces fichus épouvantails en sautoir. Vous parlez d'une quadrature du cercle.

Il a déposé mes bagages dans l'entrée avant de refermer la porte et de donner un tour de clé.

— Vous disiez ?

— Rien, laissez tomber.

Je me suis installée sur le canapé pendant que Ty prenait place sur une chaise. Loin, très loin de moi – du moins essayais-je de m'en convaincre. Son odeur – un parfum d'air frais et de liberté assaisonnés d'une pointe de danger – a chatouillé mes narines.

Miam…

Hé, minute ! Comment ça, *miam* ? Cette situation n'avait vraiment rien d'appétissant. Ty n'allait pas se jeter sur moi et me soulever dans ses bras ; nous n'allions pas nous livrer à des ébats sauvages et endiablés sur le lit qui, à l'autre bout de la pièce, semblait si accueillant ; ni, en aucun cas, accompagner nos cabrioles de grandes libations.

En résumé, j'aurais plutôt dû pousser une exclamation de dégoût. Situation critique. Un type pas fait pour moi. Problème maximum. Aïe !

Je me suis retenue de respirer – puisque cela ne servait qu'à me dicter de mauvaises idées. J'allais gérer cette situation, et en tirer le meilleur parti. Même si Ty était de la race des mâles dominants, rien ne m'obligeait à craquer sur lui. Mieux : je pourrais même le jeter entre les pattes de Viola, qui devait déjà saliver à l'idée d'un macho bien brut de décoffrage.

Un de trouvé, plus que vingt-six.

Cela dit, Viola avait *spécifié* qu'elle voulait des humains – ce qui mettait Ty hors compétition.

Heureusement !

Sidérée par le soulagement qui a déferlé en moi, j'ai froncé les sourcils et reporté mon attention sur le loft : vaste surface ; six bons mètres de hauteur sous plafond ; tout un mur, du sol au plafond, occupé par des baies vitrées. Nous étions installés au centre du plateau, dans un coin salon meublé d'un canapé en cuir bleu marine et de deux fauteuils en cuir noir disposés de part et d'autre d'une table basse en verre et sur piètement chromé, assortie aux étagères sur lesquelles trônaient suffisamment d'équipements électroniques pour provoquer un orgasme instantané chez n'importe quel mâle lambda. Un téléviseur grand écran était posé au pied des étagères.

À ma gauche, se trouvait la cuisine américaine, équipée d'appareils électroménagers en inox et d'une table de cuisson sur l'îlot central. À ma droite, la chambre, presque entièrement envahie par un lit king size, avec sa couette bleu saphir et sa demi-douzaine d'oreillers, enveloppés de taies noires et bleues et entassés contre la tête. L'ensemble dégageait une impression de confort et d'extrême masculinité. J'ai senti un grand creux dans mon estomac et ma bouche est devenue toute sèche.

Je me suis forcée à déglutir avant de reporter mon attention sur Ty. Il me fixait d'un regard perçant et une petite étincelle pleine de sous-entendus brillait dans ses yeux bleu fluo.

— Bel appart.

— Il est pratique.

— Vous avez fait appel à un décorateur professionnel, ou bien avez-vous tout fait vous-même ?

La question m'a valu un regard bizarre.

— Presque tous les meubles étaient déjà là. J'ai apporté la literie et la hi-fi il y a quelques semaines.

— Oui, on n'a jamais trop d'équipements hi-fi.

Ai-je déjà mentionné qu'un environnement saturé de testostérone nuit sévèrement à mes aptitudes en matière de conversation intelligente ? J'ignore s'il s'agit là d'une faiblesse intrinsèque à ma race (comme l'est l'intolérance à la lumière du jour et aux pieux), ou d'un léger dysfonctionnement personnel.

— Alors... euh, c'est qui ce type qui bosse au NYPD ? ai-je enchaîné. Un ami ? Un parent ?

Ty m'a décoché un autre regard bizarre, et là, je ne pouvais pas lui en tenir rigueur. Franchement ! Un *parent* ? Ty était plus que centenaire, et un mordu par-dessus le marché. Autant dire que tous les membres de sa famille se trouvaient vraisemblablement six pieds sous terre. Quant au reste, les mordus n'ont pas la réputation de forger des relations durables. Ils dévastent la planète et déciment les populations pour se nourrir, point barre. Du moins selon mes parents.

J'ai vu ses sourcils bruns converger.

— Auriez-vous pris un coup sur la tête, pendant l'arrestation ?

Une lueur inattendue de sollicitude a scintillé dans son regard et j'ai senti une volute tiède s'enrouler dans mon ventre. Avant que j'aie pu répondre (à la faveur de cette tiédeur, j'avais donné ma langue au chat), Ty a secoué la tête et ajouté :

— Mais qu'est-ce que je dis ?

Eh bien… que peut-être – je dis bien, *peut-être* – il *redoutait* que j'aie reçu un coup sur la tête ? Et que, compte tenu des puissants sentiments que je lui inspirais, ça le rendait fou ?

Bon sang de bonsoir ! Mais c'est bien sûr ! Comment ne l'avais-je pas compris avant ? Nous nous étions embrassés ; nous avions flirté ; et j'avais toujours su qu'il y avait quelque chose de plus. Certes, c'était une situation sans issue, mais qui n'en existait pas moins. Nous rejouions la tragédie de Roméo et Juliette (les crocs en plus, bien sûr). Je l'avais senti, bien qu'il n'ait jamais rien dit qui puisse le trahir et me prouver que tout ça n'était pas juste le fait de mon imagination suractive et de mes hormones en manque.

Seulement, face à un tel danger, il ne pouvait plus contenir ses émotions. Je savais bien que la plupart des vampires ne donnent pas dans les sentiments et que seuls la faim, la soif, la cupidité et leur ego démesuré leur importent, mais en cet instant, j'étais loin de penser à ça.

Je flottais sur un petit nuage de félicité et j'étais bien résolue à ne pas gâcher l'ambiance en reposant les pieds sur terre.

Mes oreilles se sont dressées, mon cœur de battre s'est arrêté, et Ty a ouvert la bouche.

9

Je vous veux.

J'ai besoin de vous

Sans vous, ma vie n'a pas de sens.

Laquelle de ces déclarations allait-il choisir ? J'ai attendu, avec un sourire béat.

— Je passe mon temps à oublier que vous êtes une vampire, a-t-il dit de sa voix grave.

Grave *et* incrédule, *et* sans une once de passion.

J'ai souri de plus belle. Bon, d'accord – ce n'était pas exactement la repartie que j'avais anticipée, mais je n'allais pas dégringoler de mon nuage pour si peu.

— Vous êtes une vampire, a-t-il répété. Je veux dire… vous avez des crocs. (Il m'a dévisagée.) Du moins, je crois. Donc, pas de commotion, n'est-ce pas ?

J'ai hoché la tête. Non, pas de commotion – juste une vilaine incision qui aurait pu m'être fatale, mais que je n'avais pas l'intention de mentionner. Sinon, il voudrait probablement la voir et *ça*, c'était hors de question. Découvrir une lueur d'inquiétude dans ses yeux, c'était une chose, le laisser inspecter ma poitrine, c'en était une autre.

Roméo et Juliette, me suis-je rappelée à moi-même. En d'autres termes : sans issue.

— Alors, ce type du NYPD, qui est-ce ?

— Un type haut placé à la criminelle. Je l'ai aidé à élucider et classer quelques affaires en souffrance, et il m'est redevable. Il va me communiquer les détails de l'enquête. Nous saurons ainsi à quoi nous nous attaquons exactement.

Fort heureusement, il a détourné son regard pour attraper l'ordinateur portable posé sur la table basse, à côté d'un tas de magazines spécialisés dans l'actualité des armes à feu et de catalogues d'armes de défense en VPC.

— Votre copain sait que je suis ici ?

— Non. Il pense juste que je mène l'enquête de mon côté. Le *Times* offre une récompense à toute personne qui aidera à faire arrêter et inculper le meurtrier, donc c'est logique que je sois intéressé.

— Quel est le montant de la récompense ?

— Cinquante mille dollars.

Cinquante mille dollars ? C'est là tout ce que je valais ?

— Ils auraient pu offrir au moins cent mille.

Ty a relevé la tête ; un sourire en coin creusait ses lèvres sensuelles.

— Ça peut sembler peu, mais dans mon créneau, ça suffit à faire sortir tous les vers du bois – ce qui est le but. Plus il y aura de gens qui vous cherchent, moins vous serez susceptible d'échapper aux autorités.

— Je croyais que le système judiciaire reposait sur la présomption d'innocence ?

— À ce stade, vous n'êtes qu'un suspect. Le suspect principal. D'après ce que j'ai entendu, la preuve à charge serait assez accablante, mais comme j'ignore encore les détails, je ne peux pas dire précisément jusqu'à quel point ça sent le roussi. Assez, manifestement, pour que le juge délivre un mandat d'amener. En attendant qu'ils comprennent qu'ils font fausse route – ce qui ne manquera pas d'arriver, j'en suis sûr – ils sont lancés dans une chasse à l'homme, et la proie, c'est vous.

Je me suis assise bien droite pour me ressaisir.

— Bon, d'accord. Que faisons-nous, alors ?

— *Nous* ne faisons rien. Vous allez vous tenir tranquille pendant que moi, je vais à la pêche aux informations. (Me voyant ouvrir la bouche pour protester, il m'a clouée du regard.) Je suis sérieux, Lil. À la minute où vous franchirez cette porte, les flics seront à vos trousses. Vous devez rester ici.

— J'ai des choses à faire...

— Interdiction de sortir.

— J'ai une entreprise à faire tourner...

— Compris ?

— Je ne...

— Sinon, vous vous trouvez un autre point de chute.

J'ai ravalé mes objections et hoché la tête.

— D'accord, je vais me tenir tranquille et... Que font les gens, quand ils se tiennent tranquilles ?

— Ils se détendent. Allons, du calme. (Il m'a contemplée d'un regard radouci.) Vous semblez crevée.

— Je suis en cavale et je viens de passer à deux doigts d'une autopsie. L'un dans l'autre, je n'ai pas beaucoup dormi. (En le voyant hausser les sourcils, j'ai secoué la tête et ajouté :) Vous n'avez pas envie de connaître les détails.

— Eh bien justement, si, poupée !

Il a semblé aussi surpris que moi de cette réponse. Avant que j'aie pu répliquer (encore que je n'en étais pas vraiment capable, trop occupée que j'étais à digérer ce *poupée*), il a secoué la tête et s'est levé.

— Ce canapé est convertible.

— Ce sera parfait.

— Je ne vous suggérais pas de dormir là. Je prends le canapé, vous prendrez le lit.

— Et toutes ces baies vitrées ?

Il s'est approché de la console des équipements hi-fi et a appuyé sur un bouton. Des grands rideaux noirs, semblables à des linceuls géants, ont coulissé depuis les angles de la pièce et l'ont plongée dans une obscurité totale. Ty est allé vérifier que les pans étaient bien joints, puis il s'est tourné vers moi.

— J'avais le choix entre les rideaux, ou de la peinture noire sur les vitres. Et ça, c'était insupportable.

À mon tour, j'ai haussé les sourcils.

— Seriez-vous claustrophobe ?

— Quelque chose dans ce goût-là.

— Les vampires ne souffrent pas de claustrophobie.

— Je n'ai pas toujours été un vampire.

Mon regard s'est posé sur la cicatrice qui barrait l'extrémité de son sourcil. Au souvenir de la texture de cette meurtrissure, j'ai senti des démangeaisons au bout de mes doigts.

Vilains doigts.

J'ai entrepris de débarrasser le canapé de ses coussins en cuir.

— Je vais m'installer…

La phrase s'est coincée dans ma gorge car j'ai senti Ty approcher dans mon dos.

— Ça me semble une bonne idée, mais vous êtes au mauvais endroit. Vous dormez dans le lit, vous vous souvenez ? a-t-il lancé d'une voix lente et grave et ah… tellement sexy.

Mon regard a pivoté vers le lit king size disposé tout au fond de la pièce et une vague de panique s'est emparée de moi, remontant des orteils pour se répandre dans tout mon corps.

— Mais… c'est votre lit.

Cela semblait épouvantablement intime de dormir là où Ty avait dormi la veille, vêtu seulement de son jean ou – pire – de rien d'autre que…

Je lui ai fourré un coussin dans les bras.

— Vous devriez dormir dans le lit. Je ne veux pas vous chasser.

— Vous ne me chassez pas, a-t-il protesté en me rendant le coussin.

— Bien sûr que si. J'aurais l'impression de m'imposer si je vous privais de votre…

— Lil.

Je lui ai fourré un autre coussin dans les bras.

— … espace privé, et franchement, je débarque à l'improviste, ce serait injuste que je bouleverse vos habitudes et…

— Lil.

Cette fois, il ne s'est pas contenté de prononcer mon nom. Il m'a touchée et mon corps s'est figé aussitôt.

— Vous prenez le lit. J'y tiens.

— Mais ce ne serait pas juste !

Ni facile.

Il a fait mine de réfléchir, puis il a fini par reconnaître :

— Exact. Ce serait même complètement injuste. Je reconnais que j'aime avoir mes aises.

— Vous voyez bien ! (Bon, peut-être n'était-il pas complètement bouché, finalement. Et peut-être ne cherchait-il pas à me torturer à tout prix.) Ce n'est pas juste.

Il a hoché la tête.

— La seule chose qui le serait, c'est que nous partagions le lit.

Ma volte-face a été si rapide que j'en ai eu le vertige.

— Je vous souhaite bien du plaisir sur le canapé, lui ai-je assené.

L'abruti ! Le sadique !

Ignorant le sourire malicieux qui plissait ses lèvres, et poursuivie par la vibration du rire qu'il emprisonnait dans sa gorge, je me suis dirigée vers l'amoncellement de bagages Gucci, à côté de la porte d'entrée. J'ai empoigné une des valises d'une main tremblante et mis le cap sur la seule et unique porte que comportait le loft, hormis celle par laquelle j'étais entrée. Je sentais des picotements me dévorer le bout des seins.

Sitôt enfermée dans la salle de bains, je me suis aspergée le visage d'eau froide en récapitulant toutes les raisons qui m'interdisaient d'être attirée par Ty Bonner.

Vampire converti. Inaccessible. Mes parents en deviendraient zinzins. Cela étant, ce dernier détail s'inscrivait plutôt dans la colonne des points positifs.

Les points négatifs ?

Mordu ! a beuglé mon cerveau. Mais, entre mon corps qui fredonnait et l'écho du pouls régulier de Ty qui se répercutait dans mes oreilles (maudite soit mon ouïe de vampire !), l'argument n'a pas fait mouche. Manifestement, je l'attirais (je gardais un souvenir vivace du contact de ses lèvres sur les miennes lors de notre seul et unique baiser) et c'était une attirance partagée. Il tombait sous le sens que tout ça allait se terminer en ébats torrides, débridés et sans lendemain.

Sans lendemain. Ah oui ! C'était ça, le point négatif. *Sans lendemain*, ça signifiait temporaire, et le temporaire appelait en réponse un non ferme et catégorique. Certes, je voulais des ébats torrides, mais ce que je cherchais par-dessus tout, c'était une relation solide et durable. Si, si, je vous assure.

Je me suis essuyé le visage, puis brossé les dents, les cheveux, et j'ai étalé sur ma lèvre inférieure une touche de gloss Mac rose pâle qui lui donnait cet aspect charnu et appétissant. Je m'interdisais d'avoir envie de lui, c'est vrai. Mais rien n'empêchait que lui ait envie de moi.

Voilà. Fraîche et parée pour le lit.

Pour dormir, attention.

J'ai entrouvert la porte de la salle de bains et me suis dirigée d'un pas feutré vers le coin chambre. Tout en déposant mon vanity-case au pied de la table de nuit, j'ai coulé un regard vers le lit. Ma bouche s'est asséchée d'un coup d'un seul et je suis repartie vers la cuisine – ce qui m'a obligée à passer devant Ty.

Je vais l'ignorer, ai-je décidé tout en ouvrant quelques placards pour trouver un verre, que j'ai placé sous le robinet. Et j'ai tenu bon, même quand, en entendant un bruit de frottement contre le cuir, j'ai deviné qu'il se levait. Et puis, j'ai senti sa présence dans mon dos.

On ne se retourne pas.

J'ai avalé mon verre d'eau et je me suis retournée. C'était plus fort que moi. Il était là, juste derrière moi, et je pouvais difficilement lui battre froid sans passer pour une morveuse – ce que je ne suis pas. Sauf si la personne en question se trouve être la garce qui m'a fauché mon premier petit ami, il va de soi.

Il m'a toisée, de la tête aux pieds, puis à nouveau des pieds à… la poitrine. Quelque chose semblait accrocher son regard. Il a arqué un sourcil.

— Hello Kitty ?

Je me suis raidie à la vue du large sourire qui a fendu son visage et j'ai baissé les yeux, en me maudissant. Pourquoi – *pourquoi ?* – n'avais-je pas eu la présence d'esprit d'embarquer quelques nuisettes La Perla, au lieu de ce tee-shirt ? Cela dit, qui aurait pu se douter que j'allais échouer ici ?

— Et alors ? C'est mignon, les tee-shirts Hello Kitty. Sauf si on déteste les chats, évidemment. Et c'est le premier truc qui m'est tombé sous la main quand j'ai fui le couloir de la mort. Sans compter que c'est confortable.

Ty a avancé le bras et refermé les doigts sur le bord de ma manche.

— C'est doux.

— Oui, aussi.

L'espace de quelques secondes épouvantablement excitantes, nos peaux se sont effleurées tandis qu'il tâtait l'étoffe.

— Vous devriez vous coucher, a-t-il dit en lâchant ma manche. Le soleil est presque levé.

Voilà qui expliquait mon peu de bon sens en cet instant. L'aube sapait mon énergie et mes forces, dans l'attente du sommeil rajeunissant qui les reconstitueraient, déclinaient. Sinon, jamais je n'aurais envisagé d'ébats torrides, débridés et sans lendemain avec Ty Bonner.

Voilà du moins ce que je me suis dit en reposant mon verre sur le comptoir de la cuisine, prête à mettre une indispensable distance entre moi et ce vampire dangereusement sexy.

Mais lorsque j'ai gagné le lit, ma panique ne s'est pas dissipée. En plus de flotter avec ténacité dans ma tête, l'odeur de Ty m'a enveloppée tout entière lorsque je me suis glissée entre les draps. Quand j'ai ajusté les couvertures et posé ma tête sur l'oreiller, ma peau a frissonné au contact caressant des draps en coton. Ah là là ! Je risquais de vivre le jour le plus long de ma vie – ce qui n'était pas peu dire, quand on sait que je suis sur terre depuis cinq siècles.

Et je trouvais qu'être recherchée pour meurtre était stressant ?

10

Ça n'a pas été le jour *le plus long* de ma vie (celui-ci avait déjà eu lieu quelques mois plus tôt – à cause d'une sombre histoire de vampire assassin, d'une cliente de Vamp'n'Love portée disparue et de rediffusions en boucle de l'émission de Jerry Springer[1]) mais il arrivait bon second.

Une fois que j'ai été couchée, Ty s'est étendu sur le canapé. Dehors, le soleil avait commencé son ascension et je sentais mes forces m'abandonner. Ty, à n'en pas douter, devait éprouver la même sensation. Mais contrairement à lui, le sommeil me fuyait. Deux ou trois heures durant, je me suis tournée et retournée sous les draps en m'interdisant de regarder dans la direction du canapé. Puis, tout en m'obligeant à garder les yeux fermés, j'ai passé une heure à repasser dans ma tête les événements de la nuit. Ajoutez à cela quarante-cinq minutes supplémentaires consacrées à répertorier les créateurs de mode que je connaissais tout en écoutant le pouls régulier de Ty ; plus quinze autres minutes à réduire la liste à mon trio de favoris ; et, pour finir, encore une heure à déplorer que ces battements à la régularité obsédante ne

1. Voir *Vamp in Love, saison 1.*

soient pas plus près de moi. Je suis superficielle et faible ? Allez-y, faites-moi un procès.

Lorsque je me suis enfin assoupie, en début d'après-midi, j'ai dormi d'un sommeil agité, fait très rare chez les vampires qui, en général, dorment d'un sommeil de plomb – du sommeil des *morts*, quoi. Mais, entre le stress monstrueux qui me tenaillait, les draps imprégnés de l'odeur de Ty et cette paire de Sergio Rossi bonne pour la poubelle (oui, je pleurais encore leur perte)... Sérieusement, en de telles circonstances, quelle suceuse de sang (en ce qui me concerne, « siroteuse » serait plus juste) aussi passionnée de mode que frustrée aurait pu dormir sur ses deux oreilles ?

C'est pour ça que lorsque j'ai ouvert les yeux le lendemain soir, j'étais trop fatiguée pour respirer, et plus encore pour arracher mon tee-shirt de nuit et me jeter sans vergogne sur Ty Bonner.

Ty avait tiré les lourds rideaux noirs et le crépuscule pénétrait dans le loft. Derrière les baies vitrées, une faible lueur orangée soulignait les contours des immeubles environnants et on distinguait déjà la pâle silhouette de la lune.

Mon regard a fendu la pénombre pour se poser sur l'homme qui, à l'autre bout de la pièce, se tenait au milieu de la cuisine. Uniquement vêtu d'un jean, noir cette fois. La toile épaisse épousait ses jambes musclées et mettait en valeur son... ses... les... – hm-hm – attributs dont l'avait doté Dame Nature. La toison brune et soyeuse de son large torse s'étrécissait en une ligne de démarcation entre ses tablettes de chocolat, avant de disparaître dans la ceinture taille (très) basse du jean. Ses cheveux bruns étaient humides ; lissés en arrière, ils dégageaient son visage aux traits ciselés. Lorsque nos regards se sont croisés, ses yeux bleu vif ont pétillé.

Bon, d'accord – j'étais moins fatiguée que je ne le prétendais.

Avec un grand sourire qui a fait s'écarter ses lèvres sensuelles, il a brandi ce qui aurait pu passer pour une bouteille de vin et m'a fait signe d'approcher.

Tu peux toujours courir. Voilà ce que je me suis dit. Mais bon, de qui me moquais-je ? Quand j'étais à *ça* d'un mec canonissime qui me trouvait encore trop loin à son goût ! Quand, surtout, j'avais besoin de me sustenter. Il était donc exclu que je file me barricader dans la salle de bains pour me mettre à l'abri de la tentation, et réparer les dégâts capillaires consécutifs à ces longues heures de lutte contre l'insomnie.

J'ai posé mes pieds sur le sol et je me suis forcée à gagner la cuisine.

— Ça vous dit ? a-t-il demandé tandis que j'approchais.

J'ai dégluti péniblement.

— Plus que vous ne pouvez imaginer.

Avec un sourire, il a brandi le flacon sous mes yeux. C'était un rhésus savoureux, importé par Garnier – une épicerie fine haut de gamme, sise dans le West Side, appartenant à un vampire et tenue par des vampires.

— Je parlais d'un verre.

— Eh bien… moi aussi.

Son sourire s'est élargi et une voix grave a résonné dans ma tête :

— *Menteuse.*

J'ai froncé les sourcils.

— Ce n'est pas drôle.

— Quoi donc ?

— Vous savez très bien de quoi je parle.

— Mais non, pas du tout.

Tout en feignant l'innocence, il s'est détourné pour prendre un verre dans un placard.

Bon, admettons : peut-être qu'il ignorait ma faculté à entendre ses pensées. S'il vous plaît, s'il vous plaît, *s'il vous plaît.*

— *Désolé, poupée. C'est râpé.*

Mon froncement de sourcils s'est accentué.

— Vous savez que vous êtes vraiment agaçant ?

— Je ne suis pas le seul, a-t-il répondu avec un clin d'œil. Vous l'aimez tiède, ou froid ?

— Tiède, s'il vous plaît. Et vous ?

— Je le prends comme il vient, *chérie*, a-t-il répondu avec un sourire paresseux épouvantablement sexy.

Il a débouché le flacon et il a rempli un verre qu'il a placé dans le micro-ondes.

— Ce… C'est cool.

Cool ? C'est vrai – mon éloquence avait un peu de plomb dans l'aile, à cause de ce « chérie ». Et du sourire. Oui, le sourire lui aussi était coupable. Je me suis remise à ma place mentalement et j'ai cherché une repartie un tant soit peu intelligente.

— Je n'aurais jamais imaginé que vous étiez porté sur la bouteille.

— Je ne le suis pas. Mais j'en ai toujours une sous la main, au cas où. Je n'aime pas être pris au dépourvu.

Le micro-ondes a émis un *ding !* et quand Ty s'est retourné vers moi pour me tendre le breuvage écarlate, son sourire avait disparu. Mais son regard brillant irradiait une chaleur qui a fait grimper ma température corporelle – plutôt fraîche, d'ordinaire – de plusieurs degrés.

— Avalez ça.

Mon regard est tombé sur une épaisse veine, bleue et saillante, à l'intérieur de son poignet. J'ai suivi des yeux son tracé, jusqu'à l'endroit où elle disparaissait sous le muscle de son puissant avant-bras. J'ai dégluti péniblement. Je me suis vue poser les lèvres sur cette source rouge, tiède et suave, et un élan de panique a fusé en moi.

— J'ai besoin d'un café, ai-je bredouillé. C'est mon rituel du matin, ai-je ajouté avec un haussement d'épaules en le voyant me dévisager comme si j'avais commandé un steak *bien cuit*. Le café m'aide à démarrer.

Ben voyons…

Le truc, c'est que ma soif était telle que j'avais peur de ne pas me contrôler, si jamais je *buvais* là, tout de suite.

Déjà, les paumes me démangeaient, ma gorge était en feu et mes entrailles nouées criaient famine. Sitôt avalée la première gorgée, ces sensations iraient s'intensifiant. Ce serait intenable et je craignais de ne pas être capable d'étancher ma soif avant de… *Avant.*

— Vous avez du café, n'est-ce pas ?

Ty a secoué la tête.

— Non. Désolé.

Et moi qui trouvais ce type irrésistible.

— Quel genre de vampire êtes-vous ?

— Le genre qui ne boit pas de café. Au cas où vous ne seriez pas au courant, nous, vampires, avons en général, un faible pour autre chose.

Il a brandi la bouteille, comme pour porter un toast, et a sifflé une généreuse rasade. La luminosité de son regard a aussitôt redoublé d'intensité, et j'ai senti un grand creux dans mon estomac.

— Ça fait plus de bien que la caféine, a-t-il ajouté d'une voix encore plus grave, encore plus rauque.

Encore plus sexy.

— Et un Coca light ? ai-je bafouillé. Vous auriez ça ?

Il a découvert ses crocs et m'a lancé un regard animal.

— J'ai l'air d'un buveur de Coca light ?

Non, pas vraiment. Mais vu ses pectoraux, il aurait sans problème pu jouer dans une de leurs pubs.

— Bon, d'accord, d'accord, ai-je capitulé en levant les mains. Et du Coca normal ?

Cette fois, il m'a dévisagée quelques instants, l'air de demander « De quelle planète venez-vous ? », avant de secouer la tête.

— Du thé ?

— J'ai bien peur que non.

— Du chocolat chaud ?

— Désolé.

— De la limonade ?

— N…on. (Il a bu une autre gorgée, jeté un coup d'œil à sa montre puis il a rebouché la bouteille et l'a posée sur le comptoir.) Écoutez, je dois y aller.

— Vous ne pouvez pas être déjà rassasié !

— Je ne le suis pas, a-t-il dit en me regardant droit dans les yeux. Loin de là.

Un long silence a suivi tandis qu'il me fixait d'un regard pénétrant qui ne laissait aucune ambiguïté quant au double sens de sa réponse.

Ouh là là !

— Naturellement. Vous êtes sans doute très occupé. Vous devriez y aller. Vraiment.

Avant que je ne mette à exécution quelque projet totalement obscène et lubrique.

Il ne me lâchait pas des yeux. J'ai vu une ébauche de sourire faire frémir ses lèvres.

— Ne bougez pas d'ici et verrouillez la porte.

En le voyant qui s'apprêtait à partir, mon anxiété a atteint un pic. J'ai eu soudain le sentiment – celui-là même que j'avais éprouvé sur la table d'autopsie – d'être bien peu de chose. C'était irrationnel, je sais, compte tenu que je suis une Super Vamp et tout le tremblement. Il n'empêche : ce puissant sentiment d'insécurité jailli de nulle part m'inspirait l'envie irrépressible de me précipiter vers Ty, de me suspendre à son cou, de le supplier de rester. Voire même – pourquoi pas – de le supplier de m'offrir un orgasme phénoménal.

Mais je n'ai pas bougé d'un iota. J'ai tout de même un peu de volonté.

— Et si jamais les flics débarquent et essaient de m'emmener de force ?

Malheureusement, le champ d'action de ladite volonté ne s'étendait pas jusqu'à ma bouche.

— Ils ne débarqueront pas. Ils sont convaincus que vous vous planquez dans le Connecticut, dans le giron familial. Vos parents ne risquent rien, a-t-il ajouté en voyant que je me raidissais. La police les a interrogés, et en a conclu qu'ils ne sont au courant de rien. Cependant, les flics demeurent convaincus que vous allez vous montrer, alors ils gardent l'œil ouvert et ils attendent.

— Comment le savez-vous ?

— *Poupée, je sais tout.*

— Pourriez-vous arrêter de faire ça ?

Il m'a lancé un grand sourire puis il est allé extraire un tee-shirt noir de l'imposante commode qui se trouvait à côté du lit. Quand il l'a enfilé, tous les muscles de ses bras et de son torse ont ondoyé.

J'ai rassemblé mon courage pour détourner les yeux, qui se sont posés sur le verre qu'il m'avait servi. J'ai fixé le liquide rouge et tiède, d'où s'échappait une volute de parfum qui m'a chatouillé les narines. La fringale qui me tenaillait l'estomac s'est répandue jusque dans ma poitrine et est remontée dans ma gorge. J'ai dégluti pour étouffer dans l'œuf cette sensation de brûlure et lutté contre l'envie de me lécher les lèvres. Mon attention est revenue, en zigzaguant, se concentrer sur Ty, assis sur un coin du lit pour enfiler ses bottes. Ses muscles saillaient, frémissaient et... J'ai tourné la tête vers le verre de sang ; puis vers Ty. Le sang. Ty. Le sang. Ty. Le sang...

Stop ! Où étaient les Starbucks, quand on avait *vraiment* besoin d'un café ?

— Je travaille sur quelques dossiers, a dit Ty.

Il a ouvert le tiroir de la table de nuit et j'ai eu un haut-le-corps en le voyant sortir un gros revolver et un holster.

Non que j'aie la trouille des armes à feu, attention. Simplement, je n'ai jamais compris la nécessité d'en avoir une. Ne suis-je pas une vampirette ? N'ai-je pas la Force avec moi ? En plus d'une paire de canines bien aiguisées et d'une collection de gloss Mac démente ? *Idem* pour Ty. Moins la collection de gloss, il va de soi.

À mes yeux, les armes à feu ne sont qu'un embarras. Un gaspillage d'argent. Un symbole phallique et macho bien pratique, souvent, pour dissimuler un taux de fertilité qui ne casse pas des briques.

Sans compter qu'on n'a rien inventé de mieux pour s'auto-amputer de certaines parties du corps si, comme mon grand-oncle Paul, on oublie bêtement d'enclencher le cran de sécurité avant de fourrer l'engin dans sa poche de pantalon. Naturellement, pour mon grand-oncle, ça n'a été qu'un contretemps temporaire (puisque nous, les vamps, nous avons des capacités inouïes de rajeunissement), mais son étourderie l'a tout de même mis hors service pendant un bon bout de temps. Et, d'après ma grand-tante Zelda, c'est à cause de problèmes de performance à répétition, consécutifs à cet « incident », qu'il leur a été impossible de concevoir un petit frère ou une petite sœur à leur fils Ivan. Ce qui signifie qu'Ivan, fils unique, est un petit con pourri gâté, arrogant et pontifiant.

En cela, il est pile poil dans le moule du vampire héréditaire de sexe masculin.

Tout en regardant Ty suspendre le holster à son épaule, je me suis entendue dire :

— Je ne pensais pas que vous vous baladiez avec un revolver.

— Ce n'est pas le cas, en général. Mais soit je le prends avec moi, soit je le laisse ici avec vous.

D'un autre côté, il faut bien avouer que nous, les vamps, ne sommes pas entièrement invincibles. Superman craint la Kryptonite, et nous, les rayons du soleil. Et les pieux. Ou n'importe quel autre objet aiguisé susceptible de nous transpercer le cœur. Si Ty devait affronter un dangereux criminel, il était dans son intérêt d'avoir un « copain » en renfort.

— Enclenchez bien le cran de sûreté.

Le conseil m'a valu un drôle de regard mais j'ai vu avec plaisir qu'il vérifiait si le cran était en place avant de glisser l'engin dans son holster.

Puis il est revenu vers moi pour prendre son portefeuille, sur la table basse.

— Restez à l'intérieur, a-t-il répété en le glissant dans sa poche arrière.

— Pas de problème. J'ai des tonnes de travail sur les bras. À ce propos, puis-je emprunter votre ordinateur pour lire mes e-mails ?

— Non, vous n'allez pas consulter vos e-mails. Pas avant que nous sachions exactement ce qui se passe. Je veux que vous restiez aussi discrète que possible. Je suis sûr que les flics surveillent tous vos comptes en ligne. Sans être en mesure de vous localiser précisément, ils sauront tout de même que vous êtes encore dans les parages. Or, nous voulons leur faire croire que vous vous êtes évanouie dans la nature.

— Comme si j'avais quitté le pays ?

Il a hoché la tête.

— On doit tout mettre en œuvre pour les semer, jusqu'à ce que nous ayons trouvé comment faire rentrer les choses dans l'ordre.

— Et le téléphone ? Je peux ? J'ai absolument besoin d'appeler mon assistante. Nous sommes débordées, en ce moment, et elle est…

— Non. Détendez-vous et arrêtez de penser au boulot.

— Pardon ? Pour votre information, sachez que je me suis tuée à la tâche pour constituer une bonne base de clients, et je ne peux pas tout laisser en plan sur une durée indéterminée. Vous imaginez les dégâts qu'un ralentissement d'activité causerait à la dynamique de cette entreprise ?

— Je doute que poireauter dans le couloir de la mort l'aidera davantage.

Bien vu. Mais il n'empêche. J'ai secoué la tête.

— Je ne peux pas *ne pas* travailler.

Ty avait l'expression de celui qui m'aurait volontiers étranglée.

— Très bien. Appelez-la. Mais veillez à chronométrer la conversation. Ne restez pas plus de vingt secondes en ligne.

— Vingt secondes ! Mais ça laisse à peine le temps de dire bonjour ! Et pour faire le point sur notre programme ultrachargé, je ne vois pas...

— Trente maxi, m'a-t-il coupée. Au-delà, ils seront capables de remonter jusqu'à la source de l'appel.

— Mais j'ai besoin de consulter les messages de mon répondeur !

— Trente secondes.

— Ça ne me laisse même pas le temps d'entrer mon code d'accès !

— *Trente* ! a-t-il grondé. Sinon, il se pourrait que je vous livre moi-même à la police.

— Vous ne feriez pas ça.

Il m'a dévisagée.

— Vous croyez ?

Évidemment – jamais il ne ferait ça. Enfin, si... Peut-être. J'ai soutenu son regard pendant plusieurs longues secondes, puis j'ai fini par hocher la tête. Pas parce que j'étais sûre à cent pour cent qu'il le ferait. Disons que je n'étais pas sûre à cent pour cent qu'il ne le ferait pas.

— D'accord, trente secondes, ai-je maugréé.

— Parfait. Et n'oubliez pas de...

— Verrouiller la porte. Ouais, ouais, j'ai compris.

Il m'a dévisagée à nouveau avec insistance puis son expression s'est radoucie.

— Je serai de retour vers 2 heures. Soyez sage jusque-là, et ensuite, on discutera.

Il m'a lancé un clin d'œil et il a filé.

J'ai verrouillé la porte derrière lui et résisté à grand-peine à l'envie de décrocher le téléphone pour appeler moi-même les flics.

Trente secondes ? Ce type était-il complètement marteau, en plus d'être un canon de la mort ?

Je me suis laissée choir sur le canapé, les yeux rivés sur le téléphone sans fil posé sur la table basse. Je pensais à Viola et au désespoir que j'avais vu dans ses yeux. Et puis j'ai pensé au gros chèque resté en rade au bureau, dans le chaos créé par mon arrestation et par ma fuite. Ensuite, j'ai pensé à un milliard d'autres sujets, au moins, dont je devais absolument discuter avec Evie.

Trente secondes ?

Totalement injouable.

C'était tout simplement hors de ma portée.

Autant ne pas appeler du tout.

Cela dit, trente secondes, c'était déjà mieux que les vingt allouées en première instance. Et si Ty avait limité la durée de la communication, il n'avait rien précisé, en revanche, quant au nombre d'appels. Sans être une experte en la matière, j'avais regardé assez de séries policières pour savoir que les petits cracks des services de police n'étaient pas en mesure de localiser des appels brefs, quelle qu'en soit la quantité. Je pouvais donc passer autant de coups de fil que je voulais, et qui battaient à plate couture le seul et unique appel qui me serait autorisé depuis une prison. Ce n'était pas la méthode idéale pour traiter ses affaires, mais face à l'adversité, une vampirette doit faire montre de talent d'adaptation.

J'ai attrapé le combiné avec un grand sourire.

11

Sitôt que j'ai entendu Evie dire « Allô ? », je me suis pincé le nez et j'ai débité, d'une voix très haut perchée et nasillarde :

— Oui, ici Mrs. Vanderflunkinpitt. Je travaille pour votre fournisseur de téléphonie filaire. Nous avons reçu un appel de nos services signalant un problème avec votre ligne dans la salle A.

— Nous n'avons pas de ligne téléphonique dans…

— Le problème a commencé hier soir. Un gros problème.

— Lil ? a fait Evie, incrédule. Est-ce que…

— J'ai promis à votre propriétaire – une certaine Miss Lilliana Marchette – que nous réglerions ce problème dans les plus brefs délais. Nous nous y employons. En ce moment même. Continuez à travailler comme d'habitude pendant que nous procédons aux ajustements nécessaires afin que tout revienne à la normale.

— Vous pouvez me rappeler votre no…

Click.

J'ai relâché la pression sur mon nez et compté les secondes sur l'horloge digitale de Ty. Ne sachant pas trop combien de temps il fallait pour déconnecter complètement une communication, et ne voulant prendre aucun risque, j'ai patienté une minute entière avant d'appuyer sur la touche de rappel.

— Vanderflunkinpitt, ai-je débité dès qu'Evie a décroché. Mrs. Vanderflunkin*pitt*.

J'ai accentué la dernière syllabe en priant pour qu'elle comprenne.

— Ah, a fait Evie. Aaaah ! a-t-elle répété, d'une voix plus alerte, après deux bonnes secondes. Eh bien, euh... Merci. J'étais euh... Vraiment très inquiète à cause du... euh, du problème concernant cette ligne. C'est ma ligne préférée, et j'y suis maintenant si attachée que je ne sais pas ce que je ferais si jamais elle se trouvait hors service de manière permanente.

— Nous sommes deux.

— Mais vous, ça va ? Je veux dire, vous êtes sûre que la ligne va bien ? Qu'elle n'est pas irrémédiablement, endommagée, ni traumatisée ?

— Rien qu'une nouvelle tenue ne pourra résoudre. (*Lil, mais qu'est-ce que tu racontes ? Ouvre la bouche, coinces-y ton pied élégamment chaussé, et laisse-le.*) Une nouvelle connexion, ai-je rectifié en bafouillant. De nouveaux équipements de connexion ajoutés aux... équipements initiaux. Contentez-vous de travailler comme d'habitude de votre côté, occupez-vous des nouveaux clients et moi je m'occupe... je veux dire – *nous* nous occupons, de notre côté, des clients préexistants. C'est-à-dire que nous allons nous assurer que les appels téléphoniques vous parviennent. Et n'oubliez pas d'aller à la banque. Je – je veux dire *nos* interventions coûtent en général la peau du bas du dos, aussi allez-vous avoir besoin de renflouer vos comptes – notamment avec ce gros chèque de votre dernière cliente. Naturellement, je n'en connais pas le montant exact, miss Marchette l'a simplement mentionné lorsqu'elle a contacté notre service technique, et en général, j'ai une bonne mémoire pour ce genre de choses.

— Je vais m'en oc...

Click.

— Désolée, ai-je dit à Evie lorsqu'elle a décroché pour la troisième fois. La communication est mauvaise de mon côté. (J'ai imité quelques craquements par souci de vraisemblance.) Prenez soin de vous et on se voit – je veux dire, nous vous recontactons dès que possible. Entre-temps, dites à miss Marchette, lorsqu'elle appellera du Costa Rica où elle est en mission spéciale jusqu'à ce que ses problèmes de communication soient résolus, que Vanderwalkenpitt s'occupe de tout.

— Je croyais que c'était Vanderflunkinpitt ?

— Qu'importe. Faites en sorte que tout continue normalement.

— C'est vous la patronne. Je veux dire, s'est reprise Evie avec empressement, on voit bien à votre autorité que vous êtes la chef du service clients, que vous êtes aux manettes. Vous n'êtes pas ma patronne, évidemment. Elle, elle est au Costa Rica, en train de se prélasser au soleil et d'acheter des souvenirs supercool.

— Exactement. Soyez sans inquiétude. Tout va bien se passer.

Du moins je l'espère.

Tandis que cette pensée continuait de flotter dans ma tête, j'ai passé quelques autres coups de fils à mes proches et à mes amies intimes – les Ninas ; Francis et Melissa ; les Ninas.

Oui, je sais. C'était déprimant. Mais au moins, n'étais-je pas obligée de me pincer le nez ou d'inventer des noms tirés par les cheveux. Par ailleurs, en matière d'amis, ce n'est pas la quantité, mais la qualité qui compte. Il se trouve que les miens illustrent parfaitement cet adage, au même titre qu'une robe Fendi en lamé argent et un bracelet Tiffany.

J'ai reposé le téléphone sur la table basse et résisté à l'envie très forte de me lever pour faire les cent pas. Quand on fait les cent pas, c'est qu'on est inquiet, or je n'étais pas – et j'insiste sur ce dernier point – inquiète. Tout allait bien se passer. Il suffisait que je me tienne tranquille, le temps que les flics comprennent qu'ils faisaient fausse route.

Si tant est qu'ils le comprennent un jour…

Ils allaient le comprendre, ai-je tenté de me convaincre. Et en attendant, j'allais arrêter de penser 1) aux journalistes qui se faisaient passer pour ce qu'ils n'étaient pas et finissaient découpés en morceaux, 2) au couloir de la mort, et 3) à la sensation que j'avais eue lorsque les menottes s'étaient refermées sur mes poignets.

Dans ma tête, j'ai entendu en écho la voix grave de Ty : *Détendez-vous.*

Il avait raison. J'avais besoin de me détendre. Plus encore, je le méritais. Depuis que j'avais ouvert Vamp'n'Love, j'avais vécu sous pression permanente. Pourquoi ne pas considérer les aspects positifs de ce confinement imposé ? C'était du temps pour moi. Je pouvais me reposer. Rassembler mes forces et mes idées. Je pouvais même, si je le souhaitais, faire la sieste – à la condition de pouvoir calmer mes hormones assez longtemps pour penser au sommeil, plutôt qu'au fait que j'étais étendue à la place de Ty, dans le lit de Ty, dans l'appartement de Ty.

Bon, d'accord, je n'allais pas m'accorder beaucoup de siestes, mais je le pouvais, et c'est ça qui comptait. Tout comme je pouvais me prélasser à loisir dans un bain moussant, me faire un masque, une pédicure, ou une orgie d'émissions sur le câble.

Ben oui, pourquoi pas ? Je n'aurais pas le temps de me retourner que déjà l'aube poindrait, annonciatrice d'une nouvelle journée de sommeil qui me rapprocherait de la liberté. Je me suis levée et j'ai gagné d'un pas décidé la salle de bains.

Il se trouvait que Ty ne possédait pas de baignoire, que je n'avais aucun masque gommant sous la main, et encore moins un nécessaire à pédicure. J'ai dû me contenter d'une douche rapide (mon hôte devait impérativement investir dans un nouveau chauffe-eau) puis, enveloppée de mon peignoir éponge préféré, je me suis installée sur le canapé, télécommande en main.

J'ai passé la demi-heure suivante à zapper avant de me fixer finalement sur une chaîne de téléachat qui vantait les mérites d'une machine d'exercice révolutionnaire – le Boob Buster. Vous m'en direz tant. J'ai suivi les progrès de plusieurs femmes qui augmentaient leur tour de poitrine (à raison d'un misérable engagement de quarante-cinq minutes quotidiennes, six jours par semaine) avant de zapper sur MTV.

Qui passait une émission consacrée au tuning. Sur MTV ? Où étaient donc passés les clips ?

Certes, je ne regarde pas très souvent la télé. Et quand je le fais, je regarde en général des programmes que j'ai enregistrés : *Dr. Phil*, *The Bachelor*, *The Bachelorette*, *Lost*, ou encore des retransmissions de défilés – soit les émissions vraiment importantes que je ne peux tout simplement pas me permettre de louper.

Oubliez la télé. Vous pouvez vous détendre sans ça.

J'ai calé la tête contre le dossier du canapé et j'ai fixé l'obscurité, derrière les baies vitrées. Les étoiles scintillaient et le clair de lune découpait les silhouettes des immeubles. On était loin d'un bain de soleil sur une plage du Costa Rica, mais c'était justement là toute l'astuce. Avec un peu de chance, les flics auraient mis la ligne d'Evie sur écoute, et peut-être – je dis bien *peut-être* – pris au sérieux la piste du Costa Rica.

J'ai fermé les yeux et essayé d'imaginer la sensation – une caresse tiède, je le savais. J'ai cherché à la faire naître en me concentrant sur ma peau – sans grand succès. J'avais déjà, par le passé, ressenti les effets du soleil – il m'avait entièrement vidée de mes forces, puisque je suis une vampire de naissance, etc. – mais jamais je n'avais éprouvé la sensation légère, aérienne d'un vrai bain de soleil.

Ce qui s'en rapprochait le plus m'avait été procuré par cette lampe en papier mâché vraiment sympa, en forme de soleil, dénichée dans une boutique de SoHo. Je l'avais suspendue dans un coin de mon appartement et bien des fois, je m'étais postée en dessous, en imaginant que je prenais un vrai bain de soleil.

Attention – n'allez pas croire que je ne suis pas heureuse d'être une citoyenne des ténèbres. J'aime ma vie. Absolument, totalement, complètement. J'adore être une vampirette, avec tout ce que ça comporte d'avantages annexes – des sens exacerbés, un flair hors pair en matière de mode et une aptitude à la métamorphose de première qualité.

Cependant, il m'arrive parfois (ne le répétez surtout pas à mes parents) de me demander comment ce serait d'être... *humaine*.

J'ai soulevé un pan du long manteau en cuir que Ty avait oublié sur le dossier du canapé, et je l'ai caressé. Il était frais sous ma paume. Ty lui non plus ne pouvait pas, bien évidemment, lézarder au soleil mais lui, il n'avait pas toujours été si limité. Je me le suis représenté au bord d'une piscine, dans quelque station balnéaire huppée, un Mai Tai dans une main, un flacon d'huile solaire dans l'autre.

Si l'image d'un Ty tout luisant et parfumé à la noix de coco me plaisait beaucoup, en revanche, le détail du Mai Tai, orné de sa petite ombrelle en papier, portait – comment dire ? – un coup fatal à l'image du chasseur de primes, du mâle viril et un peu dangereux sur les bords.

J'ai froncé le nez et lâché le manteau.

Cela étant, un tel scénario pourrait être utile. La prochaine fois que j'aurais envie d'arracher mes vêtements et de danser sur le matelas, je n'aurais qu'à me le représenter avec une petite ombrelle en papier. Mieux : je pouvais même ajouter au tableau un slip de bain ringard et une paire de lunettes en carton comme celle qu'on vous donne chez l'ophtalmo. Pas plus tard que la semaine précédente, un de mes clients s'était présenté chaussé de ces lunettes en carton parce que, je cite : « Elles font leur office et m'évitent de dépenser de l'argent gagné à la sueur de mon front pour en acheter de vraies. » Fin de la citation.

Inutile de dire que je n'avais pas encore mis la main sur la candidate qui le supporterait sans le gifler dans les premières cinq minutes.

Je me suis donc représenté Ty en slip de bain ringard et lunettes de soleil ridicules, mais comme il était naturellement ultra-sexy, le petit slip moulant n'a pas produit l'effet désiré. En revanche, si j'ajoutais vingt kilos et des poils dans le dos, alors là, oui, j'avais envie de le gifler direct.

J'ai allumé l'ordinateur portable et ouvert un nouveau document. J'ai consacré dix minutes à dresser la liste de lieux potentiels où recruter les vingt-sept mâles dominants qu'attendait Viola, puis noté quelques idées concernant des clients préexistants – dont Esther Crutch, une vamp convertie, vieille fille, qui cherchait éperdument l'amour. Ou, au moins, un compagnon. Ty connaissait forcément quelques autres mordus, comme lui. J'ai mentalement noté de lui en toucher deux mots à son retour. Cela fait, j'ai surfé sur Internet.

Malheureusement, ayant abandonné mon sac au bureau, je n'avais pas mes cartes de crédit. Pas de e-shopping, donc. Du coup, à quoi bon ? Au bout de quelques minutes à peine, j'en avais déjà ras-le-bol.

Je me suis étendue sur le canapé, bien résolue à m'accorder une sieste pour tuer le temps. Rien de plus simple. Le canapé était un terrain dépourvu de toute connotation sexuelle et rien, absolument rien, ne le reliait au corps allongé et à demi nu de Ty. Sauf le fait, évidemment, que c'était précisément là qu'il avait dormi le jour précédent, vêtu en tout et pour tout de son jean élimé et de son sourire ravageur, pendant que moi j'occupais son lit. Je me suis redressée. La sieste sur canapé, c'était au-dessus de mes forces.

Je suis allée me poster devant la baie vitrée et j'ai contemplé le paysage. La soirée ne faisait que commencer – il était à peine 19 heures – et, dans la rue, des voitures allaient et venaient, quelques piétons rentraient chez eux après le travail, d'autres en ressortaient pour la soirée. Dans l'immeuble d'en face, j'ai aperçu un couple qui préparait son dîner et, dans un autre appartement, un homme assis par terre en tailleur, paumes ouvertes vers le plafond, un masque de béatitude sur le visage.

Je venais tout juste de capter la longueur d'onde d'une jeune femme qui tenait un téléphone portable dans une main et une énorme part de pizza dans l'autre quand cette étrange sensation m'a assaillie. Soudain, j'ai ressenti des fourmillements dans mes bras, et un frisson a remonté ma colonne vertébrale. J'ai plongé le regard en contrebas, vers la rue. Une bande de filles la descendait en direction du croisement ; un homme d'affaires la remontait, un journal glissé sous le bras. À quelques mètres de là, un taxi patientait le long du trottoir pendant que la cliente fouillait d'une main dans son portemonnaie tout en tenant de l'autre celle d'un petit garçon.

Il n'y avait là aucun personnage suspect vêtu de noir, aucun tireur d'élite m'observant depuis le toit de l'immeuble d'en face. Rien qui n'ait l'air effrayant, ou sortant de l'ordinaire.

Et pourtant, je le sentais, quelque chose clochait. Cette sensation insistante d'effroi ne trompait pas.

Ou alors, c'était ma paranoïa qui parlait.

J'ai décidé que cette seconde option était la bonne et j'ai chassé cette étrange sensation pour reporter mon attention sur le sujet qui m'occupait : trouver quelque chose – n'importe quoi – à faire. J'ai arpenté l'appartement de long en large. J'ai allumé la chaîne hi-fi et Fuel a résonné dans les haut-parleurs. J'ai essayé de danser, mais les balades rock heavy metal se prêtant peu aux danses lascives, j'ai fini par chanter en play-back.

Avant de céder à l'impulsion de faire le ménage (je sais, j'avais *vraiment* besoin d'un bol d'air), j'ai gagné le coin chambre. 2 heures du matin, c'était encore loin, très loin. Je n'allais tout simplement jamais tenir le coup. Alors après avoir farfouillé dans les tiroirs de Ty, j'ai filé dans la salle de bains, les bras chargés de fringues.

Quelques instants plus tard, je me suis regardée dans la glace. (Ces bruits qui courent sur les rapports entre les vampires et les miroirs ? Des fables ! Dieu merci. Franchement, vous imaginez passer l'éternité sans pouvoir appliquer correctement du gloss sur vos lèvres ? Mais je m'égare.)

Je me suis contemplée, sous différents angles. Si le repos et la relaxation n'avaient pas été des perspectives assez alléchantes pour me retenir dans l'appartement, ce que je voyais, en revanche, était un argument de choc.

Puisqu'il était hors de question que je sorte divinement vêtue comme à mon habitude, j'avais déployé des trésors d'ingéniosité pour m'inventer un déguisement efficace. Ty étant un adepte du look cow-boy – ce n'était pas chez lui que j'allais trouver des casquettes de baseball – et n'ayant pour ma part aucune envie d'attirer une attention superflue sur ma personne, j'avais laissé de côté le Stetson noir et reporté mon choix sur un bandana Harley Davidson rouge et noir, déniché dans un tiroir. Cheveux tirés en queue de cheval, j'avais noué le bandana en bandeau sur le front, à la motarde, puis chaussé des lunettes de soleil qui appartenaient à Ty. J'avais enfilé, par-dessus un vieux pantalon de survêtement, un de ses tee-shirts noirs qui semblait m'avaler tout entière et m'arrivait à mi-cuisses. Le seul détail qui laissait soupçonner mon goût vestimentaire divin, c'étaient les chaussures (je me voyais mal emprunter celles de Ty, qui chaussait du 44) : mes bottines noires Nine West, que j'avais eu la bonne idée d'embarquer en repassant chez moi. Elles ne m'avaient pas ruinée, notez bien, mais elles étaient pratiques car elles allaient avec tout.

Sauf avec un pantalon de survêtement.

Il était hors de question que je mette un pied dehors accoutrée de la sorte.

Je me suis débarrassée des bottines, j'ai regagné le canapé et fini par regarder l'émission de tuning sur MTV. Lorsque le troisième épisode d'*Un rencard avec ma mère* (je vous fais grâce des détails) a commencé, j'ai réenfilé les bottines et je suis retournée me poster devant la glace.

Bon – tout bien pesé, ça *pouvait* passer pour un genre de look années 1980. Surtout si je nouais le tee-shirt à la taille, roulais les ourlets du pantalon de survêtement jusqu'à mi-mollet et ajoutais quelques bracelets… Voilà. Pas si mal. D'autant que je ne sortais pas pour draguer. Pas pour mon propre compte, du moins. Par ailleurs, sous cette tenue qui laissait quelque peu à désirer, je pouvais compter sur mon magnétisme de vampirette pour contrebalancer les faiblesses de style et faire pencher la balance en ma faveur.

Ma décision prise, je me suis regardée une dernière fois dans le miroir et j'ai éteint la télévision. J'ai laissé un petit mot à l'intention de Ty et j'ai mis les voiles. J'avais des choses à faire, des gens à voir, et la nuit ne faisait que commencer.

Le premier point sur ma liste des impératifs de la soirée ? Une petite visite chez Vamp'n'Love.

Je sais : dangereux, avec un D. Mais lors de mon arrestation, j'étais partie sans mon sac à main – et par conséquent sans mon duo poudre bronzante-blush, et sans cartes de visite. Donc, franchement, je n'avais pas le choix. Et puis, j'allais me montrer extrêmement prudente, entrer et sortir, ni vue ni connue.

Du moins, c'est ce que je me disais.

12

En taxi, l'appartement de Ty se trouvait approximativement à dix minutes de Vamp'n'Love. À tire-d'aile, une fois transformée en ravissante chauve-souris au poil rose et soyeux, j'ai été rendue en deux minutes et demie – détour compris, afin d'esquiver un tir nourri de politesses lâchées par deux pigeons volant plus haut que moi.

J'ai atterri dans l'étroite ruelle à l'arrière de l'immeuble qui, outre Vamp'n'Love, abritait une agence de décoration intérieure, une petite société de comptabilité et une boutique de compléments alimentaires. Mon corps a vibré, fredonné et, rapidement, le battement d'aile frénétique s'est apaisé pour laisser place à la pulsation régulière de mon cœur. J'ai baissé les yeux et regardé mes pieds. Mes bottines étaient présentes à l'appel. Ouf ! Parfois, voyez-vous, certains attributs ornementaux n'opèrent pas le transfert. Mais il est vrai qu'au cours des dernières quarante-huit heures, j'avais eu l'occasion de peaufiner ma maîtrise de la technique.

La ruelle ne sentait pas la rose. Une forte odeur de vitamines et de farine complète montait de quelques bocaux vides ; s'y ajoutait celle, âcre, de vieilles cartouches d'encre entassées dans un carton (le recyclage n'ouvrait-il pas droit à des réductions d'impôts ?) et l'unique inspiration que j'avais été assez sotte pour prendre m'avait fait froncer le nez. J'ai avisé une corniche en saillie, tout en haut de l'immeuble, et mon corps s'est soulevé. Tout en flottant à trois étages du sol, j'ai récupéré la clé de secours que j'avais planquée sous une brique légèrement descellée.

Quelques minutes plus tard, je déverrouillai la porte arrière de l'agence. Quand j'ai tourné la poignée, elle n'a pas bougé d'un iota. J'étais sur le point de faire appel à ma musculature de vamp quand je l'ai de nouveau sentie – cette sensation étrange qui montait et descendait le long de mon épine dorsale et hérissait le duvet sur ma nuque. Immédiatement, tous mes sens se sont mis à l'écoute de mon environnement – la rumeur distante de la circulation, le ronronnement d'un climatiseur, un bruit de voix assourdies dans la boutique de vitamines (ils refaisaient l'inventaire chaque soir). Tout était normal. Rien ne sortait de l'ordinaire. Rien, sinon ces spasmes dans mon estomac.

Qui ne devaient rien à la trouille – entendons-nous bien. Mais semblaient plutôt annoncer une crise d'angoisse – on comprendra aisément que je n'étais pas pressée de devoir décimer à nouveau un bataillon de flics à coups de genou avant de jouer la fille de l'air.

J'ai balayé du regard la ruelle, d'un bout à l'autre, perçant l'obscurité. Une benne à ordures se dressait à une extrémité. À quelques pas de moi, un chat s'est faufilé sans bruit dans la pénombre. Il a tourné brusquement la tête et nos regards se sont croisés. Une étincelle de compréhension a jailli dans ses yeux et l'animal s'est recroquevillé en soufflant, babines retroussées.

C'est pour ça, voyez-vous, que je n'ai pas de chat. Nous, les vamps, ne faisons pas très bon ménage avec eux. Certes, à l'occasion, nous pouvons en recueillir un dans la rue, mais dans l'ensemble, nous sommes plutôt des amateurs de chiens. Quand nous nous métamorphosons, c'est en général en doberman, ou en husky, ou encore – le plus intimidant, et le préféré de mon père – en chacal. Mon père a été drôlement impressionné par *La Malédiction.* Je sais. Ça fiche la chair de poule, pas vrai ? Quoi qu'il en soit, les animaux sentent en nous des êtres détachés des contingences. Ce chat, par exemple, avait filé sans demander son reste sitôt qu'il m'avait vue. Malheureusement, cette étrange sensation d'être observée, elle, est restée.

Pourquoi ? Parce que la police avait posté sur les toits des immeubles environnants un contingent de tireurs d'élite tout de noir vêtus et armés de fusils d'assaut, qui m'observaient, moi, la criminelle endurcie dont la tête était mise à prix ? Parce qu'il y avait un autre détachement de flics qui m'attendait de l'autre côté de la porte, prêts à me menotter vite fait bien fait et à me traîner en taule ? Parce que j'avais l'art de tout dramatiser ? Là encore, c'était une option à prendre en compte. Peut-être que derrière cette porte, j'allais simplement trouver mes plus proches amis, qui n'attendaient que moi pour entonner « Joyeux anniversaire ».

Mon cerveau, ivre de panique, votait pour la première et la deuxième solutions ; mon ego, lui, penchait pour la troisième ; mon bon sens, quant à lui, opposait son veto aux trois au motif que : a) ma vision ultra-performante de vamp m'aurait forcément permis de repérer les tireurs d'élite (en plus de les entendre et de détecter leur odeur) ; b) il en aurait été de même pour toute personne qui se serait trouvée dans les locaux de Vamp'n'Love ; et enfin, c) mon anniversaire était passé depuis des mois.

J'ai chassé cette sensation et tourné à nouveau le bouton de la porte. Les gonds ont grincé et gémi ; le bois a craqué. Tout en notant dans un coin de ma tête d'acheter un flacon de dégrippant sitôt que les choses seraient revenues à la normale, j'ai refermé la porte derrière moi et je suis restée un instant immobile, le temps de m'accoutumer à l'obscurité. Grâces soient rendues à Notre Grand Vampire Tout Là-Haut pour cette vision nocturne, sinon, il m'aurait fallu allumer la lumière – ce qui aurait été le baiser de la mort. La police, j'en étais sûre, ne s'attendait pas à ce que je revienne ici (à leurs yeux, ce serait tout simplement la plus grande bêtise que je pourrais faire) mais, en l'absence d'autres pistes, ils n'en devaient pas moins garder les lieux à l'œil (pensez à Colombo, en faction dans sa vieille guimbarde, en train de manger un sandwich, plutôt qu'à *Commando d'élite*).

J'avais espéré retrouver les choses exactement là où je les avais laissées. J'ai vite déchanté. La police avait embarqué mon ordinateur, mon iPod, ainsi que mon portable, et le classeur contenant les dossiers. J'ai sorti un petit stock de cartes de visite que je gardais en réserve dans le tiroir de mon bureau et je me suis accordée deux minutes de pause pour boire quelques gorgées de sang importé que je conservais dans le frigidaire, et qu'on pouvait aisément confondre avec une bouteille de bon vin rouge. Il était glacé, je sais, mais je commençais à avoir sacrément les crocs puisque (par crainte de perdre mon self-control et de laisser le champ libre à la dévergondée qui sommeillait en moi) j'avais refusé le verre que m'avait proposé Ty.

J'ai bu une dernière longue rasade avant de reboucher le flacon et de le ranger. Ensuite, j'ai fourré les cartes de visite dans une enveloppe et je suis passée à l'accueil. L'ordinateur d'Evie avait disparu lui aussi, en même temps que le petit terminal que nous avions installé dans la salle A – qui n'était autre qu'un ancien cagibi aménagé. La seule chose que la police n'avait pas confisquée, c'étaient les téléphones fixes, et le répondeur. Ouais ! Le cahier sur lequel Evie notait les appels et les messages était posé à côté du combiné, et j'ai jeté un œil à la dernière entrée en date, l'après-midi même.

Rachel Sanchez. La chihuahua-garou. Avec un sourire, j'ai arraché la page pour la ranger dans l'enveloppe avec les cartes, puis j'ai ouvert le dernier tiroir du bureau d'Evie, en quête du seul rayon d'espoir dans cet océan de morosité.

Au cours du mois précédent, alors qu'elle était stressée par la visite de son père et privée de ses habituelles huit heures de sommeil, Evie avait eu besoin, sur les coups de midi, d'un petit remontant. Elle s'était précipitée au Starbucks en plein pendant notre heure de pointe et dans sa précipitation, elle avait oublié de mettre un couvercle sur son gobelet.

Bref, pour vous la faire courte, alors qu'elle tentait de répondre au téléphone tout en entrant dans le fichier le nom du dernier client inscrit, elle avait renversé du *mocha latte* sur le clavier de l'ordinateur. C'est ce qui s'appelle travailler au four et au moulin. Résultat des courses : le système n'avait plus rien voulu entendre, et nous avions dû faire appel à un réparateur, qui avait pu récupérer nos données, mais en partie seulement. Après m'avoir calmée (je crois bien que j'étais en train de pleurnicher), il nous avait suggéré de sauvegarder, à l'avenir, nos données sur une clé USB.

Bon, bon – d'accord : j'avais braillé comme un nouveau-né. Toute ma vie professionnelle se trouvait stockée dans cet ordinateur. Vous parlez d'un coup dur.

Je m'étais reprise, comme d'habitude, et j'avais suivi le conseil du type. À présent, nous étions une agence de rencontre archilancée et archiconsciencieuse qui sauvegardait archireligieusement ses données.

J'ai plongé la main entre une boîte de tampons et un flacon de laque et j'ai commencé à fouiller : gloss de secours, vernis à ongles transparent (existe-t-il seulement une chose que ce truc ne peut pas réparer ?), cuillère encroûtée de chocolat, deux barres de céréales, clé USB, mini fer à friser – youpi !

J'ai planté un baiser enthousiaste sur ma petite trouvaille et je l'ai fourrée dans l'enveloppe avec le reste de mon butin. En refermant le tiroir, mon regard a buté sur l'indicateur de message qui clignotait sur le téléphone d'Evie.

Pas touche ! me suis-je intimé. *Pas question de laisser des empreintes digitales.* Si les flics se mettaient en tête de les relever, ils sauraient que j'étais venue ici.

Cela dit, sans doute les avaient-ils déjà relevées, et de toute façon, j'étais ici chez moi. Mes empreintes étaient partout. *En outre*, certainement qu'une empreinte digitale ne disait pas tout. Ce n'était pas comme quand on éviscère un macchabée pour déterminer l'heure de sa mort. Pouvait-on déterminer l'heure ou la date à laquelle une empreinte avait été laissée ? Non, n'est-ce pas ?

N-O-N, s'est empressé de trancher ma curiosité sans me laisser le loisir de creuser la question.

J'ai baissé le volume au minimum pour ne pas alerter Colombo (et de toute façon, mon ouïe hypersensible de vampirette me permettait d'entendre, en dépit de l'absence de son, les mots en écho dans ma tête) et j'ai écouté le message :

« Vous êtes bien chez Vamp'n'Love, où trouver l'amour est aussi simple qu'une demande de prêt hypothécaire, modeste mais vital. »

Ce n'était pas le meilleur slogan jamais inventé, mais il n'était pas encore tout à fait au point.

« Nos bureaux sont fermés, mais laissez-nous votre nom et un numéro de téléphone, et nous ne manquerons pas de revenir vers vous dans les plus brefs délais. » *Biiiip*

« J'aurais voulu parler à Lil. Ayala Jacqueline Devanti. »

Autrement connue comme le seul et unique échec de Vamp'n'Love.

Bon, d'accord, elle n'était pas le seul, mais ce mot de cinq lettres est si moche que je le réserve exclusivement aux expériences les plus désastreuses. En résumé, Ayala, fille d'une amie de ma mère, était la vampire parfaite : ultra-sexy ; de bonnes études à son actif ; un quotient orgasmique rivalisant même avec le mien (qui donnait pourtant dans du treize à la douzaine – du moins la dernière fois que j'avais eu l'occasion de le tester en situation, un petit siècle plus tôt). Ayala voulait à tout prix se fixer et contribuer à la perpétuation de notre espèce.

Je sais – elle aurait dû être facile à caser. C'est ce que je m'étais dit moi aussi et du coup, avant de lui présenter le vampire de sa vie et d'inscrire son nom à mon tableau d'honneur, je lui avais arrangé un rencard avec Wilson Harvey.

Je vous explique : Wilson en pinçait pour ma meilleure amie, Nina II (brune, conservatrice, directrice financière de l'usine de produits d'hygiène féminine de son père dans le New Jersey) mais ne voulait pas le reconnaître, et comme Nina se montrait elle aussi un peu longue à la détente, je leur avais trouvé à chacun un cavalier pour le grand bal annuel de minuit sponsorisé par le club de chasse de ma mère. Dévorés de jalousie chacun de leur côté (j'assure, non ?), ils étaient enfin revenus à la raison (bonjour tableau d'honneur !) Seule ombre au tableau : sur ces entrefaites, l'amant d'Ayala, un loup-garou, avait débarqué et m'avait planté un pieu dans l'épaule.

Aïe.

Naturellement, il visait Wilson, mais comment aurais-je pu laisser un garou survolté buter le futur compagnon d'éternité de ma meilleure amie sans broncher ? D'autant que Wilson n'avait pas encore réglé mes prestations, et celle-là, on ne me la faisait pas.

Depuis ce regrettable accident, j'avais présenté à Ayala plusieurs compagnons d'éternité potentiels, en espérant chaque fois avoir dégotté le bon. À ma grande surprise,

Ayala n'avait accroché avec aucun d'entre eux. Elle n'aimait pas les blonds. Ni les toubibs. Ni les avocats. Ni les types condescendants auxquels seul importait le nombre de fois où elle crierait leur nom au lit.

Du moins, aucun de ceux qui entraient dans la catégorie du vampire de naissance.

J'avais abordé le sujet à plusieurs reprises avec elle. Pourquoi ne me laissait-elle pas lui présenter – que sais-je… ? – un autre loup-garou, peut-être ? Après tout, *Wolf* était son film culte. Et la chanson qui arrivait en tête de son hit-parade personnel ? Je vous le donne en mille : *Werewolf of London*.

Donc, ce n'était pas demain la veille que j'allais inscrire son nom à mon tableau d'honneur. Ayala était une déviante qui, malheureusement, n'était pas prête à l'assumer publiquement. Elle voulait se caser, faire des bébés, et elle attendait de moi que je lui arrange le coup.

Et comme je suis toujours partante pour relever un défi – et dévaliser les boutiques sans bourse délier (son père était extrêmement bien introduit chez Barney's) –, je continuais à lui chercher le partenaire idéal.

« Vendredi soir a été un fiasco. Il portait un costume bleu marine, et j'ai cette couleur en horreur. Ne l'avais-je pas mentionné sur mon profil ? »

Euh, non.

« Ça accentuait son teint cadavérique. Même après dîner, il conservait un air de mort vivant. Mais bon – un de perdu, dix de retrouvés, pas vrai ? Je me rattraperai la semaine prochaine. Sous réserve, évidemment, que vous ayez quelqu'un. Vous en avez un autre en vue, n'est-ce pas ? »

Non.

« Oui, évidemment, a-t-elle poursuivi. C'est vous, la spécialiste. » *Click*.

Il y avait un autre message.

« Lilliana ? C'est ta mère. »

Comme si je ne le savais pas.

« C'est le chaos. Le chaos total. »

Et c'était entièrement ma faute.

« Je ne sais plus quoi faire... » (La voix de ma mère a flanché et ma culpabilité a cédé le pas à un élan d'empathie. *Oooooh, maman !*) « Ton père non plus ne sait plus quoi faire. Nous ne comprenons absolument pas où nous avons dérapé. »

Mais vous n'avez rien fait ! Tout est ma faute. C'est moi et moi seule qui ai ouvert une agence de rencontres. Moi et personne d'autre qui suis en cavale.

« Nous avons échoué dans notre rôle de modèles. Et de mentors. Et de parents. »

Non, non, non ! L'un comme l'autre vous avez été de bons modèles. Des mentors épatants. Des parents déments.

Bon, d'accord – *déments*, c'était peut-être un poil exagéré. Mais ils ont assuré. Du mieux, j'imagine, que le pouvait une paire de vamps aristos et snobs dont les origines remontent à la nuit des temps.

« Je ne vois pas d'autre explication à ce qui se passe en ce moment. C'est notre faute. Nous avons dû commettre une épouvantable erreur quelque part pour que notre splendide fils se laisse emberlificoter par les ruses d'une vulgaire *humaine*. »

La seule *erreur épouvantable* qu'ils avaient commise avait été de m'embarquer de force et en famille dans des vacances à Rome, plutôt que de me laisser filer à Paris avec les Ninas... Hé, minute ! « Splendide fils » ? « Vulgaire humaine » ?

« Jack est en train de gâcher son éternité et il semblerait que nous ne puissions rien faire pour l'en dissuader. »

Jack ?

« Il est tombé amoureux d'une humaine, ce qui m'amène à la raison de ce coup de fil. Nous sommes contraints de reporter la chasse dominicale à samedi parce que nous nous sommes engagés à rencontrer les parents de cette humaine dimanche soir. Ton père tient à ce que tout le monde soit là de bonne heure, afin de réfléchir ensemble à un argument efficace pour détourner Jack de cette course au désastre, et lui donner une chance d'annuler cette rencontre. Un commando d'intervention, pour ainsi dire. Ton père est prêt à annuler son régime spécial de retraite et ses congés payés, mais je trouve que c'est un peu drastique. Les congés payés, à la rigueur, mais les deux ? Tu comprends, Jack est encore jeune. C'est normal qu'il fasse quelques bêtises. À propos de bêtises, ton père et moi comptons bien que tu retiennes la leçon. Nous t'avions bien dit que cette histoire d'agence de rencontres était une ânerie, exactement comme quand tu t'étais mise en tête de devenir nonne. »

Je devais avoir genre *cinq ans*, et j'étais éperdument amoureuse de sœur Mary Elizabeth, ma jeune fille au pair. C'est ce que je croyais, du moins. Plus tard, j'ai découvert qu'elle servait en fait de source alimentaire à ma tante Sophie, qui traversait à l'époque une crise mystique. Je sais, c'est une vampire. Ou plutôt, *c'était* – il n'y a pas si longtemps, elle a péri carbonisée sur un lit de bronzage.

Bye bye, Vampie !

Avant cela, cependant, elle avait été un esprit aventureux, toujours partante pour la rigolade, fascinée par tout ce qui n'était pas lié au domaine vampirique, curieuse de la diversité des peuples et des cultures. Elle se drapait dans des sarongs et avait appris à préparer le poi – une recette maorie, à base de taro. Elle avait fait la danse du ventre devant des rois, traversé le désert à dos de chameau (de nuit, évidemment), et fait des courses de traîneau dans les Andes. Elle avait échangé des secrets de beauté avec la reine Elizabeth (la première du nom) et fait l'amour avec le vrai Dom Juan.

Plus d'une fois, je me suis entendue dire que je tenais d'elle, encore que je ne vois pas très bien en quoi.

Certes, je suis plus ou moins fascinée par des trucs qui n'ont aucun lien avec la culture de mon peuple et je connais plus que mon lot de secrets de beauté, mais pour ce qui est de me faire surprendre dans les bras de Dom Juan, ou dans un sarong, vous pouvez toujours courir – à moins qu'il ne soit griffé Christian Dior.

« Maintenant que tu as vu où ça t'a menée, tu peux tirer un trait sur cette folie et revenir mettre la main à la pâte chez Moe », a poursuivi ma mère.

Click.

Revenir ? Mais je n'avais jamais rallié les rangs de l'entreprise paternelle ! Malheureusement, comme j'avais tout un stock de polos vert pomme (généreusement fournis par mon père) brodés à mon nom et ornés de la mention GÉRANTE, j'étais considérée comme le grand chef de la seconde succursale que mon père avait ouvert dans Greenwich Village.

J'ai pris connaissance de trois autres messages laissés par des clients, avant de passer en mode « avance rapide » pour écouter les suivants (deux appels de démarchage, deux autres de ma mère sur le thème « Je te l'avais bien dit », et un dernier sur le thème « Pauvre Jack ».

Mon regard s'est attardé une dernière fois sur les lieux. Mon agence n'était pas le local le plus spacieux de Manhattan, mais il était très chic. Plus encore, il était à moi et j'avais fini par m'y attacher. Assez pour qu'une boule monte se coincer dans ma gorge lorsque je suis sortie par la porte arrière pour me faufiler dans la ruelle.

Allons, du calme ! Tu n'es pas en train de mettre la clé sous la porte pour filer droit prendre ton poste chez Moe. Tu es toujours à la barre de ta petite entreprise. Certes, elle est modeste et elle bat un peu de l'aile – surtout avec cette inculpation pour meurtre suspendue au-dessus de ta tête – mais elle n'en demeure pas moins une entreprise qu'il faut faire tourner.

Je me suis accrochée à cet espoir, j'ai verrouillé la porte, suis allée remettre la clé dans sa cachette et je me suis métamorphosée une fois de plus.

Mes minuscules ailes ont battu à une allure frénétique tandis que je survolais l'immeuble et me dirigeais vers le premier vivier de mâles dominants ou mâles alpha de ma liste – un match des Knicks.

13

— Evie. En voilà un joli prénom.

L'homme (affublé d'une casquette et d'un tee-shirt des Knicks) à qui je venais de tendre une carte a relevé les yeux en souriant. J'avais, à dessein, embarqué un stock de cartes au nom de mon assistante plutôt qu'au mien – un as de la discrétion, je vous dis.

Nous étions au Play by Play, un des bars du Madison Square Garden, fréquenté par des amateurs de sport, qui venaient y jouer à des jeux vidéo, faire des paniers de basket et s'y goinfrer de nachos.

Le match s'était terminé moins d'une demi-heure plus tôt et le bar grouillait de types galvanisés par la victoire des Knicks sur le Orlando Heat. La vingtaine d'écrans télé installé le long des murs rediffusaient les moments forts de la rencontre, ainsi que l'émission spéciale consacrée à la troisième mi-temps. La musique de Nickelback faisait vibrer les enceintes. L'air était embrumé de fumée de cigarettes. La bière coulait à flots. La testostérone suintait de toutes parts.

Nous nous trouvions à côté d'un baby-foot. Ma main en mousse[1] glissée sous un bras (bon, d'accord – moi aussi je suis une fan des Knicks), un Martini-pomme à la main, j'étais en train d'explorer les lieux quand ce type m'avait hélée. À côté de lui, une pleine tablée de mecs, une chope de bière à la main, me matait et attendait que a) je me jette à la tête de leur pote et leur redonne foi dans la gente féminine, ou que b) je lui colle un coup de genou bien placé, comme toute garce coincée qui se respecte.

Le type avait un regard pétillant et il me souriait l'air de dire, *Viens par là, bébé.* Il s'est penché vers moi et des effluves de Heineken m'ont agressé les narines.

— Écoute, ma jolie, et si on se tirait d'ici pour aller chez moi, a-t-il dit avec un clin d'œil (qui tenait plus du tic nerveux, vu qu'il était complètement soûl et qu'il avait cligné des deux yeux.) Je te laisserai chevaucher le poney.

Le *poney ?* J'ai secoué la tête et je lui ai arraché la carte des mains.

— Désolée, ai-je dit en la remettant dans ma poche. Je cherche un étalon.

— Quoi ? a-t-il lâché, l'air complètement dérouté – jusqu'à ce qu'un de ses copains se penche pour lui assener une claque dans le dos.

— Elle te dit que ton matos ne fait pas le poids, mon pote.

Des rires ont éclaté et le visage de Heineken a viré au rouge tomate. Je lui ai souri.

— C'est pas moi qui l'ai dit. Vous m'avez renseignée spontanément. Passez une bonne soirée, ai-je ajouté en levant mon verre vers eux en guise de salut.

— Hé, attendez ! C'était juste une façon de parler.

1. Main géante à l'index dressé, au nom d'une équipe, que les supporters brandissent pendant les matchs.

J'étais déjà en train de tourner la tête quand il a attrapé mon bras. Et je dois dire qu'il avait une certaine poigne. Je l'ai toisé une seconde fois.

— Croix de bois, croix de fer, si vous mentez, vous allez en enfer ?

— Direct, c'est promis. (Il a hoché énergiquement la tête et bombé le torse.) Mon matos est au poil. Et il est chargé et prêt pour la mise à feu, poupée.

Une moue m'a échappé. Où les mecs allaient-ils chercher des images pareilles ?

— Allez ! a-t-il supplié en lorgnant ma poitrine. Rendez-moi la carte. Je vous appellerai, et on pourra se revoir. Je vous jure que vous ne le regretterez pas.

— Possible.

Regarde-moi dans les yeux, mon coco.

Il s'est exécuté (décidément, ce soir-là, je faisais des étincelles dans le département vamp), et sitôt que nos regards se sont croisés, j'ai pu consulter son CV : Scott Martin Danvers. Il avait joué au football au lycée et en première année de fac. Blessé au genou en seconde année, il avait cru que c'était la fin du monde. Diplômé – de justesse – en arts libéraux. La semaine, il bossait sur les chantiers de construction municipaux, le samedi après-midi, il jouait au hockey et le samedi soir, il sortait avec ses copains. Il aimait que sa bière soit fraîche, que les filles affichent foule au balcon et qu'elles se laissent emballer sans baratin. La taille de son « matos » lui inspirait quelques complexes, mais quel homme n'était pas dans ce cas ?

J'ai glissé plusieurs cartes dans la poche de sa chemise.

— Tenez. Distribuez les autres à vos copains, ai-je précisé en désignant la tablée de mecs qui étaient à présent en train de siffler et de se taper dans les mains.

Scott a regardé les cartes, puis a souri jusqu'aux oreilles tandis que des images suggestives fusaient dans son cerveau embrumé.

J'ai commencé à tourner les talons.

— Hé, où allez-vous ? Je pensais que vous vouliez…

— Ah non, non, pas moi, l'ai-je coupé. Je suis ici pour le compte de quelques bonnes amies. Des amies très sexy, ai-je ajouté en voyant la déception noyer son sourire. De vraies bombes. (La précision l'a quelque peu ragaillardi.) Comme elles sont débordées et n'ont pas le temps de sortir draguer, je m'en charge pour elles. Si vous ou vos copains êtes intéressés, passez-moi un coup de fil – mon numéro perso est noté au dos de la carte – et on organisera un entretien.

— Vous voulez nous faire passer un entretien pour baiser ?

J'ai hoché la tête.

— Oui, et même deux. Le premier, préliminaire, pour prendre connaissance de vos goûts et dégoûts sexuels. Le second est un peu plus détaillé, et comprend des questions sur votre santé. Si vous réussissez, je vous trouve une partenaire et vous la présente. Ensuite, c'est à vous de jouer.

Ma gorge s'est nouée. Lorsque je l'avais concocté, le processus m'avait semblé briller par son intelligence et sa minutie. Mais en l'exposant à haute voix, je trouvais qu'il brillait par… son intelligence, sa minutie, et sa totale absence de romantisme.

Lil ? Viola se fiche du romantisme. Ce qui l'intéresse, c'est le sexe.

C'était bien là le problème. Moi qui suis partisane d'un engagement à vie, qui milite pour des relations sentimentales profondes et intenses, qui me rêve dans le rôle de Cupidon, moi qui, de tout mon cœur et de toute mon âme de zombie, avais fait une croix définitive sur les galipettes sans avenir, voilà que je me retrouvais pourtant à remuer ciel et terre pour les faciliter.

D'un autre côté, si je n'aidais pas Viola et ses consœurs, elles iraient rôder par elles-mêmes et qui sait alors quels abrutis elles pourraient ramasser ? Sans compter que la survie de toutes les espèces paranormales reposent sur la discrétion.

Soudain, j'ai imaginé vingt-sept garelles, en train de s'en donner à cœur joie avec des supporters des Knicks, et de pauvres bougres candides, en plein milieu du Madison Square Garden, à la vue des caméras et d'un bataillon de journalistes. Vous parlez d'un spectacle !

Mon sentiment de culpabilité s'est mué en un élan de conviction : arranger des aventures sans lendemain n'allait nullement contre mes principes car, ce faisant, j'œuvrais pour la préservation, la sécurité et le bien-être de toutes les races d'êtres détachés des contingences. Moyennant honoraires, certes, mais on parle ici de préservation des espèces.

Regonflée à bloc, j'ai vidé mon Martini-pomme d'un trait. Je me dirigeais vers un groupe d'hommes particulièrement dissipés que je venais de repérer quand une main s'est posée sur mon épaule. Une voix grave s'est insinuée dans mon oreille gauche.

— *Yo*, bébé. Belles jambes. À quelle heure elles s'ouvrent ?

Je me suis retournée. Le type était grand. Il avait des épaules larges. La taille mince. Des boucles blondes qui retombaient sur l'encolure de son tee-shirt des Knicks. Un jean et un sourire non dénué d'intérêt complétaient la tenue.

J'ai croisé son regard.

Jeff. Célibataire. Coach privé. Ne s'était pas envoyé en l'air depuis six mois au motif qu'il avait été follement amoureux de sa dernière petite amie – Tanya – et qu'il n'était pas prêt à s'engager dans une relation suivie par crainte de se faire piétiner le cœur *une fois de plus*.

Mon petit doigt m'a soufflé que Jeff était un mec tout ce qu'il y avait de plus chouette.

— Désolée, ai-je répondu en secouant la tête. J'ai perdu la clé.

Viola et ses copines ne feraient qu'une bouchée de ce pauvre garçon. Je me suis détournée mais il m'a retenue par le bras.

— Écoutez, excusez-moi. Je sais que ma vanne est nulle, mais j'ai un peu perdu la main. Comment vous appelez-vous ?

— Li… vie. Livie. (Je n'ai pas l'habitude de vivre dans la clandestinité, d'accord ?) Mais mes amis m'appellent Evie. Evie Dalton. Je travaille chez Vamp'n'Love, le service de rencontres le plus branché de Manhattan.

— Vous organisez des rencards ?

— Je nous vois plutôt comme des spécialistes de l'engagement à long terme. Effectivement, nous organisons des rendez-vous, mais notre objectif est que nos clients et clientes trouvent l'amour de leur vie. Seul l'avenir nous intéresse.

— Et vous ? (Des étincelles d'espoir ont jailli dans ses yeux vert pâle.) Vous l'avez trouvé, le grand amour ?

— Oui. Je veux dire – non. Enfin… pour moi, c'est un peu plus compliqué. Quand je rencontre quelqu'un, plusieurs facteurs entrent en ligne de compte.

— Mais vous sortez avec des mecs ?

— Pour tout vous dire, non. (Sa déception était si profonde que je n'ai pu m'empêcher d'ajouter :) Plus maintenant. Parce qu'un des facteurs que j'ai mentionnés concerne, en fait, un petit ami. J'en ai un, vous comprenez. (J'ai souri.) Oui, j'ai un petit ami, alors les rencards, c'est plus pour moi.

— C'est bon, j'ai pigé. Bonne chance.

Il a lâché mon bras, et il allait tourner les talons quand je l'ai arrêté pour lui tendre une carte.

— Mais vous pouvez tout de même m'appeler. Enfin, pas moi personnellement, mais je suis certaine que je peux vous trouver une fille sympa. À un moment donné, il vous faudra bien retourner dans l'arène, ai-je ajouté en le voyant hésiter.

D'autant que tu es un mec super. Oublie Machin Chose. Elle ne reconnaîtrait pas une bonne affaire même si elle lui sautait dessus et lui mordait les fesses. Je connais des douzaines de clientes qui seraient prêtes à tuer pour un garçon comme toi.

Bon, d'accord – des *douzaines*, peut-être pas. Mais deux ou trois humaines qui seraient plus qu'emballées à la perspective de rencontrer un célibataire qui a réussi dans la vie et qui croit vraiment à l'amour ? Sans problème.

— Vous croyez ?

J'ai hoché la tête et le doute qui flottait dans son regard s'est dissipé. Il a un peu redressé les épaules, et un sourire s'est dessiné sur son visage tandis que ses doigts se refermaient sur la carte de Vamp'n'Love.

— Merci. Peut-être que je vous passerai un coup de fil.

— J'espère. (*Je l'espère vraiment*, ai-je ajouté à part moi.) J'attendrai.

L'ego regonflé par la perspective de présider à la naissance d'une authentique relation amoureuse en plus de celle de lutter à la préservation des espèces, j'ai consacré la grosse heure suivante à l'évaluation de matériel viril de premier choix, tout en distribuant des cartes de visite.

Il était une heure et demie lorsque j'ai décidé de m'en tenir là pour la soirée. Non qu'il fût vraiment tard, mais n'ayant guère dormi le jour précédent, je me sentais complètement vidée. En outre, j'avais la ferme intention de regagner le bercail avant Ty.

Après tout, ce pauvre garçon se démenait et risquait sa carrière et sa réputation uniquement pour m'aider. Le moins que je pouvais faire, c'était de limiter la quantité de stress que je lui causais.

En d'autres termes, ce qu'il ignorait ne pourrait le blesser. Ni me blesser moi. Bon, assez parlé.

*
* *

La condition de vampirette sexy, à la pointe de la mode et fantastiquement bien sapée, c'est bien moins sensationnel qu'on le prétend. Quand les gens pensent aux vampires, ils se représentent en général des êtres extraordinaires et très impressionnants, qui regorgent de pouvoir, de charisme et de sex-appeal.

Question image, c'est dur d'être toujours à la hauteur.

D'autant que si, *grosso modo*, ce portrait-robot est assez fidèle, nous n'en avons pas moins quelques défauts. Mineurs, à l'évidence, comparés à la plupart de ceux des humains, mais qui n'en restent pas moins des défauts.

Ben oui, quoi ! Personne n'est parfait.

Ce sont même ces petites imperfections qui nous rendent appréciables – aimables même.

J'ai contemplé la porte d'entrée de Ty, en résistant à grand-peine à l'envie pressante de me cogner la tête contre cette maudite chose. Au lieu de quoi, j'ai tourné la poignée. Une fois de plus.

Bien. Donc, j'étais coincée dehors. Aimable, vous vous souvenez ? Ty m'avait demandé de verrouiller la porte, et j'ai toujours été une invitée très consciencieuse.

En humant, de l'autre côté de la porte, un délicieux parfum de cuir et de beau mâle viril, il m'a soudain tardé de me débarrasser de mes bottines, de me laisser choir sur le canapé de Ty, de fermer les yeux et d'absorber goulûment cette odeur, la sienne, qui imprégnait le loft.

Ma main s'est crispée sur la poignée. Si je le voulais vraiment, je pouvais entrer ; mais j'hésitais tout de même à bousiller la porte de mon hôte.

Pas de problème. Attendons.

Je me suis adossée à la porte, je me suis laissée glisser par terre pour m'asseoir, jambes croisées. J'allais rester là, tout simplement, et quand il arriverait, j'inventerais une quelconque explication à ma présence dans le couloir.

C'est pas beau, ça ? Einstein, ça vous dit quelque chose ?

À vue de nez, j'aurais dit que je disposais de vingt minutes au moins pour concocter mon bobard. J'avais quitté le bar à une heure et demie, et l'appartement de Ty ne se trouvait qu'à cinq à dix minutes de vol et... *Whoups !*

La porte venait de s'ouvrir brutalement, et je me suis retrouvée étalée de tout mon long, sur le dos, en train de contempler Ty en contre-plongée. Il portait le jean et le tee-shirt noirs dans lesquels il avait quitté l'appartement, des bottes de moto noires elles aussi, et il arborait une expression qui ne laissait rien augurer de bon.

Aïe, aïe, aïe.

— V-v-vous êtes rentré, ai-je bafouillé.

— Et vous, vous êtes sortie.

Il m'a arraché la main géante d'entre les doigts et m'a laissée étendue sur le seuil.

J'ai roulé sur moi-même pour me mettre à quatre pattes et me relever – manœuvre qui, il faut le dire, écornait un peu mon image de vampirette ultra-sexy. Les vampires ne rampent pas à quatre pattes. Ils bondissent, ils glissent, ils virevoltent.

Tout en suivant Ty jusqu'au canapé, je me suis creusé la tête pour inventer une histoire vraisemblable. Et le temps de le rejoindre, j'en avais trouvé une formidable : j'avais entendu le hurlement d'une sirène et, convaincue que les flics étaient sur le point de faire irruption par les fenêtres (ai-je dit que j'avais entendu également des grosses Harley ?), j'avais paniqué, et mis les voiles. Mais comme je n'avais pas oublié les recommandations de mon hôte, machinalement, j'avais verrouillé la porte derrière moi et lorsque j'avais pris conscience que les pétarades des motos n'existaient que dans mon imagination, j'avais été obligée de camper sur son paillasson en attendant son retour.

Franchement, je trouvais mon histoire plutôt bien ficelée.

J'ai ouvert la bouche, mais la seule chose qui en est sortie, c'est :

— Donnez-moi la main.

— Vous pouvez toujours courir.

— Allez !

J'ai gesticulé pour lui arracher le gant en mousse, mais il le tenait hors de ma portée.

— Les Knicks, a-t-il dit d'un ton songeur, en tournant la main géante dans tous les sens. Jamais je n'ai assisté à un match. Ce n'est pas l'envie qui m'en manque, mais en général, je suis trop occupé à traquer les sales types et à aider des vampires de la haute, têtues comme des mules, qui n'écoutent rien de ce que je dis et font tout pour saper mes efforts.

— Vous avez déjà aidé une autre vampire héréditaire avant moi ?

Son froncement de sourcils s'est accentué.

— Vous n'allez réussir qu'à nous faire empaler tous les deux.

Il avait l'air si sérieux que mon estomac a fait un soubresaut. J'ai compris que j'étais dans de sales draps, et que le problème ne se résoudrait pas en dissipant un petit malentendu.

— Les nouvelles sont mauvaises, n'est-ce pas ?

Ty a posé la main géante, s'est passé les doigts dans les cheveux et a hoché la tête.

— Pire que ce à quoi je m'attendais.

— Pire comment ?

— Ils ont des preuves. De vraies preuves.

— La photo du portable, c'est ça ?

— Oui, et un échantillon d'ADN.

— De *mon* ADN ? (J'ai souri.) Ça, c'est une bonne nouvelle. Vous voyez, c'est impossible qu'ils aient mon ADN. Si je me présente et qu'ils me font un test, ils constateront leur méprise, ils laisseront tomber les charges contre moi et je ne serai pas la vedette des faits divers de la semaine.

— Et si jamais c'est bien votre ADN ?

— C'est impossible. Je suis innocente.

— Je le sais.

— Ben alors ? Tout va bien.

— Lil, quelqu'un essaie de vous mettre ce meurtre sur le dos. Quelqu'un de très malin et qui n'a laissé de son passage absolument aucune trace susceptible de l'incriminer. En revanche, tous les indices vous désignent. (Son regard bleu vif a croisé le mien.) Vous êtes victime d'un *coup monté*.

Ces mots ont fait leur chemin dans mon cerveau. Un véritable sentiment de panique s'est emparé de moi. Ma gorge s'est mise à brûler. *Un coup monté ? Contre moi ?*

Mon cerveau a traité à toute allure cette nouvelle information. Je voulais protester. Qui, en possession de toutes ses facultés, voudrait me faire cela, à *moi* ?

Moi, la personne la plus *adorable* au monde. Demandez aux Ninas. Ou même à Evie. Ou à n'importe lequel de mes clients. Nom d'un chien ! Ils m'ont investie d'une mission capitale : leur trouver l'âme sœur ! Je donne ma menue monnaie aux sans-abri, j'attends que le feu passe au vert au passage piéton et je laisse toujours des pourboires plutôt généreux à Dirkst, mon spécialiste bronzage (l'homme qui possède le plus gros pistolet à bronzage de Manhattan et qui sait comment s'en servir). Bon, certes, une fois, la caissière du Starbucks m'a rendu un billet de vingt, alors que moi je lui avais donné un billet de dix, mais l'erreur venait d'elle, pas de moi. Dans l'ensemble, je me défends plutôt pas mal, au rayon « amabilité ».

C'était impossible que quelqu'un ait envie de monter un coup contre moi. Tout bonnement impossible.

En même temps, Keith et sa nouvelle chemise bleue étaient dans l'autre monde, et moi je me baladais en tee-shirt Hanes et pantalon de survêtement dix fois trop grand.

— C'est la seule explication, a poursuivi Ty. Les pièces du puzzle s'emboîtent trop bien pour qu'il s'agisse d'une simple coïncidence. Vous étiez sur les lieux, on a pris votre photo quelques minutes avant le meurtre et, comme par hasard, vous avez semé des empreintes digitales partout, y compris sur l'arme du meurtre, ainsi qu'un échantillon de votre sang.

— Un échantillon de mon sang ?

— Je viens de vous dire qu'ils avaient une preuve ADN.

— Oui, mais je pensais qu'il s'agissait de salive ou de quelque chose comme ça.

— Vous avez bavé dans l'appartement de la victime ?

— Non, mais... (J'ai secoué la tête.) C'est impossible qu'ils aient mon sang. C'est une erreur.

— Je vous croirais volontiers, mais tout cela a été orchestré trop méticuleusement pour espérer que le meurtrier ait foiré sur ce seul et unique détail censé confirmer les charges déjà retenues contre vous. Selon moi, mieux vaut partir du principe que ce sang est le vôtre et travailler à partir de l'hypothèse que quelqu'un cherche à vous faire tomber pour ce meurtre.

— Mais qui ferait une chose pareille ?

Ty m'a considérée un long moment.

— À vous de me le dire. Littéralement, a-t-il ajouté en me voyant secouer la tête. Vous allez dresser une liste de toutes les personnes susceptibles, selon vous, de vouloir vous faire inculper de meurtre.

Je me suis laissée choir sur le canapé. Je commençais à prendre la mesure de la situation. Il existait vraiment, quelque part, quelqu'un qui me haïssait. Qui me haïssait tellement qu'il voulait me voir sous les verrous pendant les cent prochaines années. Mais si jamais j'écopais de perpète ? C'est l'éternité entière que je risquais de passer au trou !

— Vous n'allez pas vous remettre à pleurer ? a demandé Ty de sa voix grave.

Je l'ai regardé. Son image dansait devant mes yeux et j'ai battu frénétiquement des paupières.

— Parce que ce n'est pas le moment, a-t-il ajouté sans me laisser le temps de répondre. S'il y a une chose à faire en ce moment, c'est garder la tête froide. Vous devez réfléchir. (Il s'est levé pour aller chercher du papier et un crayon dans un des tiroirs de la cuisine.) Creusez-vous les méninges, et notez. Ça nous donnera un point de départ.

J'ai battu des paupières de plus belle et (un bon point pour moi) j'ai réussi à retenir l'humidité qui me montait aux yeux. Ty avait raison. Si je voulais me sortir de ce pétrin, je ne devais pas me laisser aller. *Écris*, me suis-je ordonné en fixant la feuille de papier.

— Je ne connais personne qui me hait, ai-je annoncé un quart d'heure plus tard, en ponctuant ma phrase d'un reniflement.

— Ce n'est pas nécessairement quelqu'un qui vous hait. Juste quelqu'un qui avait besoin d'un mobile. Pensez à celui ou celle que vous auriez pu agacer, récemment. Un client insatisfait, peut-être. Un voisin mécontent.

— Donc, ce n'est pas forcément une personne qui me hait. (J'ignore pourquoi cette nouvelle information réconfortait mon ego, mais c'est comme ça. Je me suis redressée et j'ai réussi à avaler ma salive en dépit de ma gorge serrée.) Vous voulez juste quelqu'un qui ait un mobile. Quelqu'un à qui j'ai peut-être causé du tort – par inadvertance, naturellement.

Ty a hoché la tête.

— Il ne faut pas grand-chose pour fournir un mobile à un psychopathe.

— Je vais essayer, mais j'ai peur de ne trouver personne, l'ai-je averti.

Que voulez-vous que je vous dise ? Lors de ma quatre cent quatre-vingtième réunion d'anciens élèves, on m'a élue la fille la plus populaire. Certes, le jury n'était composé que de moi, des Ninas, et de Jacques, mon vieux professeur (on parle ici de *quatre cent quatre-vingts ans*) mais c'est le principe qui compte.

Franchement, qui aurait pu me vouloir du mal ?

14

— Vous auriez une autre feuille ? ai-je demandé une demi-heure plus tard.

— Vous avez fait des pâtés sur celle-là ?

— Non, je l'ai remplie.

Vous parlez d'une liste de quelques rares candidats soigneusement sélectionnés !

— Vous avez rempli *toute* la feuille ?

— Vous m'avez demandé de noter les noms de toutes les personnes auxquelles je pensais. C'est ce que j'ai fait.

— Et vous en avez trouvé une pleine page ?

— Merci de paraître aussi choqué. Ça m'apprendra à prétendre que je suis aimée de la terre entière.

Ty a tendu la main, en se retenant de sourire.

— Montrez-moi ce que vous avez.

Il a parcouru la liste des yeux, qui débutait par mes voisins du rez-de-chaussée, les Griffith. À défaut d'avoir des enfants, ils avaient des mères qui fourrent leur nez partout, et un chat. Un gros siamois ventripotent qui avait les vampires en horreur. Les Griffith eux-mêmes m'adressaient toujours un petit signe amical lorsque nous nous croisions aux boîtes aux lettres, mais Sacha, lui, soufflait systématiquement.

Je ne pensais pas Mac et Eileen assez givrés pour laisser un chat leur dicter qui étaient leurs amis ou leurs ennemis, mais que savais-je *vraiment* sur eux – sinon que la mère de Mac rendait Eilen dingue, et qu'en présence de sa mère à elle, Mac était systématiquement à deux doigts du pétage de plomb ? Peut-être étaient-ils des meurtriers psychotiques qui s'en prenaient à toute personne, aussi merveilleusement habillée soit-elle, qui n'était pas dans les petits papiers de Sacha ?

Ben oui, quoi – ça pouvait arriver.

— Je doute qu'un chat soit capable de fomenter un coup monté pour vous faire accuser de meurtre.

— Pas le chat, ses maîtres. Le chat participe simplement au processus de sélection.

Ty a secoué la tête et poursuivi sa lecture. Quelques secondes ont passé, puis il m'a regardée, un sourcil haussé.

— Maybelline Magenta chez L.C. ? C'est le nom d'une personne ?

— D'un rouge à lèvres. (Certaines personnes ont la mémoire des prénoms. D'autres, des visages. Moi, j'assure au rayon des teintes de rouge à lèvres.) C'est cette bonne femme sur qui je suis tombée chez Liz Claiborne la semaine dernière. (Comme Ty n'avait pas l'air plus éclairé pour autant, j'ai précisé :) Lors de leur dernière braderie de créateurs.

Toujours pas d'étincelles. Quand je pense que j'avais fantasmé sur ce type !

— Tous les créateurs en font, et en général, ils ne préviennent les clientes qu'au dernier moment, ai-je poursuivi. Celle-ci avait lieu en soirée, sur invitation, et uniquement pour les clientes régulières. Même si je ne vais pas chez Liz aussi souvent que j'aimerais, je connais tout de même la plupart des vendeuses par leur prénom. Je suis particulièrement en bons termes avec Kiki, qui organise les braderies.

Kiki est une vraie poupée avec un goût vestimentaire très sûr, des cheveux courts (je sais : c'est complètement passé de mode, mais sur elle, c'est vraiment génial et ça lui donne un côté complètement rétro) et un maquillage toujours impeccable (Kiwiberry chez Sephora).

Kiki connaît également ma taille et n'hésite pas à fourrer tout ce qui pourrait me plaire sous le comptoir en attendant ma visite. Que voulez-vous que je vous dise ? Elle est bisexuelle et ultra-sensible à mon magnétisme de vamp.

— Bref, Kiki m'a appelée pour m'inviter, ai-je poursuivi. J'ai accouru – évidemment, j'ai dû attendre le coucher du soleil – mais c'était déjà la cohue. C'est là que j'ai foncé sur Maybelline Magenta. Nous avions une divergence d'opinion. Elle pensait qu'elle devait passer avant moi, et moi, je pensais le contraire. Comme Kiki était monopolisée par une femme qui s'obstinait à vouloir faire entrer un derrière de taille quarante-quatre dans un jean en quarante, elle ne pouvait pas arbitrer.

— Et ?

— Et je lui ai décoché un coup de coude. À Maybelline Magenta, pas à Kiki.

Le sourcil de Ty s'est hissé d'un cran.

— Assez fort pour qu'elle se donne la peine de tuer quelqu'un et de fomenter un coup pareil pour vous faire accuser de meurtre ?

— Bon, il se pourrait que je lui aie aussi donné un coup de pied.

— *Il se pourrait ?*

— Bon d'accord – je lui *ai* donné un coup de pied. (J'ai haussé les épaules.) Mais je n'en avais pas l'intention. J'essayais de la faire trébucher. Vous comprenez, le coup de coude dans les côtes l'avait pliée en deux, mais elle continuait à courir. Et comme elle était archi-hétéro, je ne pouvais pas la vamper. Il me fallait *agir*. Elle fonçait droit sur la dernière paire de pantalon de gauchos en lin noir.

— Je suppose que L'Oréal Wild Cranberry et Clinique Slick Sunburst étaient parties prenantes du même type d'incident.

J'ai hoché la tête.

— Il me fallait une chemise blanche et une écharpe, pour aller avec le pantalon de gauchos.

— Je doute fort qu'une femme puisse tuer pour des histoires de fringues.

— C'était de très belles fringues.

Ty a plié la liste et l'a fourrée dans sa poche.

— Si la feuille de papier supplémentaire est destinée à des listes du même ordre, c'est inutile. Je vais déjà voir si ça donne quelque chose avec les personnes citées ici. On travaillera à partir de là... En attendant, vous faites une croix sur les matchs des Knicks, a-t-il ajouté en me rendant ma main en mousse.

— Pas de problème.

J'avais déjà tiré le maximum de ce que le stade avait à offrir. Ma prochaine destination, c'était un Home Depot.

Ty a froncé les sourcils.

— Vous n'irez pas non plus chez Home Depot, ni ailleurs. (Ses yeux se sont réduits à deux fentes menaçantes et mon cœur a palpité.) Je suis sérieux. Tout ça est bien plus grave qu'un stupide malentendu. On parle d'ADN. Vous devez rester planquée jusqu'à ce que nous puissions fournir à la police un mobile et assez de preuves pour vous innocenter et incriminer quelqu'un d'autre. Ils ont augmenté la récompense, a-t-il ajouté lorsque j'ai fait mine de protester.

— Combien offrent-ils ?

— Cent mille.

J'ai souri. Voilà qui était un peu mieux. Et puis, j'ai froncé les sourcils.

— Ça signifie que je vais avoir encore plus de gens aux trousses ?

Ty a hoché la tête et mon estomac a atteint son niveau plancher.

— Humains et vamps confondus, a-t-il confirmé. Et quand il y a autant d'argent en jeu, la gentillesse n'est pas de mise. (Il a laissé ces mots faire leur chemin pendant quelques secondes, puis il a ajouté :) Ici, vous serez en sécurité, si tant est que vous acceptiez de m'écouter.

— Et que je me tienne tranquille.

— Exactement.

— Pendant combien de temps ?

— Le temps qu'il faudra. (Il s'est levé.) Je dois ressortir un petit moment – j'ai quelqu'un à voir. Je serai de retour dans une heure.

Il a extrait de sa poche un téléphone portable à la coque métallisée et très mince, qu'il m'a tendu.

— C'est quoi ?

Question idiote puisque je connaissais déjà la réponse – cf. la description ci-dessus. Ce que j'ignorais, c'est ce que cela signifiait.

— *Ça signifie que vous pouvez parler pendant plus de trente secondes, à condition de ne pas appeler un numéro qui est sur écoute.*

Je lui ai décoché mon regard le plus glacial.

— Je déteste *vraiment* quand vous faites ça.

Il m'a répondu par un grand sourire.

— Je viens tout juste de le récupérer. Il est enregistré au nom d'un utilisateur sûr, et à partir duquel personne ne peut remonter jusqu'à vous. Votre nom n'apparaîtra donc sur aucune liste d'appel. J'ai également programmé la fonction numéro masqué pour les appels sortants. Vous pouvez joindre qui vous voulez, à l'exception de Vamp'n'Love. Les flics ont mis la ligne sur écoute et ils remontent tous les appels entrants. Ils auraient du mal à faire le lien entre ce numéro et vous, mais comme ils ont probablement installé un système d'identification vocale, ils comprendraient la combine. Donc, pas de coup de fil à l'agence.

— Mais je peux appeler Evie chez elle, n'est-ce pas ? Et les Ninas ?

Il a hoché la tête.

— Le juge a émis un mandat pour surveiller uniquement la ligne de Vamp'n'Love, en plus de celle de votre portable. Les flics ont insisté pour mettre également vos parents sur écoute, mais le juge Ellis a refusé. Tout en ne pouvant pas ignorer les preuves à charge, a-t-il poursuivi en voyant la surprise se peindre sur mon visage, il n'est pas prêt à livrer un des siens en se montrant exagérément coopératif.

— Le juge est un vampire ?

— Une chance pour vous. Sinon, vous n'auriez pas pu appeler vos parents.

Oui, quelle chance... J'ai écarté cette pensée déprimante et je me suis concentrée sur la nouvelle positive. J'étais reconnectée au monde !

Enfin, plus ou moins.

— Vous pouvez également consulter votre messagerie vocale. Mais n'effacez aucun message, et ne touchez pas non plus à ceux qui étaient déjà là, au cas où la police les surveillerait également. (Il m'a lancé un coup d'œil.) Vous devriez vraiment contacter vos parents le plus tôt possible. Je suis certain qu'ils sont complètement flippés avec tout ce qui se passe.

— Je ne sais pas si « flippés » est le terme approprié pour définir mes parents.

J'aurais plutôt dit « flippants ».

— *Allons, ils ne peuvent pas être aussi terribles que ça.*

J'ai froncé les sourcils.

— Vous pourriez arrêter de faire ça ?

— Ça quoi ?

— Lire dans ma tête.

— Je ne lis pas dans votre tête. Vous émettez vos pensées à tout-va. Une vraie station de radio. Si vous ne voulez pas que j'entende vos pensées, apprenez à les garder pour vous.

— En théorie, c'est formidable, mais cela ne me dit pas comment m'y prendre.

— Mettez un écran de protection.

— Eh bien voilà ! Vous savez, vous devriez vraiment donner quelques séminaires sur le sujet. Vous avez un don pour l'enseignement.

— Bon, à plus. (Il m'a lancé un clin d'œil et mon cœur a fait un bond.) Amusez-vous bien !

Au moment où la porte s'est refermée derrière lui, les idées d'amusement qui me trottaient dans la tête n'avaient rien à voir avec un téléphone et tout avec Ty et son clin d'œil.

Et également avec quelques euh… régions du corps.

Il m'a fallu deux bonnes minutes avant de pouvoir tordre le cou à mes fantasmes et me concentrer sur le sujet urgent qui m'occupait : me reconnecter avec le monde extérieur. J'avais une dizaine d'appels à passer, et j'ai commencé par le plus urgent. Par la personne qui, à coup sûr, était rongée d'inquiétude à force de se demander où j'étais et si j'allais bien. La femme qui avait remis entre mes seules mains sa contribution à la préservation de l'espèce.

Viola Hamilton.

15

— Allô ? a chuchoté une voix féminine

— Viola Hamilton, s'il vous plaît, ai-je chuchoté à mon tour.

— Une seconde, je vous prie.

J'ai entendu tout un tas de craquements – à moins que ce ne soit des grognements ? La nuit était loin d'être finie, et sans doute Viola et ses consœurs de la SPA profitaient-elles du clair de lune.

Il y a eu d'autres grognements, des halètements, et…

— Était-ce un cri que je viens d'entendre ? ai-je demandé à Viola quand elle a pris la communication.

— Il s'agit d'un entraînement, a précisé cette dernière. Marnie Jackson est venue avec ce type qu'elle a rencontré au stand de tir – il est flic. Ils font un petit galop d'essai avant la pleine lune.

Dans les quelques secondes qui ont suivi, mon cerveau a enregistré plusieurs choses : a) ils se livraient à leur « galop d'essai » en public, b) Marnie étant l'une des vingt-sept garelles auxquelles je devais trouver un partenaire, cela réduisait le total de mes prestations à vingt-six têtes et c) ils se livraient à leur « galop d'essai » en public.

Naturellement, je me suis concentrée sur le point qui m'avait le plus déroutée.

— Cela veut dire que vous n'avez plus besoin que de vingt-six mâles ?

— Pour tout vous dire, l'essai se passe moins bien que prévu. Le cri que vous avez entendu venait de lui. Donc, Marnie n'est toujours pas casée. Et je dois y ajouter Emily. Elle vient de rompre avec son concubin – une histoire épouvantable. Naturellement, nous paierons volontiers un supplément d'honoraires pour cette commande de dernière minute.

J'ai souri.

— Naturellement.

— Alors, les recherches progressent ?

— Formidablement bien. C'est le motif de mon appel. Je voulais reprendre contact et vous rassurer : j'ai la situation en main, soyez sans inquiétude. Je sais que vous n'étiez pas inquiète, car il n'y a pas lieu de l'être. Mais au cas où vous seriez du genre à vous faire de la bile, c'est inutile. En ce moment même où nous parlons, je cherche.

— Je parlais des recherches vous concernant, très chère. C'était un bien fâcheux épisode, à votre bureau. Sans effusion de sang, hélas, mais fâcheux néanmoins. Aviez-vous jamais vu un tel déploiement de polyester ?

Si j'avais été un loup-garou vicelard et prêt à tout pour faire des galipettes lors de la prochaine pleine lune, j'aurais complètement craqué sur Viola.

— Ne m'en parlez pas !

— C'était une scène effroyable. Mais si vous sortez prospecter, je suppose que tout est rentré dans l'ordre.

— Je suis toujours recherchée pour meurtre. Temporairement. La police va bientôt s'apercevoir de sa méprise et reporter son attention sur le véritable meurtrier. En attendant, les affaires continuent.

— Vous avez donc rouvert l'agence ?

— Disons que je me suis mise au télétravail. Cela dit, peu importe l'endroit d'où j'exerce mon activité. Dans mon créneau, ce qui prime, c'est le terrain, et ça, j'en fais beaucoup. Je me donne à plein régime et je ramasse des mâles dominants à la pelle.

— Vous avez trouvé nos partenaires ?

— Eh bien, non. Pas encore. Mais j'ai plusieurs pistes prometteuses. Soyez assurée que vous aurez vos vingt-huit étalons servis sur un plateau la nuit de la pleine lune.

— À propos d'étalon... Emily est une originale. Elle aime les roux. Elle en pince pour Ron Howard.

— Qui ça ?

— Ron Howard. Aujourd'hui, il est réalisateur et producteur – c'est lui qui a fait *Un homme d'exception*, entre autres – mais autrefois, il était acteur. Il incarnait Richie Cunningham dans *Happy Days* – vous savez, ce gamin bien propre sur lui, dans ce feuilleton qui mettait en scène la famille idéale des années 1950. Mais le personnage a aussi un petit côté sauvage. Il jouait dans un groupe de rock, et c'est à ce moment-là qu'Emily est tombée amoureuse de lui. Inutile de dire qu'elle n'arrive pas à se défaire de ce béguin et qu'il a influé sur toutes les relations sentimentales qu'elle a connues depuis. C'est pour cette raison qu'elle n'a toujours pas de partenaire convenable à l'heure qu'il est.

À mon humble avis, Emily avait plus besoin d'un psy que d'une entremetteuse.

— Je sais que je m'y prends très tard, a enchaîné Viola. Je serai donc ravie de vous adresser un chèque pour cette commande de dernière minute, et pour livrer à Emilie de quoi satisfaire son fétichisme.

J'ai souri.

— Un Ron Howard. Ça ne devrait pas poser de problème.

— Un Ron Howard un peu crâneur. Emily a beau craquer sur son physique, elle a néanmoins besoin d'un homme qui suinte de toutes parts la testostérone.

— À quoi ressemble-t-il, ce Ron ? (Je ne passais décidément pas assez de temps devant la télé.) Mis à part ses cheveux roux. Il a des traits taillés à la serpe comme le cow-boy de la pub Marlboro ? ai-je demandé, en croisant les doigts.

— Non, pas vraiment. Il ressemble plutôt à Howdy Doody.

— Howdy qui ?

— Howdy Doody et Clarabelle ? Vous savez bien, le feuilleton pour enfants.

Je n'avais jamais vu Howdy Doody, mais la précision *feuilleton pour enfants* était éloquente en soi : tout ça me passait au-dessus de la tête.

— Howdy, c'est cette marionnette à la peau blanche et crayeuse, avec des tas de taches de rousseur. Il porte une chemise à carreaux. Et un bandana autour du cou.

D'accoooord...

— Et il a la raie sur le côté.

Refuse. Jamais tu ne trouveras un sosie de Howdy Doody. Personne ne le pourrait. C'est mission impossible. Surtout en moins de dix jours.

— Un Howdy Doody viril. C'est comme si c'était fait.

Que voulez-vous ? On parlait *prime pour service d'urgence.*

— Formidable. Ah, au fait... Vous direz à votre père qu'il peut vaporiser autant de désherbant qu'il veut sur mes haies, ça ne marchera pas. Les filles et moi y pissons dessus depuis plus d'un mois. Je peux vous assurer qu'elles sont en pleine forme, et immunisées contre tout, excepté une explosion nucléaire.

Une image m'a traversé l'esprit : Viola et ses copines de la SPA en train de « fertiliser » l'écran de haies qui séparait sa propriété de celle de mes parents.

— Je veillerai à transmettre l'information. (Du moins, dès que le morse serait redevenu à la mode et aurait acculé à la faillite tous les opérateurs de téléphonie mobile.) Je vous recontacte dans quelques jours. Et n'oubliez pas : inutile de vous faire du souci. Je vais y arriver.

— Je n'y arriverai jamais, ai-je dit à Evie quelques minutes plus tard lorsqu'elle a décroché. Pas toute seule. J'ai besoin de ton aide.

— Lil ? (Un bâillement a ponctué sa question.) Je veux dire, Mrs Vandergartenpitt ?

— C'est Vander*flunkin*pitt et tu peux laisser tomber le pseudo. Ta ligne n'est pas sur écoute.

Un autre bâillement.

— Comment le sais-tu ?

— J'ai des relations.

— Le chasseur de primes ! (J'ai entendu des froissements de draps ; les ressorts du matelas ont grincé, et Evie a poursuivi, d'une voix où perçait une note d'excitation.) Tu es avec lui, n'est-ce pas ? Je le savais ! J'ai passé en revue toutes les possibilités, et ça ne pouvait être que lui. Lui seul peut te tirer de ce pétrin. Je suis sûre qu'il a le bras long, et il sait comment traquer les criminels. Ça tombait sous le sens que tu irais lui demander de l'aide.

— Je ne suis pas avec le chasseur de primes. Mais alors, *pas* du tout.

— Menteuse !

— Absolument pas.

— À d'autres !

— On peut revenir à nos moutons ? On a du pain sur la planche.

— Lil, il est 4 heures du matin. J'ai encore cinq heures devant moi avant de partir bosser. Parle-moi de Ty.

— De qui ?

— De Ty Bonner. Le chasseur de primes. Tu es avec lui, je le sais.

J'ai essayé de rire – tentative qui s'est soldée par un ricanement nerveux, à l'image de l'état dans lequel j'étais.

— C'est toi qui le dis. Écoute, j'ai vraiment besoin de ton aide.

— J'ai déjà expliqué à la police que jamais tu ne découperais personne en morceaux.

— Merci pour ta confiance, mais ce n'est pas de ça dont je parle. Tu connais notre nouvelle cliente ? Viola Hamilton ?

— Celle qui était dans ton bureau le jour où les flics ont débarqué ?

— Exactement. Elle m'a passé commande pour plusieurs partenaires, ce qui ne pose aucun problème, sauf que l'un d'eux doit être roux. Un roux qui déborde de testostérone.

— Genre Kenneth Branagh jeune ?

— Plutôt genre Howdy Doody.

— Tu rigoles ?

— Tu connais Howdy Doody ?

— Je ne regarde pas que *Les Experts*. Écoute, Lil. Ce que tu demandes est impossible. On parle ici de cheveux *orange*. Jamais on ne trouvera un Poil de carotte qui déborde de testostérone.

— Garde tout de même les yeux ouverts. Si jamais tu croises dans la rue un type qui correspond au profil, donne-lui une carte. Et regarde aussi sur les sites de rencontres en ligne. Épluche les profils et vois si tu aperçois quelqu'un – n'importe qui – qui puisse faire l'affaire. Je vais chercher aussi de mon côté. Ah, et tu connais la nouvelle cliente — Rachel Sanchez ?

— Elle a appelé hier.

— Je vais bosser sur son dossier tout en m'occupant de Viola.

Evie n'avait certes pas besoin de moi pour trouver un super rencard à Rachel, mais comme elle n'était pas dans le secret de toutes les excentricités de la jeune femme – qui se métamorphosait en porte-parole du Taco Bell[1] les nuits de pleine lune – je me sentais obligée de m'occuper moi-même de son cas. La première étape ? Quelques recherches, *via* Google, sur les habitudes d'accouplement des chihuahuas-garous.

— Ah, et Esther a rappelé, a repris Evie. Elle voulait savoir si tu lui avais trouvé quelqu'un, et je lui ai répondu que non. C'est bien le cas ?

— Oui.

Esther était bien plus difficile à caser que je ne l'avais imaginé. Le problème ? Je ne connaissais pas beaucoup de mordu du sexe masculin, mis à part Ty, qui n'était absolument pas son genre. Au début, j'avais cru que ça pourrait coller entre eux, mais après avoir fait plus ample connaissance avec lui (grâce à Google – que deviendrait-on sans Internet ? –, à un baiser fougueux et torride, et, ah oui, après avoir bu son sang) je l'avais rayé de la liste des candidats.

— Elle a l'air si… triste, a observé Evie. Que pourrais-je faire ?

— Tu n'as plus d'oncle en réserve, n'est-ce pas ?

Une fois, nous avions organisé un rencard entre une cliente et un parent d'Evie, à titre de « mise en jambes » avant de lui trouver le partenaire idéal. L'opération ne s'était pas conclue par un franc succès (le tonton était cacochyme et sujet aux somnolences ; la cliente était une vamp qui pétait le feu et adorait danser) mais n'avait pas non plus été un échec total (la vamp pleine de fougue avait gobé mon baratin sur la « mise en jambe » et nous avait donné une autre chance).

1. Cette chaîne de fast-food Texmex a pour mascotte un chihuahua.

— Un qui ne toucherait pas de pension de retraite, par exemple ? ai-je ajouté.

— Il y a mon oncle Darwin, a répondu Evie après quelques instants de réflexion. Il touche une pension, mais d'invalidité. Il a perdu un testicule pendant la Première Guerre mondiale.

En d'autres termes, le bonhomme avait l'âge de Mathusalem.

Mais d'un autre côté, comme Esther avait, elle aussi, connu cette guerre (elle était plus que centenaire et n'avait pas eu de galant depuis au moins un siècle) ces deux-là pourraient, en fait, se trouver des points communs.

— Organise un rendez-vous, ai-je dit à Evie.

Ensuite, j'ai appelé les Ninas, mais comme aucune n'a répondu, j'ai dû me contenter de laisser des messages. J'ai également appelé mes frères, ainsi que Francis et Melissa (mon tout premier client vampire et sa concubine humaine) et Ayala, la plus chipoteuse des vampires héréditaires de tous les temps. La nuit ne commençant qu'à peine pour les créatures des ténèbres, Melissa fut la seule à décrocher. Je lui ai exposé la fâcheuse situation dans laquelle je me trouvais et je lui ai donné mon nouveau numéro de portable, au cas où elle aurait besoin de me joindre. (Ce qui avait peu de chances d'arriver puisqu'elle et Francis coulaient des jours heureux en dépit de leurs évidentes différences.) Mais ce coup de fil a requinqué mon ego et j'ai commencé à me dire que je serais capable de dénicher un roux suintant de testostérone. N'avais-je pas été capable de caser Francis, le plus empoté des vamps de tout l'univers ? Rien ne pouvait être plus difficile que cela, n'est-ce pas ?

J'ai laissé un message à Ayala (« Livraison de vampire héréditaire imminente ! »), et cela fait, j'ai passé un petit moment à contempler le téléphone.

Je devrais vraiment appeler mes parents, ai-je songé. Mais bon – j'étais une femme d'affaires, pas une poule mouillée. J'avais des priorités.

J'ai composé le numéro de Vamp'n'Love, et après une bonne minute à naviguer le long des tunnels d'options de ma boîte vocale, j'ai enfin eu accès à mes messages.

« Bonjour Lil. Ici Ayala. Vous ne m'avez toujours pas rappelée et je me disais que pour ce week-end, nous pourrions peut-être essayer à nouveau un blond. Mais plus grand, cette fois. Et pas trop poilu du visage, parce que franchement, je n'aime pas ça. Et loyal, aussi. Le dernier candidat avait enregistré le numéro de Marc's Speedy Supper dans le répertoire de son téléphone. Je ne souffrirai pas un compagnon d'éternité qui passe son temps à planter ses crocs dans des nanas livrées par un service traiteur. Je veux un homme converti à la bouteille. » *Biiip.*

Les blonds, ce n'était pas trop mon truc, mais l'histoire de la bouteille, ça, je comprenais.

« Nouveau message, reçu... », a annoncé une voix féminine digitalisée. Et tout de suite après, j'ai entendu une autre voix, familière celle-là :

« Lil ? (C'était Nina I. Blonde, belle, abyssalement superficielle.) Il faut que je te parle. (Sa voix vibrait d'anxiété.) C'est une urgence. Je n'arrive pas à me décider entre la pochette en serpent Dolce & Gabbana, et le nouveau Louis Vuitton rose. La première irait à merveille avec ces pompes divines que je viens d'acheter, mais le Vuitton rose est archicraquant. Appelle-moi. » *Biiip.*

« Nouveau message, reçu... » :

« Lilliana, c'est ta mère. Nous sommes obligés d'avancer la chasse à demain soir car ton père et moi avons un engagement pressant dimanche soir. Sois ponctuelle, s'il te plaît. Ah... et ton père veut que tu fasses un saut chez Golftown, sur la 32e Ouest, pour lui acheter une boîte de Ben Hogans. Veille à prendre les balles du

Tour Deep, et non pas les Hawk Twelve. Ton père les déteste, il dit qu'elles raccourcissent son putt. J'aurais tendance à penser que le coupable est plutôt son swing, mais bon… tu connais ton père. » *Biiip.*

« Fin des messages. »

J'ai raccroché et contemplé fixement le téléphone. Golftown ? Certes, c'était un chouette magasin – pour qui jouait au golf. Ce qui n'était pas mon cas. Détail plus important encore : j'étais en cavale. Je jouais à cache-cache avec les flics. Des flics vêtus de polyester. Or un endroit comme Golftown, avec sa clientèle essentiellement masculine, devait à coup sûr grouiller de flics. Autant entrer dans une église.

Ma mère, naturellement, n'avait pas pensé une seule seconde au fait qu'elle m'envoyait dans la gueule du loup. Non : elle ne se préoccupait que de balles de golf. Et de ponctualité à sa précieuse chasse dominicale.

J'étais une fugitive, pour l'amour de Dieu ! Je me débattais pour sauver mon éternité. Je n'avais pas le temps de passer chez Golftown, et moins encore d'assister à la chasse. Certes, celle-ci est une institution familiale depuis plus de trois cents ans et le seul à l'avoir jamais séchée, c'est Max. Mais comme il avait été retenu chez Moe par un inventaire, mes parents l'avaient promptement pardonné. Sinon, la fratrie au grand complet se doit (bien qu'à contrecœur) d'être présente. Point barre.

Or, si je n'étais pas en train de compter des feutres fluo et des flacons de correcteur, je n'en étais pas moins occupée à une tâche importante – passer inaperçue. Et je n'allais pas courir le risque de me faire prendre en allant traîner mes guêtres jusque dans le Connecticut. Hors. De. Question.

Affaire réglée. Pas de chasse – voilà ce que je me suis dit en m'allongeant dans le lit de Ty et en fermant les yeux, juste avant l'aube.

16

— J'ai oublié les balles de papa, ai-je bafouillé lorsque ma mère a ouvert la porte, à 21 h 15, le samedi soir.

Je ne manque pas d'un *certain* cran (c'était à dessein que j'avais fait l'impasse sur Golftown) mais, à la perspective de faire une entorse à trois siècles de tradition Marchette, il avait fondu comme neige au soleil.

— J'avais vraiment l'intention de m'arrêter chez Golftown, ai-je poursuivi avec précipitation. Mais je ne pouvais pas…

— Ah, il était temps, m'a coupé ma mère.

Jacqueline Marchette, drapée dans une robe portefeuille en soie chocolat, arborait un collier et un bracelet Tiffany sertis de diamants et un froncement de sourcils réprobateur. Elle avait attaché ses longs cheveux auburn en une élégante queue de cheval qui mettait en valeur ses pommettes hautes et son nez sculpté. Ses yeux d'un brun profond étaient frangés de cils épais et ses lèvres charnues luisaient de Mousse au chocolat de Chanel. Elle embaumait un parfum français, le kirsch et le fric à gogo (comme toute vampire héréditaire digne de son rang).

Ma bonne étoile m'ayant permis d'emporter, avant de filer à la barbe des flics, ma robe préférée de Diane von Furstenberg (blanche et noire, à manches courtes) ainsi qu'une fabuleuse paire de bottes en cuir noir, je ne me sentais pas dans la peau d'une pauvresse.

— Voilà plus d'une heure que tes frères sont arrivés, m'a informée ma mère.

Dis donc, maman, je suis heureuse d'apprendre que tu te portes comme un charme. Moi ? Eh bien... je suis toujours recherchée pour meurtre, ce qui signifie que chaque flic, entre ici et Manhattan, est à mes trousses. J'ai écopé d'un chasseur de primes ultra-protecteur en guise de baby-sitter. Et mes cheveux – maudits soient-ils – ont refusé de coopérer aujourd'hui. En deux mots, c'est la grande forme. Vraiment.

— Tu sais l'importance que ton père et moi accordons à ces soirées, Lilliana, a-t-elle poursuivi. Et nous entendons bien que nos enfants en fassent autant.

— C'est ce que je fais.

J'ai souri. C'était ça, ou j'éclatais en sanglots, or ma mère n'est pas vraiment le genre de personne devant laquelle on peut pleurer. (Mettre à sang des hameaux ? Oui. Pleurer ? Hors de question.)

— La prochaine fois que je me soustrais à une arrestation de police et que je me retrouve en cavale, je veillerai à demander d'abord des soirées libres pour la chasse.

— C'est le moins que tu puisses faire, très chère.

Je sais : cette femme m'a donné la vie, c'est son sang qui coule dans mes veines, je devrais lui témoigner une éternelle reconnaissance, etc. Je ne serais pas là, dans toute ma gloire de vampirette, si cette femme devant moi n'avait pas vaillamment enduré seize heures de travail extrêmement pénible. *Je le sais* (et ce parce qu'elle me le rappelle à chacun de mes anniversaires) et j'apprécie. Vraiment. Néanmoins, parfois (en cet instant, par exemple), il me prenait comme des envies de la gifler.

— Ne reste pas plantée là. (Elle m'a fait signe d'entrer.) Tout le monde attend.

Bien qu'elle fût aussi collet monté et prétentieuse que d'habitude, j'ai compris que quelque chose ne tournait pas rond quand, au lieu de regagner le salon d'un pas gracieux sur ses sandales Jimmy Choo absolument démentes, elle a attrapé une bouteille de whisky qui traînait sur une console et en a bu une rasade.

Ce n'était pas le fait qu'elle boive de l'alcool qui m'a mis la puce à l'oreille, mais bien qu'elle ne prenne pas la peine de le verser dans un verre. Ma mère incarne le décorum qui sied à mon auguste peuple. Elle est en permanence sur son trente et un, elle surveille ses manières et ne joue jamais avec la nourriture (sauf la fois où elle a disputé quelques sets avec Martina Navratilova).

— *Tout le monde.* (Elle a bu une autre gorgée et s'est essuyé le coin des lèvres d'un revers de sa main manucurée à la perfection.) Y compris l'humaine de Jack.

D'aussi loin que remontaient mes souvenirs, mon frère avait toujours amené son caprice de la semaine à la chasse. Mes parents ne voyaient pas cela d'un bon œil, mais, en général, ils écartaient le sujet en disant : « Un vampire pensera toujours avec sa... » Bref. Mais cette fois, c'était différent. C'était...

J'ai fini par comprendre et j'ai dressé l'oreille.

— Mandy est ici ?

Ma mère m'a transpercée d'un regard interloqué.

— Tu la connais ?

— Euh... non. Pas vraiment. (Certes, elle m'avait hébergée dans un tiroir de la morgue, mais de là à nous considérer comme des amies pour le restant de l'éternité...) Je sais qu'elle est médecin et qu'elle s'appelle Mandy. C'est Jack qui me l'a dit, ai-je ajouté en voyant ma mère hausser un de ses sourcils magnifiquement dessinés.

— Et depuis quand toi et Jack vous parlez-vous ?

Depuis que je suis accusée de meurtre, que ma tête est mise à prix et qu'il m'a prêté une somme obscène – que j'ai la ferme intention de lui rendre dès que ma vie reprendra son train-train et que les planètes se réaligneront.

À croire que sa rasade de whisky lui avait fait oublier ce détail crucial – que j'allais bien me garder de lui rappeler. D'autre part, elle semblait contrariée. Bouleversée, même.

Oui, je sais – *ma* mère.

Comment aurais-je pu ne pas répondre à son besoin désespéré d'empathie – et à mon besoin tout aussi désespéré de rester à l'écart de la planche à découper ? Comment aurais-je pu ne pas mentir ?

— J'ai dit Jack ? Je voulais dire Max.

Je m'attendais à un de ses regards appuyés, pensifs et suspicieux, mais non : elle a balayé ma réponse d'un geste et secoué la tête.

— Je n'en reviens pas qu'il ait osé l'amener ce soir. Ton père et moi avons accepté de la rencontrer, elle et *ces gens*, demain soir. Naturellement, nous comptions pouvoir nous défiler, car nous étions sûrs de réussir à raisonner ton frère, après la chasse. *Ce soir.* Ça crève les yeux que lui et cette humaine ne sont absolument pas faits l'un pour l'autre. Mais voilà qu'il débarque avec elle et maintenant elle est ici, et lui… (Elle a secoué la tête à nouveau.) Ça me dépasse. Tu devrais le voir. Il n'est plus du tout lui-même. *Méconnaissable.*

— Il est amoureux.

Ma mère m'a regardée comme si une auréole s'était posée sur ma tête, avant de réfuter une explication.

— Apparemment, il est victime d'un puissant sortilège. Cette fille est une sorcière, c'est *évident.* C'est la seule explication plausible à un changement de comportement aussi drastique. Depuis qu'il l'a rencontrée, il n'est plus du tout le même.

— Ce qui n'est pas une mauvaise chose.

Compte tenu que Jack se comportait en général comme un connard.

Bon, d'accord – cette fois, j'avais pour de bon une auréole, *et* des ailes d'ange.

— As-tu perdu la raison ? Comment s'y prendrait-il pour passer l'éternité avec une humaine ? Tu peux me le dire ?

J'étais sur le point de lui faire observer ce qui était évident aux yeux de tout le monde sauf aux siens (elle aurait préféré se ficher un pieu dans le cœur plutôt que de commettre l'impensable et de *mordre* cette humaine) quand elle a ajouté :

— J'ai besoin d'un autre verre.

Et sur ce, elle a bu une autre longue rasade. J'ai fait un pas vers elle (pour la gifler, naturellement) et je me suis retrouvée en train de lui tapoter le dos tout en marmonnant :

— Allons, allons, tout va bien se passer.

C'est fou, non ? Moi aussi, j'avais flippé lorsque j'avais vu Jack avec Mandy. Je n'imaginais donc que trop bien ce qu'éprouvait ma mère, puisque Jack était le fruit de ses entrailles (c'était là ses propres termes, pas les miens).

Après plusieurs gorgées, elle a reposé la bouteille et redressé les épaules.

— Je suis prête, a-t-elle annoncé. Plus vite nous en aurons fini, plus vite nous pourrons renvoyer Mandy en ville et faire entendre raison à Jack.

— Ça me paraît un bon plan, ai-je approuvé en lui emboîtant le pas.

Lorsque nous sommes entrées dans le salon, elle a annoncé tout de go :

— Lil est arrivée et elle a oublié tes balles.

Je me suis préparée à affronter la réaction de mon père, ainsi que l'inévitable « Lil, nous aimerions que tu fasses la connaissance de... » lorsque ma mère me présente le prétendant de la semaine – autrement dit, le dernier vampire héréditaire sur lequel elle a jeté son dévolu : un spécimen de premier choix, assez riche et fertile pour être son futur gendre et le père de ses petits-enfants.

— Rob fait la proie. Que la fête commence ! a-t-elle ajouté en frappant dans ses mains

Hé, minute !

J'ai regardé autour de moi. Mon père. Max. Rob. Jack. Mandy. Maman. Mon père. Max. Rob. Jack. Mandy…

Bon sang de bonsoir.

— Ça va ? s'est enquis Jack en approchant.

— Moi aussi je t'aime frangin. Je t'aime *vraiment*.

Je lui ai planté un gros baiser bien humide sur la joue et j'ai filé dans la véranda à l'arrière de la maison, où j'ai éclaté en sanglots de gratitude.

Pas de rendez-vous abracadabrant arrangé. Pas de mère sur le dos, s'acharnant à souligner mes défauts, à me reprocher de ne pas entrer dans le rang et de ne pas lui pondre un petit-fils ou une petite-fille, comme la fille de Truc ou celle de Machin. Pas de père me lançant des regards bizarres en se demandant si je suis lesbienne. Non que j'aie quoi que ce soit contre les homosexuels, mais c'est une question de principe. De la même façon que je ne voudrais pas qu'on pense que je suis une cliente de Sephora quand je fais tout mon shopping chez Mac.

Le point où je veux en venir ? Cet instant… Que voulez-vous que je vous dise ? C'était mon rêve le plus cher devenu réalité. Bon, d'accord, peut-être n'était-ce pas *le* plus cher, mais il arrivait en excellente position dans ma liste, après trouver mon compagnon d'éternité, et me rouler nue sur une plage avec Ty. On parle ici du *paradis*.

Ce n'est pas que je m'intéresse beaucoup au paradis. Je m'interroge rarement sur l'« après ». Rien de plus normal puisque je suis immortelle.

Mais, de temps en temps, quand je laisse le champ libre à mon imagination sur le thème « Si j'étais humaine... » – je n'en ai pas du tout envie, mais *si* je l'étais ? – le paradis consiste toujours en une famille tolérante, qui me soutient et qui ne voit pas en moi le mouton noir du troupeau.

Le noir, c'est tellement pas ma couleur.

17

S'est ensuivi un branle-bas de combat tandis que ma mère rassemblait et poussait les troupes à l'extérieur, en direction de la véranda.

Rob ayant droit, en tant que proie, à la traditionnelle longueur d'avance, il a dévalé les marches et traversé la pelouse au pas de charge pour s'enfoncer dans le petit bois. La proie prend toujours la tête, et le premier qui l'attrape et souffle dans le sifflet suspendu à son cou est décrété vainqueur.

Mon père, comme d'habitude, a mis en route son chronomètre, mais sans laisser à la grande aiguille le temps de faire un tour complet de cadran, ma mère a donné le signal du départ. Elle et Max se sont élancés après Rob. Mon père n'a pas réagi au quart de tour, cependant, une fois qu'il eut compris ce qui se passait, il a gagné les bois à la vitesse de la lumière, une lueur de compétition dans les yeux.

J'ai traîné en queue de cortège, comme d'habitude, prête à rebrousser chemin sitôt que la bande se serait égaillée hors de ma vue. Mais comme Mandy ralentissait Jack, c'est de concert que nous avons traîné les pieds en direction du bosquet, derrière la pelouse.

Finalement, mon frère et sa chérie se sont arrêtés net pour échanger un long baiser (si ce n'était pas mignon !) Profitant de leur distraction, j'ai bifurqué pour gagner ma planque habituelle – la cabane de la piscine.

À peine étais-je installée dans une chaise longue pour consulter ma liste des viviers de mâles dominants que j'ai entendu la stridulation du sifflet, qui signalait la fin de la chasse. J'ai regardé l'heure sur la porte du mini-frigidaire.

Trois minutes ?

Notez bien que je ne me plaignais pas. J'étais surprise, voilà tout.

Et je l'ai été plus encore lorsque, au bout de quelques minutes, j'ai vu ma mère émerger du bois en remorquant Rob, passablement interloqué, par le sifflet suspendu à son cou.

— C'est une blague ! s'est exclamé Max en la regardant haler sa prise en haut du perron. Ça doit faire genre *cent ans* qu'elle n'a pas gagné la chasse.

Pas depuis la fois où elle avait battu mon père et où celui-ci avait fait la tête pendant trente ans. Ma mère participe toujours à la chasse mais, en général, elle se tient en retrait et laisse quelqu'un d'autre remporter la récompense très convoitée – un rab de jours de vacances chez Moe.

En général.

Mais n'oublions pas que ce soir-là, Jacqueline Marchette n'avait qu'une idée en tête : accélérer la cadence et éloigner Jack de Mandy.

Il faut croire que les mères ne se contentent pas de soulever des montagnes pour sauver leurs enfants. Elles n'hésitent pas non plus à tacler d'autres vampires (voire même le fruit de leurs entrailles) et à leur infliger une défaite sévère si nécessaire.

— Tu n'étais pas obligée de me frapper ! a protesté Rob en pénétrant de force dans la maison.

— Arrête de faire l'enfant, lui a répliqué notre mère d'un ton cinglant en le remorquant encore plus vite.

Une fois dans le salon, Rob s'est effondré sur le canapé, tête renversée contre les coussins. Il avait un coquard à l'œil gauche et son arcade était enflée. On aurait dit qu'il venait d'en découdre avec une horde de loups-garous, plutôt qu'avec sa propre génitrice.

Laquelle, avec un haussement d'épaules, s'est dirigée vers le bar pour lui servir un verre de sang.

— C'est une partie de chasse, très cher. On doit faire ce qui s'impose pour capturer sa proie.

— Mais tu m'as aussi donné des coups de pied !

Il s'est frictionné la cuisse et son visage a pâli visiblement.

— Un seul. (Elle lui a tendu le verre et l'a dévisagé l'espace d'une nanoseconde.) Tu vas bien.

— Ça fait un mal de chien, et ce n'était pas *un* coup de pied, mais deux et demi.

— Comment s'y prend-on pour donner un demi-coup de pied ? s'est enquis Max.

— J'ai esquivé le coup en roulant à terre et le pied m'a à peine effleuré, a expliqué Rob.

— Tu appelles ça « esquiver » ? (Ma mère a haussé les épaules.) J'ai plutôt eu l'impression que tu pleurais et me suppliais. J'ai été obligée de te maîtriser pour t'empêcher de fuir.

— La moitié du plaisir réside dans la chasse. (Mon père s'est laissé choir dans un fauteuil, un verre de AB négatif dans la main, l'air maussade.) Tu as tout gâché, Jacqueline. Comme d'habitude.

— Ah… ça suffit ! Voilà deux siècles que je te laisse t'amuser. Par-dessus le marché, je n'interviens pas lorsque tu te chamailles avec Viola une semaine sur deux à cause de ces fichues haies.

— Ce sont mes haies, et je peux les élaguer aussi souvent que bon me semble. Ce dont, naturellement, je serai dispensé une fois que le désherbant aura agi.

J'ai ouvert la bouche pour l'informer du petit traitement que Viola et ses comparses avaient administré auxdites haies, avant de me raviser. Qui étais-je, pour interrompre mes parents en pleine controverse conjugale ? Quel besoin avais-je de les distraire ?

— Le pépiniériste m'a assuré qu'en quelques semaines, c'en serait fini des buissons d'azalées.

Un sourire diabolique a tordu sa bouche.

— Tu vois ? a dit ma mère. Toi, tu t'amuses. Tu passes ta vie à t'amuser. Ne pourrais-tu pas, pour une fois, perdre de bonne grâce ?

Mon père a recommencé à bouder.

— Je n'ai pas perdu. Comment peut-on perdre sans même avoir l'opportunité de tenter sa chance ? Je t'aurais battue à plates coutures si tu n'avais pas enfreint la règle qui interdit tout contact dans les dix premières minutes.

— Depuis quand existe-t-il une règle qui interdit tout contact dans les dix premières minutes ?

Depuis que mon père l'avait inventée.

— Elle a toujours existé, a-t-il affirmé. Pourquoi donc crois-tu que la chasse dure toujours si longtemps ?

— Parce que nos enfants sont devenus des victimes de la civilisation moderne, et que nous ne sommes plus aussi rapides que nous l'étions autrefois.

— Pour ta gouverne, sache que je suis aussi rapide et vicieux que je l'ai toujours été, a riposté mon père. (Il a dénudé ses canines et regardé ma mère, l'air de dire, *Tu les vois, celles-là ?*) Ce soir, je n'étais pas sur mes gardes car je ne m'attendais pas à ce que tu enfreignes les règles. Si je l'avais su, je peux t'assurer que j'aurais mis plus de cœur à l'ouvrage. Et comment !

— Mais je n'en doute pas, très cher. C'est ma faute. Cela ne se reproduira pas.

Comme d'habitude – face à mon père, du moins – ma mère faisait machine arrière et se montrait conciliante. J'imagine qu'après six cents ans de vie commune, il est parfois plus simple de laisser couler.

— Moi, je vous ai trouvée spectaculaire ! s'est alors exclamée Mandy. Grâce à vous, le camp des filles a marqué un point. Bravo, Jackie !

Jacqueline Marchette, de son propre point de vue, arborait plusieurs casquettes : mère dévouée, épouse conciliante, garce impitoyable (quand il s'agissait de s'assurer une place de parking lors de la réunion mensuelle du Club des Gaies Chasseuses)… mais celle de « fille » n'en faisait pas partie. Et jamais – *jamais* – personne ne l'avait appelée Jackie. Son regard s'est dangereusement obscurci.

— Eh bien, je vous remercie, très chère, a-t-elle répondu, lèvres pincées. C'est une façon intéressante de formuler les choses.

Elle m'a fourré un verre entre les mains et quand elle s'est détournée pour en remplir un autre, sa main s'est crispée sur la bouteille et ses articulations sont devenues exsangues.

J'ai attendu une explosion de liquide écarlate mais à ma grande surprise, elle a réussi à se contenir et à jouer son rôle de parfaite hôtesse, s'empressant de faire circuler les verres – du sang pour nous les vamps, et un Martini-pastèque pour Mandy.

À peine venions-nous de nous installer confortablement pour savourer nos rafraîchissements que ma mère m'a arraché le verre des mains.

— Mais je n'ai pas…

— Je vous prierais de ne pas traîner, m'a-t-elle coupée avant de déposséder tous les autres, à leur tour, de leur verre. Finissons-en. J'ai une réunion du club de chasse dans moins d'un quart d'heure.

— Mais tu as déjà eu une réunion la semaine dernière ! a protesté Rob en lorgnant avec regret le verre dont elle le venait de le priver.

— Eh bien, nous en avons encore une cette semaine, a tranché ma mère en reposant les verres et en rebouchant la bouteille.

— Enfin normalement, vous ne vous réunissez qu'une fois par mois.

Rob était décidé à ne pas lâcher le morceau. Je ne l'en blâmais pas. Je sentais la douleur qui irradiait de lui. Il avait besoin de se nourrir.

— C'est une urgence, lui a-t-elle répliqué.

— C'est un club mondain.

— C'est une urgence mondaine, a-t-elle assené avec un regard exaspéré. La fille de Marge Ellen Weisenbocker se fiance. Avec un loup-garou. Marge est dans tous ses états. Elle sait pertinemment que les engagements mixtes ne marchent jamais, a-t-elle ajouté en lançant un regard appuyé à Jack, qui contemplait Mandy, éperdu d'adoration.

— Je n'aurais pas dit « jamais ». (Qui venait de dire ça ? *Moi ?*) Francis et Melissa se débrouillent pour que ça marche. (Oh là là, oui, c'était bien moi ! J'ai pincé les lèvres, très fort, résolue à m'en tenir là, car ma mère venait de détourner son attention de Jack pour la reporter sur votre servante.) Ce n'est pas facile, mais c'est jouable. Il ne l'a pas encore mordue et convertie, mais ils ont déjà décidé qu'ils étaient faits l'un pour l'autre. Je suis certaine que la suite est inévitable.

— Il est temps d'y aller, a grincé ma mère. *Tout de suite.* (Son regard s'est attardé sur moi.) J'aurais deux mots à te dire plus tard, Lilliana.

Me voilà rhabillée en mouton noir.

Ma mère a poussé tout le monde vers la porte et à l'instant où Jack s'apprêtait à escorter Mandy en bas du perron, elle a abattu une main sur son bras.

— Très cher, j'ai besoin que tu m'y conduises.

— Je m'en charge, est intervenu mon père en arrivant derrière elle.

— J'ai besoin de Jack, a-t-elle insisté en éloignant mon frère de sa dulcinée. Il n'a qu'à prendre le 4 X 4. Il adore conduire le 4 X 4, a-t-elle précisé à l'intention de Mandy. N'est-ce pas, très cher ?

— Je crois que…

— Jacqueline ! s'est de nouveau interposé mon père. Je ne suis peut-être plus de toute première jeunesse, mais je demeure parfaitement capable de te conduire à ta réunion en temps et en heure.

— Je n'en doute pas, très cher, a-t-elle répondu en fusillant son époux du regard. Mais j'aimerais vraiment que Jack me conduise. Je n'ai guère l'occasion de passer du temps avec lui. Nous avons besoin de discuter davantage. De communiquer.

En entendant ce mot dans la bouche de sa femme, le visage de mon père s'est éclairé et il a dodeliné de la tête comme une figurine décorative – une version dotée de crocs. Il faut savoir qu'en plus de ne jamais attraper la proie, ma mère n'utilise jamais le verbe *communiquer*. Jamais, du moins, dans cette acception.

— Ah, très bien, a fait mon père. Oui, Jack devrait te conduire. (Il a assené une tape dans le dos de mon frère.) Il conduit le 4 X 4 comme un vrai champion. Pas vrai, fils ?

— Eh bien, je…

— Ne t'inquiète pas pour ton amie, a fait ma mère en désignant une Mandy interloquée. Elle rentrera en ville en taxi, avec Lil.

J'ai ouvert la bouche pour faire valoir une légère contre-indication : j'étais recherchée pour meurtre. Jouer le chaperon de la dernière conquête de mon frère et me faire remarquer en circulant en taxi n'était probablement pas la meilleure chose à faire.

J'ai refermé la bouche. Hé, pourquoi ne pas sauter sur cette bonne occasion ?

— J'ai commandé le taxi, a ajouté ma mère. Il arrive.

— Merci, maman. (J'ai attrapé Mandy par le bras pour l'entraîner en bas du perron.) Ciao !

18

— Ils m'aiment bien, a déclaré Mandy. (Nous venions de grimper dans le taxi et d'indiquer notre destination au chauffeur.) Ils m'aiment vraiment bien.

— Combien as-tu bu de Martini-pastèque ?

— Un seul. Plutôt, un quart – ta mère nous a un peu poussés dehors. Note bien que je la comprends. C'est une femme occupée et extrêmement consciencieuse. (Elle a souri.) Ce qui nous fait deux points communs.

— De quoi parles-tu ?

— Moi aussi je suis consciencieuse et fiable. (Elle a souri.) On va s'entendre comme larrons en foire.

Ça, c'était pas gagné.

— Quand je pense que je me suis fait un sang d'encre ! a-t-elle poursuivi. Jack était tout aussi inquiet, mais ça s'est très bien passé. Sauf pour Rob évidemment, qui a essuyé quelques coups. Mais j'imagine que c'est votre façon de vous comporter ensemble.

Bon. Je n'aime guère être l'oiseau de mauvais augure, mais j'ai senti qu'il était de ma responsabilité de donner à cette fille un aperçu de ce qui l'attendait. Franchement, si la mère de l'amour de ma vie ne pouvait pas me voir en peinture, j'apprécierais de le savoir.

— Mandy ?

— Quand je pense qu'à force de me faire du souci, j'ai saccagé ma manucure.

— Mandy !

— Et que j'ai mangé un paquet entier de biscuits.

— Code bleu !

Cette fois, j'ai capturé son attention et nos regards se sont croisés.

— Qu'y a-t-il ? Qu'est-ce qui ne va pas ?

Une lueur d'inquiétude est passée dans ses yeux et ma poitrine s'est serrée.

— Je... J'adore ton rouge à lèvres.

Je sais, je sais. Je n'aurais pas dû perpétuer le mensonge. Mais elle découvrirait bien assez tôt la vérité lorsque mes parents, le lendemain, arriveraient au rendez-vous. Si jamais ils y allaient. En attendant, quel mal y avait-il à lui laisser un petit espoir ?

— Alors, c'est quoi ? Natural Wonder de Sephora ? Earth Works de Mac ?

— La couleur naturelle de mes lèvres.

Ah.

— Je ne me maquille pas beaucoup. En général, je n'en ai pas le temps. (Elle a souri et consulté sa montre.) J'ai pris un jour de congé demain pour le thé. Le premier en quatre ans. Jack a suggéré que je ne prenne qu'une demi-journée, mais je voulais avoir tout le temps de fêter ça, une fois que les parents se seront rencontrés et que nous leur aurons annoncé que nous allons nous marier.

— Quoi ?

Son visage s'est illuminé.

— J'étais censée tenir ma langue jusque-là, mais je suis si excitée que c'est plus fort que moi. Il faut que je le dise à quelqu'un.

Elle a croisé mon regard et j'ai vu Jack, un genou à terre, une bague de fiançailles ornée d'un caillou de la taille d'un petit pays du tiers-monde dans sa main droite.

— Vous êtes *fiancés* ? Non !

Mandy a hoché la tête et je n'ai pas pu retenir un sourire – même si je savais que c'était la pire des choses qui pouvait arriver à ma mère.

Mais bon !

Mon sourire s'est agrandi.

— C'était le plus beau jour de ma vie, a repris Mandy avec excitation. (Elle a farfouillé dans son sac et en a extrait le pays du tiers-monde, qu'elle a glissé à son doigt avant de brandir la main sous mon nez.) Tu ne lui diras pas que je te l'ai dit, n'est-ce pas ? Nous étions d'accord pour donner la primeur aux parents.

Elle a posé la main sur son cœur et m'a jeté un regard implorant.

— Je suis une tombe.

De surcroît, Jack et moi n'avions pas eu une vraie conversation depuis… En y réfléchissant, je crois que nous n'avions jamais eu une vraie conversation. Pour ce qui était de se traiter de tous les noms d'oiseaux, ça, oui. Mais rien qui puisse être qualifié d'échange d'informations pertinentes.

— Il me tarde tant d'être à demain ! (Elle a écarté les doigts en éventail et la bague a scintillé dans l'obscurité.) Ce sera le jour le plus excitant de ma vie. Après celui de nos fiançailles, évidemment. Et celui où Jack s'est présenté à la morgue. Et jeudi dernier, lorsque nous avons loué cette suite au Waldorf. Nous avons pris un bain dc champagne et ensuite, nous nous sommes roulés sur le lit jonché de pétales de roses et nous nous sommes lu des poèmes.

— C'est euh… mignon.

Mignon et écœurant. Le type dont elle parlait était *mon frère*.

— Mes parents vont être extatiques, a poursuivi Mandy. Et les tiens aussi, j'en suis sûre. Qui ne voudrait pas voir son fils de cinq cent trente ans se caser enfin ?

Alors que j'ouvrais la bouche, elle a levé la main.

— Je sais que je ne suis pas une vampire héréditaire, que je n'ai pas d'ancêtres français non plus, mais je suis une fille bien. Je viens d'une bonne famille. Une vieille famille. On est présents depuis toujours, donc c'est comme si nous étions immortels. Mes ancêtres ont joué un rôle de premier plan lors de plusieurs événements historiques clés et sont même mentionnés dans les livres d'histoire.

— Tu rigoles ?

— Du tout. Mon arrière-arrière-arrière-arrière-grand-père est arrivé à bord du *Mayflower*, mon arrière-arrière-arrière-grand-oncle Radcliffe a fait du cheval avec Lincoln, et mon arrière-arrière-arrière-grand-tante Millicent a péri sur le bûcher lors du procès des sorcières de Salem et...

— Waouh, redis-moi ça !

— L'arbre généalogique de ma famille remonte jusqu'aux Pères pèlerins.

Elle rayonnait de fierté.

— Non, pas ça. Le reste.

— L'oncle Radcliffe ?

— Après.

— La tante Millicent ?

— Bingo.

— Je réservais la surprise pour demain. (Son sourire s'est encore épanoui alors que, personnellement, je me sentais de plus en plus barbouillée.) Il se trouve que je ne suis pas si humaine que ça, après tout. On dit que ma tante Millicent était l'une des sorcières les plus puissantes de son époque et je suis sa descendante directe. Ça ne signifie pas que je sache jeter des sorts. Tout ce que je connais à ce sujet, je l'ai appris en regardant *Charmed*. Mais bon, je n'en demeure pas moins sa descendante. (Elle rayonnait.) Il me tarde de le dire à tes parents. Ça va les rendre dingues de joie.

— Dingues, ça, c'est sûr.

J'ai soudain eu la vision de ma mère, toutes canines dehors, se jetant sur la gorge blanche et soyeuse de Mandy, et la panique s'est emparée de moi.

Ce n'est pas tes oignons, a murmuré une voix dans ma tête.

La même voix qui a ajouté : *J'aimerais pas être à ta place.*

Les colères de ma mère étaient redoutables. Mais de là à sortir les *crocs*. À cause d'un misérable petit gène de sorcière dans l'ADN de sa future belle-fille.

— Tu sais, Mandy, je ne suis pas certaine que cette information soit bonne à dire. Tu es une fille formidable. Intelligente. Séduisante.

— Très séduisante, a confirmé le chauffeur en souriant dans son rétroviseur. Excusez-moi, c'est juste que vous êtes vraiment jolie. Et vous aussi, a-t-il ajouté en déplaçant son regard vers moi.

— Mm… merci. (Tu parles.) Bref, où en étais-je ? Ah oui. Séduisante. Extravertie. Qui aime s'amuser.

— Et plusieurs fois récompensée, a-t-elle ajouté. J'ai été élue Voisine du Mois pendant six mois d'affilée. Comme je ne suis jamais chez moi, je n'ai guère l'occasion de déranger qui que ce soit.

— Plusieurs fois récompensée, ai-je ajouté. Et intelligente.

— Tu l'as déjà dit.

— Ah bon ? (J'ai secoué la tête.) Ce que je veux souligner, c'est que tout te réussit. Tu le sais. Tout le monde le sait. Alors, à quoi bon se vanter de cette ascendance ?

Ma remarque a calmé son excitation.

— Tu trouves que j'aurais l'impression de me vanter ? a-t-elle demandé, une note d'inquiétude dans la voix.

J'ai hoché la tête.

— Et à quoi bon ? Est-ce que mes parents ne t'adorent pas déjà ?

Notez bien que je n'étais pas en train de *dire* qu'ils l'adoraient, ni même de le sous-entendre. Je posais simplement une question.

— Tu crois vraiment qu'ils m'*adorent* ? Je sais qu'ils m'aiment bien. Mais de là à m'adorer…

Nos regards se sont croisés. Le sien était rempli d'espoir et ma poitrine s'est serrée. Ma bouche s'est ouverte, comme mue par sa propre volonté.

— Oui, évidemment, ai-je renchéri avec un sourire rassurant. Et en ce qui concerne demain, sois sans crainte, ils seront ravis.

Si, par malheur, je venais à me faire empaler, j'irais droit en enfer pour ça.

Ou en prison.

Un clignotement rouge et bleu a déchiré l'obscurité juste devant nous et un policier en uniforme s'est matérialisé dans le faisceau des phares. Il nous a fait signe de nous arrêter.

Oh oh…

19

Ce n'est rien, me suis-je dit, le cœur battant à tout rompre. *Tout va bien.*

Les lumières bleu et rouge qui tourbillonnaient sur le toit de la voiture de police garée le long de la route m'hypnotisaient et me donnaient le vertige.

Tout. Va. Bien.

Ce n'était jamais que la police.

Postée à l'angle de la rue de mes parents. En pleine nuit. Alors que je suis recherchée pour meurtre.

Ça n'allait pas si bien que ça.

Mon cœur est monté d'un coup se coincer dans ma gorge et mes nerfs ont commencé à bourdonner.

Inutile de paniquer. Reste calme, garde ton sang-froid. Tu es une vampire, n'oublie pas. C'est comme si tu tirais la carte « Vous sortez de prison, allez à la case départ et encaissez double paie. » Quand ils vont approcher, tu vas les vamper. Simple comme bonjour.

Sauf si, évidemment, je tombais sur une femme.

J'ai transpercé l'obscurité du regard. Aïe, aïe, aïe.

Une fliquette, c'était de grosses complications assurées. À moins que le hasard ne fasse qu'elle aime les femmes et pas les hommes.

Ou les deux.

Je me suis accrochée à cette possibilité et me suis préparée à affronter la femme en uniforme qui se dirigeait droit sur nous. Ses cheveux blonds étaient retenus sous sa casquette et seule la touche discrète de Barbe à Papa de Maybelline sur ses lèvres charnues laissait deviner qu'il s'agissait d'une femme. Enfin, ça et son tour de poitrine – non négligeable.

Franchement, en temps normal, je ne prête aucune attention à ces détails, mais comme ils étaient pile sous mon nez, je ne pouvais pas ne pas les voir.

Elle s'est plantée devant la portière du chauffeur et elle a tapé contre la vitre avec sa torche.

— Baissez la vitre.

Le chauffeur a obtempéré. La vitre s'est ouverte en sifflant. La femme a braqué sa torche sur le type qui, tout en tendant son permis et sa licence avec empressement, s'est lancé dans des explications frénétiques.

— J'y suis pour rien. Je ne l'ai pas touchée. Elle s'est cognée contre cette porte toute seule. Je vous le jure, on était en train de s'engueuler et j'aurais dû tourner les talons, comme on nous dit de le faire en thérapie de groupe, mais le problème, c'est qu'elle a commencé à dire du mal de ma mère, et je ne pouvais plus m'en aller parce que j'avais les jambes en coton. Elle déteste ma mère, alors que cette femme est une sainte, qui m'a élevé seule en cumulant deux boulots. Elle ne voulait pas appeler dix fois par jour. C'est juste qu'elle était inquiète. Elle n'a que moi. Mais ça, Jeanine ne le comprend pas. Elle est jalouse. Jalouse comme une tigresse. Mais cette fois, je n'ai pas craqué, je ne l'ai pas frappée. Je le jure. J'ai cogné la porte, oui, mais je ne l'ai pas cognée *elle*. Simplement, ensuite, j'ai claqué la porte, et il se trouve que Jeanine était juste derrière, alors elle l'a reçue dans la figure, mais ce n'est pas comme si je l'avais frappée directement. Je n'ai pas levé la main sur elle depuis la dernière fois et…

— Calmez-vous, monsieur… Wiley, a dit la fliquette en examinant sa carte d'identité. C'est juste un contrôle de routine.

— En ce cas, vous êtes drôlement belle. (Il avait le regard rivé sur sa poitrine.) Et je suis sincère.

— Si tu le dis, Roméo. Qui est avec vous ?

Le faisceau lumineux s'est posé sur Mandy, qui était assise derrière le chauffeur. Elle a sorti son badge de l'hôpital et l'a tendu à l'officier.

— Je suis médecin.

— Ah bon ?

— Enfin, interne. Je travaille au centre médico-légal. Je viens de boire un verre avec mes futurs beaux-parents et ma future belle-sœur. (Elle m'a décoché un sourire avant de montrer sa main gauche. L'énorme diamant a reflété le faisceau de la torche et envoyé des reflets à l'intérieur du taxi.) Je vais me marier.

— Félicitations.

Le faisceau s'est déplacé sur moi et je me suis raidie.

Lumière, caméra, action !

— Bonsoir.

J'ai retroussé le coin des lèvres d'un sourire sexy, avenant. Sexy, c'était là la clé. Je devais me montrer sensuelle. Séductrice. Cette femme allait mordre à l'hameçon, et tomber raide dingue de moi.

Et si ce n'était pas le cas ?

J'ai rapproché ma main de la poignée de la porte.

— Votre nom ? a-t-elle aboyé tandis que mes doigts se crispaient sur la poignée.

Je l'ai tirée vers moi, sans que le geste soit suivi d'effet. J'ai baissé les yeux. La portière était verrouillée.

— Mademoiselle ?

J'ai reporté aussitôt mon attention sur elle.

— Oui ?

— Votre nom ? a-t-elle insisté.

— Vanderflunkinpitt, ai-je bafouillé. (*Sexy, espèce d'idiote !*) Mais vous pouvez m'appeler Bambi. (Bambi ? Hé, je suis une vampirette, pas une actrice ! Mais à force de nervosité, de déception, de désespoir, je n'arrivais plus à réfléchir correctement.) Enfin assez parlé de moi. Et vous, agent... (Mes yeux se sont posés sur son badge) Morris ?

Ce nom a réveillé ma mémoire et j'ai reconnu la jeune recrue qui s'était présentée chez mes parents, quelques soirs plus tôt, avec Remy Tremaine. Ce n'était pas une bonne nouvelle : je me suis également souvenue que Remy l'avait vampée. Ce qui signifiait qu'elle était hétéro. Ce qui signifiait que j'étais CUITE.

Je me suis forcée à sourire.

— Et vous, quel est votre prénom ?

— Je ne suis pas certaine que la question soit pertinente, m'a rétorqué l'agent Morris avec un geste d'impatience. Montrez-moi vos papiers.

— J'ignorais que ton second prénom était Bambi, a observé Mandy en me poussant du coude tandis que je plongeais la main dans mon sac. Jack m'avait dit que c'était un nom français.

— Bambi est français, ai-je dit en fouillant dans le sac.

— Bambi n'est pas français ! a protesté Mandy à mi-voix.

— Bien sûr que si. Ça vient du mot *bambino*.

— Bambino, c'est de l'italien.

— Ça sonne français. Voici, ai-je ajouté en tendant ma carte d'identité à l'agent Morris.

Elle a croisé mon regard et je lui ai souri à nouveau – et cette fois, c'était un sourire *ultra* sexy. Elle a braqué le faisceau de la torche sur la carte plastifiée.

— Je ne vois pas écrit Bambi.

— Parce que c'est mon... euh, mon nom de scène. Je suis danseuse. Oui, c'est ça. Je suis danseuse féminine. Je veux dire que je danse pour les femmes. Bon, pour des hommes, aussi, mais les hommes sont souvent trop chahuteurs et comme pour la plupart ils seraient incapables de reconnaître une paire de Kenneth Cole même si leur vie en dépendait… *(Bon sang de bonsoir !* Je m'enfonçais, vite !) Je parie que vous, en revanche, vous en seriez capable. Je parie que vous avez un goût certain en matière de vêtements.

Ça ne mangeait pas de pain…

Et je parie que tu aimes les danseuses, aussi, ai-je ajouté dans ma tête. *En fait, tu les adores. Tu les trouves sexy, surtout moi. Je suis la plus sexy que tu aies jamais vue – surtout que je porte mon nouveau gloss – et tu brûles d'impatience de me voir retirer mes vêtements un par un. C'est à ça que tu penses en ce moment, parce que tu me désires. Tu me désires affreusement.*

— Veuillez descendre du véh…

Elle a laissé sa phrase en suspens. Une vive lueur a éclairé son regard et une expression de pur ravissement est passée sur son visage. Je lui ai retiré ma carte d'identité des mains. Elle n'a pas bougé. Elle restait là, pétrifiée. Séduite.

Que voulez-vous que je vous dise ? J'assure grave.

— En fait, c'est moi qui assure, a dit une voix grave et qui ne m'était pas inconnue à l'instant où je rangeais ma carte d'identité dans le sac.

J'ai tourné vivement la tête et découvert, de l'autre côté de la vitre, Remy Tremaine. L'immense soulagement qui a déferlé en moi s'est immédiatement mu en une immense déconvenue quand il m'a fait signe de descendre de voiture.

J'ai posé deux doigts sur le bouton de déverrouillage de la portière mais j'étais incapable de me résoudre à l'actionner.

— Allons, Lil.

— Non, ai-je fait.

Et si jamais Remy avait changé son fusil d'épaule ? S'il était désormais convaincu par l'accumulation de preuves à charge contre moi ? S'il avait joué et perdu toutes ses économies et qu'il avait désespérément besoin de la récompense offerte pour ma tête afin de se sortir d'une situation épineuse et sauver ses fesses ?

— Je ne suis pas joueur et mes fesses vont très bien. Et je ne pense pas simplement que tu es innocente. Je le sais.

J'ai relevé brusquement la tête. Il me regardait avec un grand sourire.

— Tu pensais tout haut. Maintenant, ouvre cette portière et descends.

J'ai enfoncé le bitoniau d'un geste rageur et je me suis exécutée.

— Excusez-nous une seconde, a repris Remy à l'intention de Mandy en refermant la portière derrière moi.

Nous avons fait quelques pas sur le trottoir. La maison la plus proche se trouvait à quelque six cents mètres plus loin le long de la rue sinueuse et bordée de haies, baignée parle clair de lune.

Remy avait ouvert le col de sa chemise blanche et desserré sa cravate. Il portait un pantalon bleu marine et des chaussures bon marché. Son badge pendait à sa ceinture, à côté d'un revolver à l'air menaçant.

Bras croisés, il m'a dévisagée un long moment jusqu'à ce que je finisse par rompre ce silence inconfortable :

— Alors, comment ça va ?

J'essayais de paraître nonchalante.

— Ça irait mieux si des criminels recherchés par les autorités ne rôdaient pas au milieu de la nuit dans le quartier le plus huppé de Fairfield.

— Je ne rôde pas. Je rentre en ville avec la fiancée de Jack.

Remy a tourné la tête vers Mandy, en train d'agiter la main devant le visage de l'agent Morris, qui semblait hypnotisée.

— Une humaine ?

— Ils sont amoureux, ai-je expliqué avec un haussement d'épaules.

Je me suis préparée à entendre le petit discours « Les vampires ne croient pas à l'amour » si populaire auprès de la plupart de mes congénères.

— J'imagine que tes parents sont aux cent coups.

— Ils ne sont pas encore au courant, pour les fiançailles. Ils pensent que Mandy n'est qu'une passade.

— Et toi, tu en penses quoi ?

— J'en pense que c'est pas mes oignons. Que se passe-t-il ici ? Pourquoi ce barrage ?

— Ce n'est pas un barrage, mais un poste de contrôle. Nous surveillons les allées et venues dans le secteur. Tu vois, si je ne garde pas un œil ouvert sur ce qui passe ici, le NYPD va débarquer et s'en charger à ma place. Ils n'arrêtent pas de vadrouiller dans le secteur, et de nous marcher sur les pieds, pour tout dire. Ils sont résolus à te trouver. (Il m'a décoché un coup d'œil.) Et ils entendent coiffer tout le monde au poteau.

— J'imagine que tu as entendu parler de la récompense.

— Cinquante mille dollars, c'est beaucoup d'argent.

— Cent mille, ai-je corrigé. Elle vient d'augmenter au motif d'une preuve accablante qui me présente comme un individu extrêmement dangereux.

Loin de l'impressionner, cette information a semblé surtout le chagriner. Remy étant un ami de ma famille, il était normal que le montant astronomique de cette récompense l'inquiète. Cela signifiait que plus de gens encore allaient me rechercher. Questionner mes parents. Troubler la quiétude de sa ville.

— Ne t'inquiète pas, ils ne sont pas prêts de me trouver. Je me fais discrète.

— En te pointant chez tes parents un samedi soir ?

— La chasse avait lieu ce soir.

Je n'avais pas besoin d'en dire davantage. Remy a hoché la tête.

— Il n'empêche – tu ne devrais pas te balader en taxi. C'est trop risqué. Il y a trop de gens qui te cherchent.

— Plus pour longtemps.

— Tu ne projettes pas de te livrer à la police, hein ? Parce que ce ne serait pas une bonne idée. Tout joue contre toi dans cette affaire, et à moins que tu ne saches quelque chose que nous ignorons…

— Non, pas encore. Mais j'y travaille. C'est ça que je voulais dire. J'ai l'intention de mettre moi-même un terme à tout ce cirque. Bientôt.

— Comment vas-tu t'y prendre ?

— J'ai un plan. Je vais découvrir le vrai meurtrier – celui qui est à l'origine du coup monté – et le démasquer.

— Et de quelle équipe de détectives disposes-tu pour cela ?

— Ce n'est pas une équipe. Il travaille seul, et il n'est pas détective. Pas officiellement, en tout cas. C'est un agent d'arrestation de fugitifs.

— Un chasseur de primes ?

— Oui. Ty a été formidable. Il a accepté de m'héberger et il m'aide à débrouiller cette histoire.

— Ty ? Ty Bonner ?

— Tu le connais ?

— De réputation. C'est un franc-tireur, comme la plupart de ses collègues, cela dit.

— C'est un type bien. Et très intelligent.

— À l'évidence, a convenu Remy en hochant la tête. Il sait reconnaître un bon investissement quand il en voit un.

— Que veux-tu dire ?

— Que tu es la clé pour trouver le coupable, quel qu'il soit. Si tu es accusée à tort de meurtre, c'est parce que quelqu'un, quelque part, veut ta peau. Et ce quelqu'un ne va sans doute pas rester les bras ballants pendant que tu joues les filles de l'air. Il va à nouveau s'en prendre à toi, et le moment venu, Ty sera là. Il capturera le vrai coupable, empochera la récompense, et toi, tu seras disculpée. Ça m'a tout l'air d'un avantage pour les deux parties.

Jamais je n'avais envisagé la situation sous cet angle-là. À mes yeux, Ty était mon chevalier blanc, celui qui m'avait crue, qui avait volé à mon secours, qui se sacrifiait pour moi. Alors qu'en réalité il ne faisait rien d'autre que placer judicieusement ses billes.

Mais bon. N'empêche qu'il m'avait crue, et secourue et qu'il se sacrifiait pour mon confort en me laissant son lit.

Pour changer de sujet, j'ai désigné la jeune recrue, toujours pétrifiée à côté de la voiture.

— Bien joué, ai-je observé. Je croyais qu'elle était mariée.

— Que veux-tu que je te dise ? Elle a une imagination débordante, dans laquelle je tiens le premier rôle.

— Uniquement dans son imagination ?

— On s'est un peu fréquentés avant son mariage, mais aujourd'hui on est simplement amis. Je lève un peu le pied sur les humaines, ces temps-ci. J'ai beaucoup donné, et c'était toujours la même histoire. Je me suis dit que j'allais prospecter du côté du long terme.

De l'éternité, autrement dit.

J'ai regardé Remy. Blond. Offrant assurément un beau potentiel de loyauté depuis qu'il avait renoncé aux humaines.

— Tu es sérieux ? Parce que si c'est le cas, je connais une vampire héréditaire redoutablement sexy et multi-orgasmique qui serait parfaite pour toi.

— Je croyais que je n'étais pas ton genre, a-t-il répondu avec un grand sourire.

— Je ne parlais pas de moi. (Même si mon cœur avait loupé un battement. Que voulez-vous ? Je venais de risquer une nouvelle arrestation, mes nerfs étaient à fleur de peau et tout s'embrouillait dans ma tête. Remy et moi ? Jamais de la vie.) Elle s'appelle Ayala. Si ça te branche, je peux vous mettre en contact, tous les deux.

Je lui ai tendu une carte qu'il a glissée dans sa poche.

— Je t'appelle. (Il a désigné le chauffeur de taxi qui contemplait, captivé, la poitrine de la fliquette qui se soulevait à un rythme régulier.) Fais en sorte qu'il pense que cet épisode n'était qu'un super rêve.

— Compte sur moi.

Son sourire avenant a laissé place à un regard sévère.

— Et évite de lui laisser ta carte. Moins il y a de preuves que tu traînes dans les parages, mieux c'est.

— Qui ? Moi ? Jamais je ne ferais une ânerie pareille !

Ce que j'allais faire, en revanche, c'est noter le nom et le numéro de téléphone d'Evie sur un bout de papier, et le glisser en partant sur le tableau de bord. Juste au cas où le chauffeur se sentirait un peu seul.

Mais ça, je me suis bien gardée de le dire à Remy. J'ai préféré lui donner quelques plus amples détails sur les services que nous fournissions et sur Ayala. Je m'imaginais déjà Vampirella et Remy convolant en justes noces, et prénommant leur première-née comme moi. Et puis, j'ai pensé à Ty.

Pour son bénéfice personnel.

Cette idée m'a poursuivie tandis que je regagnais le taxi. Avant de prendre congé de Remy, j'ai essuyé cinq bonnes minutes de recommandations : reste cachée, ne sors pas, ne fais pas ci, ne fais pas ça, garde tes distances avec ce Ty Bonner – bon, d'accord, où voulait-il en venir ? Remy n'était tout de même pas jaloux, non ?

Certes, on était sortis ensemble à quelques reprises, mais il ne me plaisait pas, et je ne lui plaisais pas.

N'est-ce pas ?

Oui, c'est évident. Sinon, jamais il n'aurait accepté un rencard avec Ayala, comme il venait quasiment de le faire. Rencard qui, je le pressentais, serait couronné de succès. Comment pourrait-elle *ne pas* succomber ?

J'ai fait tout mon possible pour m'appesantir sur cette question plutôt que sur celle du bénéfice personnel de Ty, mais en vain.

Que voulez-vous ? J'étais affreusement blessée. J'étais en colère. Et prête pour une confrontation.

20

Le temps d'arriver chez Ty, j'avais renoncé à l'idée d'une confrontation et plutôt décidé de creuser discrètement le sujet.

Confrontation est un mot affreux, qui laisse sous-entendre qu'un méfait a été commis. Or Ty n'avait rien fait de *mal.* Ce garçon m'aidait – pour quelque raison que ce soit – et rien ne justifiait que je l'appelle sur le terrain.

Creuser, en revanche… je pouvais le faire prudemment et en toute subtilité, sans passer pour la reine des garces et des ingrates. En faisant usage des bonnes reparties, j'allais guider la conversation de sorte à amener lentement le sujet sur la table. Très lentement. Ainsi, je pourrais sonder ses intentions.

Paranoïaque, moi ? Je ne faisais aucun effort pour l'être, c'était juste plus fort que moi. Je voulais savoir pourquoi Ty avait accepté de m'aider. J'avais besoin de savoir. Car si Ty était, en réalité, plus motivé par l'argent que par le désir de m'aider, cela me permettrait de le classer dans la catégorie des sales types séduisants et d'arrêter peut-être – je dis bien *peut-être* – de fantasmer sur lui.

Et si jamais il se trouvait qu'il m'aidait sans penser le moins du monde à ce que cela pourrait lui rapporter… À cette seule idée, mon petit cœur s'est emballé et ma détermination s'en est trouvée renforcée.

— Où diable étiez-vous passée ? a-t-il éructé lorsqu'il a ouvert la porte en grand avant même que j'aie pu tourner le bouton.

Il portait comme d'habitude un jean noir, mais il avait troqué son tee-shirt noir contre un blouson de cuir noir qui accentuait sa carrure et lui donnait l'air encore plus baraqué. Il était toujours aussi sexy, et semblait suprêmement énervé.

— Ne vous avais-je pas demandé de vous tenir tranquille ? a-t-il fulminé.

— Pourquoi m'aidez-vous ? Vous courez après la récompense, ou après moi ?

Pour ce qui était de *creuser* le sujet, c'était réussi.

Ty a cligné des yeux.

— Quoi ?

— Vous m'avez bien entendue. (Je suis passée devant lui, puis j'ai fait volte-face et nous nous sommes mesurés du regard.) Pourquoi m'aidez-vous ?

— Parce que vous me l'avez demandé. (Il a claqué et verrouillé la porte.) Mais je n'aurai probablement pas à vous aider bien longtemps car vous et votre charmant derrière êtes à *ça* de vous retrouver sous les verrous.

Cela n'était pas exactement la réponse que j'espérais.

— Je sais que je vous l'ai demandé, mais *pourquoi* avez-vous accepté ? Juste parce que je vous l'ai demandé, ou parce que je suis là, chez vous, avec la promesse de cent mille dollars tatouée sur mon charmant derrière et que vous savez que si vous m'aidez, vous allez retrouver le vrai meurtrier et rafler la récompense ?

— Quelle différence ça fait ? a-t-il rétorqué en me regardant.

— Je sais que ça semble un détail mineur puisque, tout ce qui importe, c'est que j'aie un toit sous lequel je puisse être en sécurité, et je n'ai aucune raison de médire de vous. D'ailleurs, je ne médis pas. Pas vraiment. Ce détail ne m'avait même pas effleuré l'esprit avant que Remy me dise que v…

— Remy ?

— Remy Tremaine. Le chef de la police de Fairfield, où vivent mes parents. Il dit que v…

— Attendez une seconde. Vous venez de passer trois heures avec le chef de la police de Fairfield ?

— Non, pas exactement. J'ai passé la soirée chez mes parents mais, en repartant, je suis tombée sur Remy. Il avait installé un barrage routier, et nous avons papoté, et il m'a dit…

— Vous avez *papoté* avec le chef de la police ?

Ty a froncé les sourcils de plus belle.

— Tout va bien, Remy est un homme intègre. Encore qu'au vu de la situation, j'imagine qu'on pourrait le taxer de voyou, puisque ma tête est mise à prix et qu'il se range de mon côté, mais il est vraiment cool et il a dit que vous étiez un type superintelligent.

Bon – si ça, ça nc le déridait pas…

Le froncement de sourcils s'est accentué. Et il s'est passé la main dans les cheveux.

— Vous avez parlé de moi au chef de la police ? Et quoi d'autre ? Vous lui avez donné mon adresse ? Et vous en avez profité pour l'inviter à dîner ?

— Euh… non. Il préfère manger seul, mais… Oh, vous étiez sarcastique, n'est-ce pas ?

— Merde ! (Un peu de rouge lui est monté aux joues.) Et pourquoi ne pas afficher vos faits et gestes sur les panneaux de Times Square ? Ou mieux : appelez CNN. Pour un flash spécial d'information : « Arrêtez de vous prendre le chou, les gars. Je suis *ici.* »

— Quoi ? Vous vous inquiétez à cause de *Remy* ?

La question à peine sortie de ma bouche, je me suis souvenue de ma propre panique à l'instant où j'avais aperçu le chef de la police de Fairfield. Ami, ou ennemi ? m'étais-je demandé l'espace, disons, de cinq secondes.

Peu importe la brièveté de cet instant de doute – j'avais bel et bien *douté*.

Mais bon, franchement – Remy !

— C'est un très bon ami de la famille et il est entièrement dévoué à mes parents, de même qu'à tous les membres extrêmement influents de sa communauté. Le vrai meurtrier pourrait le torturer qu'il ne cracherait pas le morceau.

Du moins, le pensais-je.

— Et si c'était lui, le vrai meurtrier ?

Quoi ?

— Vous plaisantez ? ai-je dit en laissant échapper un sourire.

Aussitôt, Ty a blêmi de rage. Ses yeux ont pris l'aspect de deux meurtrières et j'ai senti un picotement quelque part dans l'hémisphère sud.

Ce n'était pourtant ni le moment, ni le lieu, ni l'homme de la situation – je sais. Que voulez-vous ? Mes hormones étaient à cran et les chasseurs de primes ténébreux et dangereusement appétissants me font un effet bœuf.

J'ai chassé ces pensées de luxure et secoué la tête.

— Remy est un brave type.

— C'est un vampire.

— Eh bien, c'est un brave vampire. (Bon, d'accord – association de mots ridicule, même moi je m'en rendais compte, et c'est *moi* qui en étais l'auteur.) Certes, nous sommes tous des suceurs de sang vicieux, mais certains d'entre nous sont moins vicieux que d'autres. Nous possédons un vernis de civilisation sous notre appétit. Sous notre cupidité. Notre narcissisme. (Je crois bien que j'étais en train de m'enfoncer, là…) Et il suffit d'ôter tout cela pour retrouver la vraie personnalité de chacun. Par ailleurs, Remy m'aime bien, ai-je ajouté en haussant les épaules.

— Il vous aime bien ? Donc, vous lui avez raconté votre vie par le menu et vous avez compromis notre position au simple motif qu'il vous *aime bien* ?

— Je ne lui ai pas donné votre adresse.

— Il peut la trouver seul.

— S'il le souhaite, ce qui n'est pas le cas.

— Parce que c'est un brave type et qu'il vous aime bien ?

— Exactement.

Ty a secoué la tête.

— Vous allez nous faire empaler tous les deux.

— Les flics ne veulent pas m'empaler. Ils veulent me coffrer.

— Je ne parle pas des flics. Avez-vous oublié qu'il y a un meurtrier qui se balade dans la nature ?

— Et il y a ici deux vampires extrêmement puissants.

— J'aurais plutôt dit stupides. (Son regard a lancé des flammes.) Vous auriez dû vous tenir tranquille.

— Mais...

— Bon sang, Lil, pourquoi ne pas l'avouer ? Vous avez fait une bêtise. La moindre des choses, c'est de le reconnaître et de vous excuser.

Il a secoué la tête une fois de plus, et à la façon dont il m'a regardée, on aurait dit qu'il avait envie de me tordre le cou. Ou de m'embrasser.

J'ai voté pour l'option numéro deux. Et j'ai perdu.

— Mais qu'est-ce que je raconte ? a-t-il repris en levant les mains au ciel et en me décochant un regard noir. Je n'ai pas besoin de vos excuses. Vous ne sortez plus de cet appartement. Ni par la porte...

— Je...

— Ni par les fenêtres...

— Mais je...

— Ni par aucune autre issue. Pigé ?

— Franchement, je trouve votre réaction disproportionnée. Même s'il le connaissait, Remy ne révélerait à personne l'endroit où nous sommes. Il n'est pas comme ça.

— Que vous dites.

— Qu'insinuez-vous ?

— Que vous n'êtes pas exactement un modèle de perspicacité et de clairvoyance.

— Sachez que je suis au contraire extrêmement clairvoyante. Je peux lire dans la tête de tout un chacun comme dans un livre ouvert.

— Exception faite de la tête d'un autre vampire, m'a-t-il contrée.

Je lui ai lancé un regard lourd de sous-entendus.

— Ah ouais ? Je peux lire ce qui se passe dans la vôtre.

— Vraiment ? m'a-t-il narguée en se rapprochant d'un pas.

Tout en n'étant pas le genre de fille à trembler devant un homme – vampire ou autre – je me suis surprise à reculer d'autant.

Pas par trouille, notez bien. Plutôt pour avoir un meilleur recul sur la situation.

Mes nerfs ont vibré et mon pouls s'est accéléré. Chaque battement résonnait comme un coup de tonnerre dans mes oreilles. Ty a continué à progresser et mon regard s'est accroché à la petite cicatrice qui lui barrait l'extrémité du sourcil. J'avais envie de tendre la main, d'effleurer sa peau sous la pulpe de mon doigt et d'imaginer l'homme qu'il avait été avant sa blessure. Un simple mortel.

Mes narines se sont dilatées et j'ai laissé le délicieux arôme de cuir patiné, de savon et de puissante virilité pénétrer en moi. *Miam.*

— En ce cas, pourquoi me demander la raison qui me pousse à vous aider ? Si vous avez autant de clairvoyance, c'est à vous de me la dire.

— Vous m'aidez parce que je vous l'ai demandé.

Ma réponse lui a arraché un sourire. Des étincelles ont crépité dans ses yeux bleu vif, puis ses pupilles se sont soudain embrasées et cette férocité m'a fait reculer d'un pas, puis d'un autre... jusqu'à ce que je me retrouve le dos au mur. Ty a continué à avancer et s'est collé tout contre moi. J'ai senti, à un détail qui ne trompe pas, que cette proximité lui faisait un certain effet. Il a emprisonné mes coudes entre ses mains, puis du bout des doigts, il a effleuré mes bras nus, jusqu'à ce que ses paumes se posent sur mes épaules. En sentant ses pouces caresser la naissance de ma clavicule, une décharge électrique m'a traversée de la racine des cheveux à la pointe des orteils et je veux bien être pendue si elle n'a pas marqué des pauses à plusieurs endroits stratégiques en chemin.

O.K. Il met en doute ta faculté de jugement sur les gens – l'abruti. Évidemment, ton cœur bat fort et ton corps est parcouru de fourmillements. Tu es suprêmement agacée.

Ma tête n'ignorait rien de tout ça, mais mes bras... étaient moins prompts à l'accepter. En revanche, ils n'ont pas perdu de temps pour s'enrouler autour de son cou. J'ai collé mes lèvres contre les siennes.

Il s'est d'abord raidi (je parle des parties de son corps qui ne l'étaient pas déjà, évidemment), mais ensuite sa résistance a semblé faiblir. Ses lèvres se sont entrouvertes et sa langue a cherché la mienne.

L'initiative venait peut-être de moi, mais Ty n'a pas traîné pour prendre le commandement des opérations. Tout en me collant étroitement contre le mur, il m'a dévorée d'un baiser brûlant, avide, torride. Le meilleur de ma vie.

Meilleur, même, que celui que nous avions échangé lorsque nous flottions devant une fenêtre, au huitième étage, tout en matant un couple d'humains qui se livraient à quelques fantaisies sadomasochistes.

— Vous m'aimez bien, ai-je murmuré lorsque, enfin, nous avons repris notre souffle. (J'ai fermé les yeux et renversé la tête contre le mur. Un sourire flottait sur mes lèvres.) Je le savais.

— Et quand bien même ? (Il s'est mis à me mordiller le cou.) Ça ne change rien à qui je suis.

— Vous êtes un type bien, ai-je soufflé tandis que ma conscience me murmurait « bien *mais mordu* ».

Oui, mais tendre, aussi – il me *mordillait.*

— Vous m'avez acheté du sang pasteurisé, ai-je ajouté pour argumenter mon point de vue – et en finir une bonne fois pour toute avec l'objection du *mordu.*

— Peut-être que je soigne juste mon investissement.

— Peut-être. Mais vous m'avez acheté mon rhésus *préféré.*

La pression de ses mains sur mes épaules s'est accentuée jusqu'à en devenir presque douloureuse. Mon sourire s'est évanoui et j'ai rouvert les yeux. Il avait cessé de me mordiller et me fixait, une lueur de sauvagerie dans les yeux, dont le bleu était plus vif que jamais.

— Vous ne savez rien de moi, Lil. Vous ne savez pas qui je suis. Ni ce dont je suis capable. Ni ce que j'ai fait.

Eh bien, justement, si ! Je le connaissais. Je sais que ça semble ridicule, mais avec lui, je me sentais... en sécurité. Même en cet instant où il me transperçait du regard et où ses doigts s'enfonçaient tels des crocs dans ma chair.

Car je savais que ça n'irait pas plus loin que ça. Avec lui, mon corps ne risquait absolument rien. Mes sentiments, en revanche... Mais ça, c'était une autre histoire.

J'ai barré la route à cette dernière pensée (qui risquait de me ramener à ce petit souci concernant son état de converti) et j'ai dit tout haut le premier truc qui m'est passé par la tête :

— Vous m'avez aidée lorsque j'ai été blessée.

— C'était pour mon plaisir. (Il a desserré les mains sur mes épaules, juste assez pour adoucir la pression, puis ses lèvres ont effleuré les miennes avant de s'égarer sur ma joue.) Pas pour le vôtre, a-t-il murmuré au creux de mon oreille. Ça m'a plu de vous sentir aspirer mon sang. C'était bon.

— Alors, vous avez accepté de m'aider uniquement à cause de la récompense promise pour ma tête ? Si c'est vrai, dites-le. Regardez-moi dans les yeux et dites-le.

S'il te plaît, regarde-moi dans les yeux. Parce que, avec ta bouche si proche de mon cou, je ne peux penser à rien d'autre que toi en train de me mordre, et puis moi qui te mords, et puis toi. Moi. Toi. Moi. Moi. Moi.

J'ai senti ses lèvres s'éloigner de mon oreille et glisser le long de ma gorge, en suivant le tracé de ma jugulaire. Tout son corps s'est raidi. Le souffle d'un grognement a chatouillé ma peau et j'ai senti une piqûre aiguë tandis qu'il dénudait ses crocs.

Le dos parcouru d'un léger frisson de terreur, je me suis contractée à mon tour.

Je sais – c'est fou. Mordre est une expérience complètement érotique et nullement effrayante.

Mais ce qui était à l'œuvre ici... Ça dépassait ce désir réciproque qui, à force de croître, en devenait suffocant, et ça ne concernait que Ty et les émotions qui, au plus profond de lui, le lacéraient.

— *La douleur, la souffrance et le mépris de soi.*

Sitôt que sa voix grave a résonné dans ma tête, il s'est reculé d'un mouvement sec. Son image, floue, a dansé un instant devant mes yeux, puis j'ai entendu la porte claquer. La seconde d'après, j'étais seule.

Je me suis adossée au mur, le cœur battant à tout rompre, les lèvres parcourues de picotements.

Qu'est-ce que c'était que *ça* ?

Sans rien savoir, je devinais, intuitivement, que sa réaction avait quelque chose à voir avec son passé humain. Peut-être avait-il été un homme effroyable, un affreux jojo dont les méfaits, atroces, criminels, l'avaient condamné à cette existence de zombie.

Afin qu'il puisse réparer ses torts ?

Et passer l'éternité à les expier ?

La douleur et la souffrance n'étant pas mes domaines de prédilection – pour ne rien dire du mépris de soi – j'ai préféré me concentrer sur la seule émotion que j'étais capable de gérer pour l'instant : mon suprême agacement.

Dans ma tête, j'ai rembobiné la séquence de ces délicieux instants (sans m'attarder sur le plaisir qu'ils m'avaient procuré, ni sur le désir qu'ils m'avaient inspiré, ni céder à l'auto-apitoiement) pour passer au crible la conversation que nous avions eue et trouver la signification de ce qu'il avait dit.

J'ai lâché un soupir exaspéré. Qu'avait-il dit, déjà ? Il avait mentionné le fait que j'avais compromis notre position, que j'allais nous faire empaler tous les deux et que je devais m'excuser...

M'excuser ? Mais de quoi ? N'avais-je pas suivi son conseil ? Contactez vos parents, m'avait-il dit. Faites-leur savoir que vous allez bien.

Certes, j'avais opté pour un contact *de visu* plutôt que pour le coup de fil qu'il suggérait. Mais c'était le principe qui comptait, non ?

Vu sous cet angle, je n'avais fait qu'obéir à ses ordres. Et au demeurant, je n'avais pas d'ordre à recevoir de lui. Sans rire ! Nous venions d'entrer dans le XXIe siècle. J'étais une vampire héréditaire adulte et plutôt bien de sa personne, parfaitement capable de prendre seule ses décisions. Je n'avais pas besoin d'un *mordu* dominateur pour me dicter mes faits et gestes. Je n'avais pas vécu cinq cents ans en étant une tête de linotte.

Pourrie gâtée peut-être – mais certainement pas stupide.

Si quelqu'un ici devait s'excuser, c'était Ty.

Tu l'as dit, ma fille. Toi, au moins, tu en as… Qu'a-t-il fait, à part t'offrir une cachette sûre (quelles que soient ses motivations) et te prêter main-forte pour défaire le nœud coulant serré autour de ta gorge pendant que toi a) tu risquais ta peau en parcourant New York à tire-d'aile, à la vue de tous, pour rassembler des mâles alpha et b) tu le mouillais pour complicité en mentionnant son nom au chef de la police de Fairfield ? Oui, franchement, il te doit une fière chandelle.

Bon, d'accord. Admettons que je comprenne plus ou moins son point de vue.

Je me suis dirigée vers la porte.

Une fois dehors, j'ai fouillé la rue du regard et n'ai aperçu nulle part la silhouette familière et musclée de Ty. Pour les humains, il était tard – plus de trois heures du matin – et la rue était déserte. Ty devait être déjà loin, mais au cas où, je me suis imprégnée des odeurs qui m'environnaient : un puissant fumet d'origan et d'ail s'échappait du restaurant italien à l'angle de la rue ; l'odeur aiguë de l'encre d'imprimerie filtrait depuis le kiosque à journaux cadenassé de l'autre côté de la rue ; un remugle de marc de café et de vieux thon montait d'une benne à ordures.

J'ai plissé le nez de dégoût et tourné la tête dans la direction opposée.

Une brise a caressé mes narines, apportant avec elle un très discret parfum de cuir, de beau gosse bien foutu et de quelque chose d'autre… Quelque chose d'un peu poisseux, douceâtre… sanglant.

J'aurais dû comprendre sur-le-champ ce qui était en train de se passer, mais j'étais par trop tendue. Je ne m'étais pas envoyée en l'air depuis la nuit des temps (le joujou multivitesses que les Ninas m'avaient offert ne comptait pas) et en guise de dîner, je n'avais guère bu plus de quelques gorgées chez mes parents. L'un dans l'autre, je ne pensais *vraiment pas* avec ma tête.

En me déplaçant à la vitesse d'un courant d'air, je me suis laissé guider par l'odeur, jusqu'à me retrouver, à un bloc de mon point de départ, devant une imposante bâtisse – un entrepôt rénové qui abritait désormais une boutique de décoration haut de gamme et une galerie d'art qui exposait des artistes locaux.

Mais ce n'est pas l'œuvre abstraite, présentée dans un cadre Christian Dior incrusté de strass et exposée en vitrine, qui m'a arrêtée net dans mon élan (encore que ça avait plutôt de la gueule).

C'est le bruit.

Ka-boum-ka-boum-ka-boum.

Guidée par l'écho de ce pouls qui résonnait dans ma tête, j'ai contourné l'imposante bâtisse pour gagner la ruelle qui la séparait d'une brasserie fréquentée par des amateurs de sport.

Mon regard a fendu l'obscurité jusqu'au couple qui se tenait tout au fond de l'étroit passage, près d'un monticule de casiers à bouteilles et de plusieurs poubelles.

La femme, une grande brune tout en jambes, était comme épinglée contre le mur par l'homme qui se trouvait devant elle et qui festoyait à la naissance de son cou.

Ty.

J'ai senti un grand creux à l'estomac et des démangeaisons dans la poitrine. C'est dingue, je sais. Ce spectacle n'avait rien de nouveau pour moi. Bon sang ! J'étais une vamp, et plus souvent qu'à mon tour, moi aussi j'avais *bu*. Il n'y avait pas là de quoi me mettre dans tous mes états.

Mais voilà. On parlait de Ty. C'est lui qui était en train de *boire*. De boire le sang de quelqu'un dont le nom ne commençait pas par *L.* et ne finissait pas par *il*.

Je ne dis pas que je voulais qu'il boive mon sang – attention ! J'avais assez de problèmes comme ça. Je venais de reconnaître à part moi que ce denier petit échange entre nous découlait d'un trop-plein de stress.

Après tout, j'avais bel et bien compromis nos arrières. D'où mon angoisse, ma frénésie, la jauge de mon bon sens à zéro. Point barre.

En même temps, nous vivions plus ou moins ensemble. Nous partagions un lien fort. Plus encore, il m'aimait bien. Et je l'aimais bien.

Et pourtant, il était là, en train de boire le sang d'une autre.

Espèce de salaud !

La pensée a jailli de mon esprit avant que je puisse la retenir et j'ai vu la tête de Ty pivoter d'un coup. Un filet de sang mousseux a bouillonné entre ses lèvres et éclaboussé le débardeur blanc de la femme. Son regard bleu et sauvage a fendu l'obscurité et s'est heurté au mien.

Ma première réaction a été de tourner les talons. Beaucoup pourraient penser que c'est parce que j'ai l'estomac fragile, et c'est d'ailleurs ce que je pensais moi aussi. Jusqu'à ce que Ty me regarde et que je comprenne d'un coup d'un seul la vraie raison qui me poussait à éviter les effusions de sang.

En cet instant, sa beauté ne rivalisait qu'avec sa sauvagerie ; il était un mâle primitif dans toute sa splendeur, un prédateur qui soumettait sa proie et la dévorait, et il était parfaitement à l'aise avec cet état de fait.

J'ai senti la pointe de mes seins commencer à me picoter. Mon estomac a émis un grognement sourd. Une fringale vieille comme le monde, et tout aussi impitoyable, a enflé en moi. C'était une sensation aussi douloureuse qu'agréable, et dévorante.

Je l'avais déjà ressentie par le passé (quand j'étais plus jeune, plus intrépide, que je butinais d'expédients en expédients) et mon corps s'en souvenait. Mes nerfs l'ont aussitôt reconnue, accueillie, ils l'ont laissée prendre entièrement possession de moi, m'ont poussée à avancer.

Pour étancher cette soif qui me tenaillait, sans penser une seule seconde aux conséquences. Mettons ça sur le compte de Ty. Ou de ce breuvage tiède, douceâtre, pourpre. Ou des deux.

Pour dompter ce besoin impérieux, je me suis raccrochée à la seule et unique pensée que j'aurais dû avoir à ce moment-là (mis à part *Espèce de salaud déloyal*, il va de soi) : *beurk !*

La femme a lâché un hoquet qui a retenti dans ma tête telle une déflagration et dissipé d'un coup l'attraction hypnotique qu'exerçait l'écho de son pouls. J'ai enfin détaché les yeux de Ty.

Et parce que le *beurk !* ne marchait pas comme attendu et que j'étais à *ça* de céder à mon vampire intérieur, j'ai tourné les talons et rebroussé chemin.

21

J'ai fini par retourner chez Ty. Mais pas directement (j'ai marché pendant une heure, au moins), et pas non plus parce que je n'avais aucun autre endroit où aller à 4 heures du matin.

Je suis rentrée chez lui à cause de mes deux valises, dont une recelait ma toute dernière acquisition – une petite merveille de Dolce & Gabbana – une vraie affaire. Je ne pouvais pas laisser en plan mon copain Dolce.

— Lil, a lancé Ty depuis le seuil.

— Je pars d'ici dès que j'ai rassemblé mes affaires.

J'étais en train de fourrer le tee-shirt de nuit que j'avais porté la veille dans la valise.

— Vous n'allez nulle part.

À présent, il se tenait derrière moi, à deux pas, mais je ne me suis pas retournée. Il était hors de question que je le regarde.

— Un peu que j'y vais.

— Pourquoi ?

Bonne question. Parce qu'il avait… Parce que j'avais… et que j'avais peur que nous ayons…

Enfin, Lil, quel âge as-tu ? Cinq ans, ou cinq cents ans ? Cet homme est un vampire. Il mord les femmes pour se nourrir. C'est dans l'ordre des choses.

D'accord, ça, je le savais. Je le comprenais – et ce parce que, moi aussi, j'avais mon vampire intérieur. Mais entre le savoir et le voir… Là résidait toute la différence – et elle était monumentale.

— Elle était très jolie.

La phrase m'a échappé avant que j'aie pu la retenir.

— Pardon ?

— Bien foutue. Ses cheveux n'étaient pas terribles. Elle avait acheté sa teinture au supermarché, ou je ne m'y connais pas. Mais à part ça, elle était plutôt mignonne.

— Elle était un dîner.

— Un dîner séduisant.

— C'est ça, le nœud du problème ? Vous êtes en rogne parce que j'ai mordu quelqu'un ?

— Non.

J'ai continué à remplir ma valise tout en évitant de le regarder.

— Mais si. Vous êtes en rogne parce q…

— Je ne suis pas en rogne ! Je pense seulement que c'est une mauvaise idée que je reste ici.

— Pourquoi ?

— Parce que.

Étant à court de vêtements à enfourner dans ma valise, j'ai attrapé un tee-shirt de Ty qui traînait là et je l'ai rangé avec mes affaires.

— Parce que quoi ?

— Parce que je vous aime bien, d'accord ? (Mes mains tremblaient.) Je vous aime bien, et je ne devrais pas. Mis à part le fait que vous êtes exceptionnellement canon, il n'y a absolument rien de séduisant chez vous. Vous êtes autoritaire, dominateur et vous n'êtes pas fait pour quelqu'un comme moi.

Je me suis acharnée sur la fermeture de ma valise.

— Je ne vous aide pas à cause de la récompense. (Sa déclaration a attiré mon attention. J'ai relevé les yeux et nos regards se sont croisés.) J'ai collecté tellement de récompenses que je ne sais plus qu'en faire. Je vous aide parce que…

Il s'est interrompu net et sa tête a pivoté en direction des baies vitrées. Dehors, des lumières rouge et bleue illuminaient l'obscurité. Il y a eu des crissements de pneus. Des pétarades de moteurs. Des claquements de portières. Ty s'est précipité vers les baies à la vitesse de la lumière pour voir ce qui se passait, en bas dans la rue.

— Merde. Ils sont ici.

Mon cœur s'est mis à battre à tout rompre tandis que mon regard faisait la navette entre les baies vitrées et la porte.

— C'est impossible. Ils ne savent pas où c'est, *ici.*

— Maintenant, si, a répondu Ty en se retournant.

Les gonds ont grincé. Du bois a éclaté. Une cavalcade a ébranlé l'escalier de secours. Puis le monte-charge s'est mis en route et a commencé son ascension dans un gémissement de poulies.

— Je suppose que vous n'avez pas de trappe ?

— Sous le lit.

En un éclair, il s'est précipité pour empoigner une des colonnes du lit. Un seul mouvement de poignet, et le lourd meuble en bois a glissé sur le sol aussi aisément qu'un palet de hockey sur la glace. Ty a soulevé un tapis et découvert une écoutille carrée.

— Je plaisantais.

— Pas moi.

Il a passé les doigts dans les deux petites ouvertures ménagées dans la plaque en bois, qu'il a soulevée. Dans un grincement, les gonds ont pivoté.

— Autrefois, au début du siècle, ce bâtiment était un abattoir.

Ce n'est pas pour rien qu'on appelle ce quartier le Meatpacking District.

— Cette pièce est l'endroit où les bêtes étaient abattues. Les carcasses étaient ensuite jetées dans une goulotte qui descendait jusqu'au rez-de-chaussée, où elles étaient entreposées et vendues. (Il m'a fait signe d'approcher.) Les gens qui ont rénové le bâtiment avaient installé un escalier intérieur pour relier tous les étages et faire un seul immense loft. Mais les promoteurs voulaient en avoir pour leur argent, du coup ils ont transformé le loft en trois appartements et ils ont supprimé l'escalier. Mais comme ils étaient trop radins pour refaire le sol, ils ont condamné la trappe et posé un tapis par-dessus. Ce n'est pas ce qui m'a décidé à l'acheter, mais ça a aidé.

— Ça vous arrive souvent de fuir la police ?

Ty a secoué la tête.

— Il n'est pas policier.

Il ?

Mais je n'ai pas eu le loisir de demander des éclaircissements car Ty m'a empoigné le bras.

— Je ne veux pas abandonner mes affaires comme ça !

— Vous avez cinq secondes pour prendre le strict nécessaire.

En moins de temps qu'il en faut pour le dire, j'avais rassemblé ma trousse à maquillage, mon sac à main et mon téléphone portable. À l'instant où j'allais soulever une valise, la voix de Ty a tonné dans ma tête.

— *On file !*

Sa main s'est refermée sur mon bras et je me suis sentie happée vers la trappe. Il m'a poussée de force à travers l'ouverture. Et j'ai atterri sur un tapis au petit point (archidémodé, je ne vous le dis pas), dans l'appartement du dessous.

La disposition des lieux était identique à celle de l'appartement de Ty, à ce détail près que son voisin avait installé son salon là où Ty avait mis sa chambre, et inversement – une chance, car sinon nous aurions pu dégringoler inopinément sur un pauvre type et sa petite amie pendant leur câlin du matin.

Les deux corps se sont immobilisés ; deux têtes se sont dressées.

— Ne faites pas attention à nous, ai-je marmonné tandis que Ty soulevait le tapis et tirait d'un coup sec sur la seconde trappe. On ne fait que passer.

Nous nous sommes laissés choir jusqu'au rez-de-chaussée.

Où je me suis aussitôt trouvée enveloppée par les ronflements les plus puissants que j'eusse jamais entendus. Ils ébranlaient les murs. J'ai tourné la tête vers le type qui dormait dans le grand lit, à un mètre de là. Il portait un masque sur les yeux et un sur le visage, mais d'un tout autre genre (j'étais prête à parier qu'il s'agissait du Cucumber Madness de Clinique). Ses narines ont palpité. Sa poitrine s'est soulevée. Un « Arghhhhhhh » tonitruant a résonné dans la pièce.

Tandis que je m'élançais vers la porte, j'ai vu Ty écarter un autre tapis d'un coup de pied.

— *On est au rez-de-chaussée, bêta,* l'ai-je informé par télépathie tout en posant la main sur la poignée de la porte.

— *Je suis au courant, bécasse,* a-t-il riposté en croisant mon regard. *Ce bâtiment appartenait à une grosse société, qui possédait la totalité du pâté de maisons. La viande était conditionnée et stockée au sous-sol, qui relie entre eux quatre bâtiments de cette même rue. Personne n'y a plus mis les pieds depuis un bon moment, mais je sais que le sous-sol est toujours là.*

Je le savais moi aussi car je venais d'entendre un rat détaler, quelque part plus bas. L'odeur du vieux cèdre mélangée à celle de la fumée m'a fait froncer le nez.

J'ai rejoint Ty à l'entrée du tunnel, aussi sombre qu'un boyau de mine. Mon regard a transpercé l'obscurité et j'ai vu le rat filer retrouver sa bande de copains.

— Allons-y.

J'ai glissé l'anse de mon sac de maquillage en bandeau sur ma tête, coincé mon sac à main sous le bras et je me suis laissée choir dans le noir. La puanteur m'a engloutie tout entière. Ty m'a suivie et nous avons foncé le long d'un étroit tunnel qui a débouché rapidement sur un espace plus vaste, cerné de foyers à l'abandon. Une odeur âcre m'a agressé les narines.

— C'est ici qu'ils fumaient la viande.

— Je n'aurais jamais deviné, ai-je raillé en grimaçant.

Quelques secondes plus tard, nous avons ouvert la trappe de communication avec le bâtiment voisin – qui abritait désormais le centre de production d'un jeune créateur de sportswear. Question déco, avec ces plafonds bruts de décoffrage et son sol en béton, ça ne cassait pas trois pattes à un canard (bon, le type débutait à peine) mais la superficie et le volume compensaient largement l'absence de style : c'était une salle gigantesque, occupée par des dizaines de tables de coupe et de machines à coudre. Un enchevêtrement de conduits d'air conditionné courait au-dessus de nos têtes, et des tubes néon étaient suspendus au plafond par des chaînes. Autre bon point incontestable : ça ne sentait ni le cèdre, ni la fumée.

Tandis que nous nous faufilions parmi un régiment de mannequins sans tête, je me suis arrêtée deux secondes pour examiner un débardeur en soie orné de paillettes.

— Ce type n'est pas mauvais du tout. (Mon regard a glissé vers un portant, à quelques pas de là.) Je me demande s'il aurait ce débardeur dans ma taille…

— Venez !

Ty m'a tirée sans ménagement pour m'obliger à avancer, puis s'est immobilisé d'un coup.

Je n'avais pas besoin de lui demander la raison de cet arrêt brutal. Mon ouïe captait tout de ce qui se passait à l'extérieur : le raffut des rats qui fouillaient dans une poubelle ; les bruits de pas à l'arrière du bâtiment ; les « Signalez-vous quand vous êtes en position », lancés d'une voix frénétique. Les murs semblaient trembler. Les chaînes qui retenaient les éclairages se sont balancées, imperceptiblement. La voix de Ty a résonné dans ma tête :

— *On est cernés.*

Il a pris ma main et m'a entraînée vers le seul endroit qui ne risquait pas de grouiller de flics dans les minutes à venir – le plafond.

Sitôt que mes pieds se sont détachés du sol, je n'ai plus senti mon poids. À l'instant où mon dos s'est collé contre le plafond, un ordre a retenti :

— Maintenant !

Toutes les portes se sont ouvertes brusquement. Je me suis mordu la lèvre et j'ai contemplé, en contrebas, les flics qui se précipitaient, arme dans une main, lampe torche dans l'autre. Plusieurs se sont faufilés dans la trappe d'où nous venions d'émerger, et qui était restée ouverte. Un ballet de faisceaux lumineux a balayé la pénombre tandis que des dizaines d'hommes entreprenaient de passer l'entrepôt au peigne fin.

— *Tout va bien.*

À l'instant où la voix grave et rauque s'est introduite dans ma tête, j'ai senti les doigts de Ty se refermer plus étroitement sur les miens. J'ai déporté mon attention sur le vampire qui flottait à mes côtés et je me suis souvenue de ses paroles : « *Je vous aide parce que…* »

Parce que… Il était fou amoureux de moi et m'aimait si passionnément que l'idée que je puisse pourrir en prison lui était insupportable ?

Soudain, je n'avais plus du tout envie de connaître la réponse.

C'était à n'y rien comprendre, non ? Je m'étais acharnée sur ce pauvre garçon, déterminée à connaître la vérité. Et pourtant, voilà que j'étais prête à tout pour éviter le sujet.

Parce que… Je connaissais déjà la vérité. La réponse, je l'avais eue lorsqu'il m'avait plaquée contre le mur, chez lui. Lorsqu'il m'avait fixée, transpercée du regard. Lorsqu'il m'avait embrassée. Mordillée.

Oui. Le moment où il m'avait mordillée avait été réellement capital. Alors, à quoi bon l'entendre me le dire ? Ça n'aurait fait que compliquer les choses.

— *Qu'est-ce qui ne va pas ? Vous êtes blanche comme un linge.*

— *J'ai le vertige*, ai-je bafouillé dans ma tête.

Je ne pouvais pas lui expliquer que je flippais parce que je l'aimais bien et que je savais qu'il m'aimait bien, et que l'entendre me le dire ne m'amènerait qu'à l'aimer encore plus. C'était un sacré coup dur de prendre conscience de ça, puisque toute histoire d'amour entre nous était par avance vouée à l'échec.

J'ai remonté et calé ma trousse à maquillage sur l'omoplate pour mieux contempler le chaos qui régnait au ras du sol.

— *On est perché drôlement haut.*

— *Depuis quand avez-vous peur de l'altitude ?*

— *Depuis que je suis collée au plafond pour échapper à une descente de police. Je n'ai pas l'habitude. Toutes ces allées et venues…* (J'ai dégluti de façon assez démonstrative.) *C'est vraiment perturbant.*

Aussitôt, Ty s'est glissé devant moi. La scène qui se déroulait en contrebas a disparu de mon champ de vision, remplacée par l'arrière de sa tête. En flottant tout contre moi, il avait coincé mon corps en sandwich entre son dos et le plafond. Ses fesses étaient nichées au creux de mes cuisses et ses omoplates s'enfonçaient dans mes seins.

— *Détendez-vous. Une fois qu'ils auront tout ratissé, ils partiront.*

Me détendre ? Était-il devenu fou ? Comment allais-je m'y prendre, quand nos corps se touchaient, que le sien était une incitation au péché, et que le mien ne demandait qu'à se laisser tenter ? Je vous donne ici la recette du stress absolu. Comment aurais-je pu me détendre, compte tenu d'une telle promiscuité ?

À moins, évidemment, qu'elle ne s'éternise pendant trois quarts d'heure.

Bon, je sais – même une vampirette sexuellement très à cran comme moi avait ses limites. Renonçant à l'idée de lui arracher ses vêtements et de laisser libre cours à l'improvisation, j'ai baissé ma garde, assez pour me détendre contre lui. Voilà. Pour stimulante que soit sa proximité, elle était aussi agréable. Douillette, même.

J'ai appuyé ma joue contre son dos et j'ai écouté le battement régulier de son cœur. Il était lent, à l'instar de celui de tous les vampires de ma connaissance.

Mais Ty n'était pas comme les autres vamps. C'était un *mordu*. Il était différent.

J'ai lutté pour m'éviter de m'alanguir mais malheureusement, cela n'a fait que m'amollir davantage. J'ai fermé les yeux, et commencé à songer à des choses. *C'est comment ?* me suis-je demandé.

— *De quoi parlez-vous ?*

J'avais encore oublié de garder mes pensées pour moi-même.

— *Le soleil. Je l'ai observé plusieurs fois dans mon miroir, je me suis même approchée de la fenêtre une ou deux fois. Mais je ne l'ai jamais senti.*

— *Honnête,* a répondu la voix grave en écho dans ma tête, après un long silence.

Bon… Peut-être que les convertis n'avaient pas accès à cette éducation de qualité que nous, les vampires héréditaires, considérons comme allant de soi. Sinon, Ty aurait été en mesure d'énumérer des qualificatifs bien plus pertinents – ardent, torride, fatigant, aveugl…

— *C'est là tout le truc. C'est précisément le contraire. Il n'y a nulle obscurité pour masquer les défauts. Pas d'ombre pour cacher les monstres. Juste une lumière vive, chaude, qui vous force à regarder la réalité en face. Honnête.*

C'était tellement incompréhensible pour moi.

— *Vous êtes un vrai poète.*

Un gloussement silencieux a vibré dans son corps.

— *Fermez les yeux et essayez de le sentir.*

— *J'ai besoin d'une description plus détaillée.*

— *Vous n'avez même pas essayé.*

— *Les flics ont terminé leur fouille ?*

— *Presque. Ne changez pas de sujet.*

— *C'est un sujet ennuyeux.*

— *C'est vous qui l'avez mis sur le tapis.*

— *Et maintenant, j'essaie de le passer à la trappe.*

Un autre gloussement a secoué son physique puissant.

— *Trop tard. Allons, essayez.*

— *Ça ne marche pas.*

J'ai fermé les yeux et fait apparaître mon second fantasme de plage préféré – celui où je me repose sur une chaise longue, un verre à la main.

— *Je ne sens rien.*

Sinon la fraîcheur de la condensation sur mon verre. Et la toile rêche du transat contre mon dos. Mais comme c'était là des sensations que j'avais déjà éprouvées, elles étaient faciles à imaginer.

— *D'abord, vous devez regarder.*

— *Je veux sentir le soleil. Pas le voir.*

— *Vous allez le sentir. Regardez autour de vous.*

J'ai détourné mon attention de la boule de feu jaune qui brillait au-dessus pour contempler un palmier, non loin de moi. Une légère brise faisait bruire ses feuilles d'un vert profond. J'ai remarqué le motif en croisillon du feuillage. Une mouche bourdonnait près de moi, en battant des ailes à la vitesse de la lumière. L'eau clapotait le long du rivage et charriait des grains de sable à chaque mouvement. C'était à la fois fascinant et étrangement apaisant. Lénifiant, même.

— *Honnête,* a grondé la voix grave de Ty.

Un sourire a étiré mes lèvres.

22

Dès que les flics ont évacué l'entrepôt, Ty a décollé, puis je l'ai imité – deux chauves-souris filant à tire-d'aile sous un ciel baigné d'une lune aux trois quarts pleine. Tout ça pour atterrir dans un trou paumé, qui avait toutes les apparences de l'enfer.

J'ai balayé du regard l'intérieur du vaste chalet. Depuis les murs, d'innombrables têtes de daims, élans et autres sangliers me fixaient de leurs yeux en verre. Tout au fond de la pièce, un gros ours se dressait sur ses pattes arrière, toutes griffes dehors, les babines retroussées, les crocs dénudés.

Je ne nie pas posséder un instinct primitif et animal aussi puissant que n'importe quel autre vamp (enfin, plus ou moins), mais je n'ai jamais compris l'intérêt que peut susciter la chasse. Chasser pour assurer sa survie ? Oui. Mais chasser pour vivre dans un décor kitchissime ? Là, ça me dépasse.

Le thème « massacre » ne se limitait pas aux murs, loin de là. Il prospérait dans chaque coin et recoin de cette spacieuse cabane. Un raton laveur empaillé et transformé en horloge égrenait le temps sur un guéridon en pin brut. Une peau d'ours recouvrait le plancher usé ; le canapé et les fauteuils étaient tapissés de tissu à motif camouflage, que l'on retrouvait sur l'édredon du lit à colonnes, dans un coin de la pièce. Et sur le divan de la mezzanine aménagée sous les combles. Et sur les assises des deux chaises de la cuisine. Un petit écureuil trônait au centre de la table en pin et grignotait une fausse noisette. Un renard naturalisé ornait le manteau d'une cheminée en pierre qui montait du sol au plafond, et une suspension en ramures éclairait l'ensemble.

— Je crois que j'ai déjà vu cet endroit.

Ty a mis en place la chaînette de sécurité sur la porte et masqué une fenêtre d'un rideau.

— Vous êtes déjà venue dans le coin ?

J'ai secoué la tête tout en déposant ma trousse à maquillage sur la table basse – entre un chandelier en bois de massacre et un album photo relié de cuir brut.

— Je l'ai vu sur la chaîne Évasion. Il figurait dans le « Top 10 des destinations loisirs du monde à éviter à n'importe quel prix ». Je crois même qu'il arrivait en première place.

Ty a tiré les autres rideaux (en tissu camouflage, il va de soi) devant chaque fenêtre avant d'attraper le seul et unique sac qu'il avait réussi à embarquer lors de notre fuite.

— C'est le plus beau chalet du coin, a-t-il précisé en se dirigeant vers le canapé. Il appartient à un type que je connais.

— Ah, vous voyez bien ! (Je me suis installée dans un fauteuil. Confortable, même s'il me donnait plus ou moins la chair de poule.) Vous avez des amis.

Ty évitait toujours soigneusement d'évoquer le sujet « Amis », alors que moi j'étais constamment en train de chercher des clients potentiels.

— Nous ne sommes pas amis. (Il a sorti du sac son ordinateur portable, qu'il a niché sur la table basse.)

Nous avons débrouillé quelques cas ensemble. Il bosse au NYPD.

— Il vous prête sa maison. Pour moi, ça sent l'amitié. (J'ai ôté ma trousse à maquillage de la table pour lui faire de la place.) Ce type ne serait pas un converti, par hasard ? Parce que si c'est le cas, je crois que vous devriez me laisser le présenter à ma cliente – Esther. Je vous ai déjà parlé d'elle.

— Ce ne serait pas celle avec laquelle vous avez essayé de me caser il y a quelque temps ?

— Si, bien qu'elle ne soit absolument pas votre genre. Certes, c'est une convertie, mais les points communs s'arrêtent là. Cela dit, même si elle n'est pas faite pour vous (*parce qu'elle n'est pas moi*, ai-je ajouté mentalement), elle est délicieuse.

Tout en allumant son ordinateur, Ty m'a décoché un regard brillant de férocité et ma bouche s'est aussitôt asséchée.

— Pas au sens littéral, évidemment, ai-je repris. Enfin, peut-être aussi, mais je ne peux pas le savoir puisque je ne l'ai pas essayée. (J'ai détourné les yeux et me suis mise à fouiller dans la trousse à maquillage.) Ma remarque était à entendre au figuré, ai-je ajouté en étalant un peu de Reflet de Paradis sur mes lèvres, avant de les frotter l'une contre l'autre.

Le regard de Ty était littéralement suspendu à ma bouche. J'ai recommencé mon petit manège. Il a continué à m'observer, comme envoûté. Des fourmillements ont parcouru mon ventre et je me suis raclé la gorge de plus en plus sèche.

— Euh… alors ? ai-je repris en refermant le tube de gloss et en le glissant dans le sac.

Ty a détourné le regard et secoué la tête.

— Ce n'est pas un converti.

— C'est un vampire héréditaire ? Parce que j'ai quelques clientes qui pourraient être intéressées…

— Non plus.

— Un chihuahua-garou ?

Un sourire en coin a incurvé sa bouche.

— Vous ne laissez jamais tomber ?

— Je suis une professionnelle. Aucune mission n'est trop modeste ni trop ambitieuse pour moi. (Sauf peut-être Rachel la chihuahua-garelle. J'ai chassé cette pensée déprimante et contemplé Ty d'un regard rempli d'espoir.) Dites, pas hasard, il ne serait pas un humain bien macho uniquement intéressé par les plaisirs du sexe sans engagement ? Parce que si c'est le cas, j'ai plusieurs garelles qui seraient extrêmement heureuses de faire sa connaissance.

Le sourire s'est épanoui sur ses lèvres et mon cœur a palpité.

— Très franchement, je doute que vous ayez une cliente qui pourrait s'entendre avec ce type. Il est unique en son genre.

Ça valait le coup d'essayer.

Je suis allée rejoindre Ty sur le canapé. Pas parce qu'il m'avait souri et que ce sourire m'avait fait chaud au cœur et donné des fourmillements dans le ventre. Non – uniquement pour des raisons de survie.

Bon, d'accord – peut-être le fourmillement était-il un facteur à prendre en compte. Mais la survie l'était tout autant. En fuyant New York, j'avais compromis mon gagne-pain. Et celui de Ty par-dessus le marché, puisqu'à l'heure qu'il était, tout le monde avait établi un lien indiscutable entre nous. Quelqu'un cherchait à me faire accuser de meurtre et cette personne, quelle qu'elle soit, savait que Ty m'aidait. En d'autres termes, elle n'allait pas tarder à s'en prendre également à lui.

— Je suis désolée de vous avoir entraîné dans ce pétrin.

— Peut-être que la prochaine fois, vous m'écouterez et vous vous tiendrez tranquille.

Mince ! J'attendais plutôt quelque chose comme « Soyez sans crainte, ma jolie, le danger est ma raison de vivre », ou « Voler au secours d'une belle vampire est mon lot quotidien », voire même « Vous plaisantez ? Vous êtes mon fantasme absolu. Je ne peux pas vous laisser affronter seule vos ennemis. »

Que voulez-vous ? J'ai beaucoup d'imagination.

— Si vous m'aviez écouté, nous ne serions pas ici en ce moment, a-t-il insisté.

C'est donc si terrible que ça ? avais-je envie de demander. Et puis je me suis souvenue que nous étions entourés de charognes empaillées. Par malchance, j'étais enivrée par ce parfum d'air pur, de liberté et de virilité qui me chatouillait les narines et me distrayait de tout – sauf du vampire assis à mes côtés.

— Qu'allez-vous faire ?

— Je vais éplucher notre liste de suspects pour la centième fois.

— Bonne idée.

J'ai hoché la tête et ignoré ce désir aussi pressant que saugrenu qui me donnait envie de me coller contre lui pour quémander un autre baiser. Je sais, c'est dingue. J'avais d'autres soucis, bien plus pressants. Je n'avais pas le temps de gaspiller l'adrénaline qui pulsait dans mon corps et de soulager mon angoisse par des ébats passionnés, torrides, revitalisants.

Non, franchement, ce n'était pas le moment.

J'ai humecté mes lèvres.

— Nous devons absolument découvrir qui a pu renseigner les flics, ai-je dit.

— Je crois que nous connaissons déjà la réponse.

— Maybelline Magenta ?

Ty a secoué la tête, et dit :

— Le commissaire Fairfield.

— Je ne connais personne du nom de Fair... Hé, attendez ! Vous pensez que c'est Remy qui nous a donnés ?

— Vous en doutez ?

— Oui, jamais il ne...

Ma phrase est restée en suspens car je venais de me remémorer ma conversation avec Ty – celle concernant l'affection que me portait Remy, et qui avait été suivie par ce baiser et ces mordillements.

— Peu importe, ai-je repris.

Ce qui ne signifiait pas que je pensais que Remy nous avait trahis. Simplement, je n'aurais pas mis ma main à couper qu'il ne l'avait pas fait.

Ce dont j'étais archicertaine, en revanche, c'est que Remy avait prêté serment, qu'il avait juré de servir et protéger ses concitoyens (mes parents avaient assisté à la cérémonie) et qu'à ce titre, il se devait de signaler tout criminel présumé qui se baladait dans les rues de la petite communauté huppée dont il avait la charge. Même si la supposée criminelle en question ne se baladait dans lesdites rues que par devoir filial envers une famille de dingos réactionnaires et despotiques.

Ty a pianoté sur son clavier, il a envoyé un e-mail à son copain qui jouait dans une catégoric qui n'appartenait qu'à lui seul, puis il a refermé son ordinateur.

— Je dois sortir chercher du ravitaillement.

— Mais... il va bientôt faire jour.

— Raison pour laquelle je dois m'en occuper maintenant. La nuit a été longue. Vous devriez vous détendre et aller vous coucher. Je n'en ai pas pour longtemps. (Il m'a clouée du regard.) Et je ne rigole pas. Vous restez à l'intérieur. Nous sommes maintenant en lieu sûr, sauf si vous recommencez à voleter à droite et à gauche pour faire des mondanités.

— Quel besoin de voleter ? (J'ai brandi le téléphone portable qu'il m'avait donné.) Je peux toujours m'en servir, n'est-ce pas ?

Il a hoché la tête, puis il est sorti d'un mouvement si rapide et si souple que je n'ai vu qu'une tache sombre et floue s'éloigner. La porte s'est refermée et une fois de plus, je me suis retrouvée seule et livrée à moi-même.

Seule. Pas esseulée, me suis-je rappelé. Grosse différence. Car j'étais a) habituée à vivre seule et à mener une vie indépendante et b) nullement tributaire de la présence de Ty pour goûter un sentiment de plénitude.

Certes, je venais d'échapper de justesse aux flics et celui qui voulait ma peau avait entraîné mon fantasme numéro 1 dans ce micmac. J'avais les nerfs à fleur de peau, mais ça demeurait gérable. J'entends par là que je n'étais pas tétanisée de trouille.

Restons réalistes : je suis une vampire. J'incarne la quintessence du mal. Je personnifie la plus démoniaque de toutes les créatures démoniaques. La plus pernicieuse de… Bref, vous avez compris l'idée.

Donc, non – je n'allais pas me précipiter pour vérifier si la porte était bien verrouillée.

J'ai pris le chemin de la salle de bains avec ma trousse à maquillage. Après m'être douchée – en fredonnant une chanson des Pussycat Dolls pour rompre un silence oppressant – j'ai gagné la mezzanine et je me suis glissée sous l'édredon en camouflage.

L'expérience s'est révélée moins déplaisante que je l'avais redouté compte tenu de mon humeur. Que voulez-vous ? J'ai un gros faible pour les surmatelas en plumes. J'ai fermé les yeux et je me suis concentrée sur mes muscles douloureux et sur mon épuisement.

C'était agréable d'être épuisée. Cela signifiait que j'allais dormir, plutôt que de me tourner et de me retourner dans tous les sens, avec l'impression d'être un poisson tropical dans un bocal, à cause de ce lynx empaillé qui me matait depuis un recoin de la mezzanine.

Cela dit, il me restait trente-trois minutes avant le lever du soleil. Et comme je n'ai jamais été une couche-tôt, je me suis rassise dans le lit et j'ai attrapé le téléphone portable que j'avais posé sur la table de nuit.

23

Cinq messages m'attendaient sur ma boîte vocale. Ce n'était pas énorme, mais suffisant pour me distraire en attendant le retour de Ty et oublier le lynx. J'ai pris connaissance du premier.

« Ça n'a pas marché, annonçait ma mère tout de go. Après ton départ avec cette femme, ton père et moi avons passé deux heures avec lui. En pure perte. Jack est complètement ensorcelé.

— *Soumis*, a nuancé mon père en arrière-plan.

— Peu importe, très cher, a repris ma mère. Ce qui compte ici, c'est qu'il refuse d'entendre la voix de la raison. (Autrement dit, la sienne.) Il persévère dans sa folie et s'obstine à poursuivre une relation avec une *humaine*. Je te jure que je suis à *ça* de me jeter sur le premier couteau à beurre qui passe. »

Les premières notes de la Marche nuptiale se sont élevées dans ma tête. Attendez un peu qu'elle apprenne le vrai scoop.

« Il compte sur notre présence demain, il ne veut pas en démordre. Si je n'avais écouté que mon instinct, j'aurais décliné, mais je ne peux pas *ne pas* me montrer lorsque mon fils est victime d'une manipulation aussi éhontée ! Quel genre de mère ferait ça ? »

Le genre qui ne se mêle pas de ce qui ne la regarde pas et qui laisse ses enfants grandir et tirer les conclusions de leurs erreurs. En d'autres termes, elle ne serait *pas* ma mère.

« Crois-moi, moi vivante, cette femme ne fera pas de mal à Jack. Je suis fermement décidée à le sauver, par n'importe quelque moyen. Et si cela implique de détruire quelques humains empoisonnants, eh bien, qu'il en soit ainsi. J'ai déjà notifié à tes frères que nous traversons une crise familiale majeure et que j'ai besoin de votre présence à tous. Je vous attends demain pour le thé. »

Phrase codée pour « Je fourre mon nez dans les affaires de mon fils et je compte bien que tous les fruits de mes entrailles manifestent leur solidarité et leur soutien. »

« 20 heures tapantes, a conclu ma mère. Et ne sois pas en retard cette fois. *Biiiiiip.* »

Ce « cette fois » m'a trotté dans la tête et m'a fait penser au message qu'elle m'avait laissé pour déplacer la date de la chasse.

Si la police avait mis ma messagerie sur écoute – et Ty m'avait assuré que c'était bien le cas – ils étaient forcément au courant, pour la chasse. Ce qui signifiait qu'ils avaient mis sous surveillance la maison de mes parents, au cas où. Puis qu'ils m'avaient suivie de chez mes parents jusqu'en ville – jusqu'à chez Ty ; d'où la descente.

Toutefois, s'ils m'avaient *vraiment* suivie, pourquoi ne m'avoir pas pincée dès qu'ils m'avaient localisée, dans le Connecticut ? Pourquoi avoir pris la peine de me suivre jusqu'à Manhattan, au risque de me perdre en chemin ?

Parce que personne ne me surveillait.

Sauf Remy.

J'ai repensé à l'accusation de Ty. À la certitude inébranlable qui avait brillé dans son regard. À la conviction qui avait vibré dans sa voix.

Mais, encore une fois, on parlait de Remy. Il avait été mon cavalier des dizaines de fois. Nous avions bavardé. Il m'aimait bien.

Ben oui.

Il est fou de toi, il se languit de toi chaque nuit qui passe et imagine toutes sortes de stratagèmes pour te faire succomber à ses charmes.

Pendant que toi, tu te planques et tu t'amuses à bécoter un mordu absolument irrésistible.

Et que, par-dessus le marché, tu essaies de caser ce malheureux avec quelqu'un d'autre. Évidemment qu'il a piqué une crise et renseigné ses collègues ! Il est jaloux. Tu es la femme de sa vie et l'idée de devoir passer l'éternité sans toi lui est insupportable.

Ça se tenait, non ?

Le second message a commencé et une voix masculine et familière s'est insinuée dans mon oreille.

« Salut. C'est Remy. Je sais que je t'ai dit de m'appeler la première, mais j'ai réfléchi. À quoi bon attendre ? Je me doute que tu ne peux pas décrocher, mais sache que je suis gonflé à bloc. Je piaffe littéralement d'impatience. »

Qu'est-ce que je vous disais ?

« Je m'y prends à la dernière minute, je sais, mais il y a une réception au conseil municipal vendredi soir et j'ai besoin d'une cavalière. En général, j'y vais seul, mais l'étiquette de célibataire le plus convoité de Fairfield commence à me peser. Il est temps que je me retire des enchères et que je me case. Lorsque tu as mentionné Ayala, elle m'a semblé absolument parfaite. C'est le moment de me jeter à l'eau. »

Hé là, minute ! Ayala ?

« Donc arrange-moi le coup et envoie-moi la note au bureau. *Biiiip.* »

Jaloux… c'est ça. Ou alors, il était sacrément bon acteur.

Mon orgueil penchait pour l'hypothèse numéro 2 et j'ai noté dans un coin de ma tête d'appeler Evie pour lui demander d'organiser le rendez-vous de vendredi soir. Vous comprenez, si ce garçon en pinçait pour moi, je ne voulais pas le rappeler. Le doux son de ma voix n'aurait fait que le torturer davantage.

Et il va sans dire que je ne voulais pas me retrouver une fois de plus avec les flics aux trousses. Ty avait beau m'avoir assurée que le portable était non traçable, Remy Tremaine était très bien renseigné. En plus d'être un vampire héréditaire. Je n'allais pas risquer qu'il renifle ma trace et découvre ma nouvelle planque.

Le troisième message avait été laissé par Evie.

« Ayala a rappelé pour dire qu'elle ne pouvait absolument pas passer le week-end seule. Si j'ai bien compris. Comme je n'avais pas bu de café depuis midi et qu'elle avait appelé vraiment tard, j'ai cru avoir loupé quelque chose. Mais ensuite je me suis aperçue que j'avais tout noté, donc apparemment mon encéphalogramme n'est pas encore plat. Cette bonne femme est une diva. Et une castratrice. Au secours ! »

Le mot clé, ici, c'était *femme*. Evie ne se doutait toujours de rien en ce qui concernait ma clientèle de vampires. Pour elle, Ayala n'était jamais qu'une princesse arrogante et pourrie gâtée, et non pas une princesse des ténèbres arrogante et pourrie gâtée.

Le quatrième message ? Nina I.

« Finalement, je me suis décidée pour le rose et je l'adore ! Enfin, du moins je crois. Je n'en serai sûre que lorsque je le verrai avec une paire de chaussures. Le problème, c'est que je n'arrive pas à me décider entre celles dont je te parlais et une paire de mules à talons Gucci archicraquantes. Je sais, je sais. Gucci et Vuitton ? Fais-moi coffrer tout de suite. Mais ces mules sont démentes et avec le sac, c'est superchou. Enfin, je crois. Rappelle-moi. *Biiip.* »

Cinquième message…

« Pourrais-tu, s'il te plaît, appeler Nina ? »

Cette fois, c'était Nina II, la moitié brune des Ninas, qui venait récemment de s'engager avec son âme sœur – un vampire héréditaire, comptable de son état, prénommé Wilson – et ce, grâce à moi et à mon extraordinaire flair d'entremetteuse. Ils habitaient désormais (et jusqu'à la fin des temps) à Hoboken, dans le New Jersey, où ils essayaient coûte que coûte de perpétuer notre race.

Du coup, depuis quelque temps, les coups de fil de Nina II s'étaient raréfiés. Je le comprenais aisément, étant moi-même préoccupée par mes responsabilités de vampire héréditaire. Également absorbée par le caractère désastreux de ma vie sentimentale, j'étais aussi maladivement jalouse.

« Elle me rend chèvre avec son histoire de sac, a poursuivi Nina II. Elle a appelé pile au moment où Wilson et moi allions nous mettre au boulot, devant *The O'Reilly Factor*[1], et ça a complètement cassé l'ambiance. »

Bon, d'accord – peut-être n'étais-je pas si jalouse que ça.

« Pour ne rien dire du fait qu'elle est devenue un point de friction entre Wilson et moi. Elle a déballé son dilemme à Wilson et l'a obligé à prendre parti. Il a voté pour Gucci, puisque leur action est en hausse, alors que moi, je pense qu'elle devrait juste rapporter le sac chez Vuitton et placer son fric sur un compte à terme. C'est plus sûr. »

1. Talk-show spécialisé dans le commentaire de l'actualité politique, diffusé sur Fox News, chaîne à tendance conservatrice.

Ai-je déjà mentionné que, de la paire, Nina II est celle qui a les pieds sur terre ?

« Naturellement, elle a refusé de m'écouter. Cette fille serait incapable de reconnaître un investissement sensé même s'il lui sautait à la gorge. Appelle-la. *S'il te plaît.* Je dois y aller. CNN consacre une émission spéciale au déficit national et les indications de tendances ont des vertus aphrodisiaques sur Wilson. *Biiip.* »

J'ai fait en sorte d'ignorer l'image que ce dernier commentaire a fait surgir dans ma tête et j'ai regardé la porte d'entrée. Toujours pas de Ty en vue. Qu'on n'aille pas imaginer que je comptais les minutes. Certes, je savais qu'il était parti depuis vingt-six minutes, mais uniquement parce que je suis une personne très consciencieuse qui remarque ce genre de choses. Car franchement, ça ne me faisait ni chaud, ni froid.

— Fonce sur les mules roses. (Je venais de rappeler Nina I et j'étais tombée sur son répondeur.) Ça donnera une touche rétro. Ah, au fait, je vais bien, j'ai réussi à échapper aux autorités sans me faire cribler de balles, je te remercie de t'en être inquiété.

Je souffrais d'un léger sentiment d'exclusion. Franchement ! Je suis recherchée pour meurtre et mes deux meilleures amies ne sont capables de parler que de chaussures ? De chaussures vraiment canon, d'accord, mais ça reste des chaussures. Serais-je en train d'évoluer ?

J'hésitais à rappeler Nina II. Un coup d'œil au réveil m'ayant confirmé que le premier bulletin d'info de la matinée – celui qui donnait les derniers chiffres des marchés – avait commencé, j'ai préféré m'abstenir. Ça n'allait déjà pas très fort. Inutile d'aggraver mon cas en interrompant des étreintes frénétiques et passionnées, quand j'étais, moi, au régime sec et que Ty n'était toujours pas rentré.

Vingt-neuf minutes…

Du coup, j'ai appelé mon frère Max pour le prévenir que je ne pourrais pas participer à l'intervention commando du lendemain.

— Je n'ai pas appelé maman parce que je suis sûre qu'elle n'est pas encore couchée. Si je lui parle, elle va me culpabiliser et cette fois, je ne pourrais pas l'encaisser. J'ai déjà assez de problèmes comme ça.

— Tu te fais trop de mouron.

Ben voyons.

— Je suis suspectée de meurtre, Max. Je risque la taule.

Je savais que je poussais un peu le mélodrame. Étant une vampirette, les chances que je pourrisse en prison étaient vraiment minces, pour ne pas dire nulles. Je disposais des ressources nécessaires pour m'expatrier et couler des jours paisibles dans quelque villégiature exotique, avec un staff de domestiques à mon entière disposition. Un luxe qui me serait offert par mes parents, bien évidemment. En d'autres termes, au pire, je pourrais toujours couler des jours paisibles dans quelque villégiature exotique, entourée de domestiques et de culpabilité.

Mais cela m'obligerait à faire une croix sur ma vie telle que je la menais – cette vie que j'avais appris à chérir.

Adieu Vamp'n'Love. *Bye bye* Ty. *Hasta la vista* Barney's.

— Mais qu'est-ce que je vais lui dire, moi ? s'est inquiété Max.

— La vérité.

— Elle compte sur toi.

— Dis-lui que j'ai rencontré quelqu'un – un vampire héréditaire – et qu'on est trop occupés à grimper au septième ciel pour reprendre notre souffle, alors pour ce qui est d'aller boire le thé…

— Les vampires n'ont pas besoin de reprendre leur souffle.

— Le détail pertinent, ici, c'est que nous sommes occupés. À lui faire des petits-enfants.

— Et il s'appelle comment, ton fabricant de bébés ?

Pfff... Allait-il falloir que j'invente un *roman* ?

— Écoute, Max : je suis recherchée pour meurtre. J'ai décroché le contrat du siècle à l'agence. J'ai un mal fou à rester à distance du type qui m'aide à me sortir de ce pétrin. Il me semble qu'on peut parler ici d'un mégastress, non ? Le moins que tu puisses faire, puisque tu es mon frère aîné et le plus papa poule de tous, c'est d'inventer un nom qui en jette.

— D'accord, d'accord, je lui dirai, mais tu auras une dette envers moi.

— Ajoute ça à ma note.

J'ai mis fin à la communication et j'ai appelé Evie pour l'informer que j'avais trouvé un rencard à Ayala.

— Tu sais que je t'aime d'amour ? a-t-elle dit d'une voix ensommeillée. Tu es la meilleure patronne qui ait jamais existé. J'organise ça dès que j'arrive au bureau.

— Et la chasse aux mâles dominants, ça donne quoi ?

J'ai entendu un bâillement à l'autre bout du fil.

— J'ai repéré cinq candidats sur Internet. Un ouvrier en bâtiment, un fana de sports extrêmes, un concessionnaire Harley et un chasseur de primes. (Un nouveau bâillement a ponctué la liste.) Et comme le chasseur de primes a un frère jumeau, ça m'en fait peut-être six. Sauf que le jumeau est timide, et ça, c'est pas un trait très dominant.

— La timidité, on peut y remédier.

— J'ai aussi reçu plusieurs appels de mecs qui prétendent m'avoir rencontrée à un match des Knicks. Je suppose qu'il s'agit de toi.

— Joue le jeu, rappelle-les et fais-leur passer le questionnaire de présélection.

— Quel questionnaire de présélection ?

— Celui que je vais t'envoyer par e-mail cet après-midi. Pour éliminer les tueurs en série, et s'assurer que, dans le lot, il n'y a pas de dominé qui s'ignore.

— Ah, j'allais oublier. Mon concierge est un vrai roquet très bien outillé. Pas supermignon – il s'est cassé le nez quand il jouait au foot au lycée, – mais archibien foutu. Et en plus, il est célibataire.

— Est-ce qu'il est roux ?

— Tu te fiches de moi ? Quoi qu'il en soit, il approche de la trentaine, il est célibataire et il cherche une petite copine enthousiaste. Ou, pour reprendre ses termes, « une nana portée sur la gaudriole ». Redis-moi pourquoi nous nous intéressons à ce genre de tombeurs ?

— Parce que nos clientes veulent des tombeurs.

— Pour le sexe. Ce qui fait de nous des mères maquerelles plus que des entremetteuses.

En réalité, nous étions surtout des auxiliaires de procréation, mais ça, j'allais bien me garder de le dire à Evie. Et tant pis pour ma conscience, je me débrouillerais avec plus tard. Nous œuvrions pour la survie des espèces, me suis-je rappelée. Nous étions au service d'un but supérieur, bla-bla-bla…

— Parce que si l'on est des mères maquerelles, a poursuivi Evie, on va devoir retirer la formule « Heureux jusqu'à la nuit des temps » de notre publicité. Et la remplacer par « Heureux le temps d'une nuit. »

— Tu n'as pas encore bu ton café, n'est-ce pas ?

— Il est cinq heures et demie. Je n'ai même pas encore ouvert les yeux.

— Nous n'organisons pas des parties de jambes en l'air. Nous sommes un service de rencontres – c'est-à-dire que nous mettons des gens en relation. Ce qui se passe ensuite – du sexe, le grand amour ou les deux – ne regarde que nos clients.

— Exact. D'autant que ça nous rapporte un joli pactole.

Ai-je déjà mentionné que Evie et moi avions été sœurs dans une vie antérieure ?

— Tu oublies le bonus lorsque nous fournirons un Alpha Doody, ai-je complété.

— *Si* nous le fournissons.

Bon, d'accord – peut-être étions-nous plutôt cousines. Au second degré.

— Pense la situation sous un angle optimiste.

— Il est *5 h 30 du matin.* La seule chose à laquelle je pense pour l'instant, c'est au nombre de minutes supplémentaires de sommeil que je vais pouvoir caser avant que le réveil sonne. En parlant de caser – comment ça se passe avec le chasseur de primes ?

— Pour la dernière fois, je ne suis pas avec le chasseur de primes. Je me débrouille seule. Sans complice. *Nada.*

— Vous n'êtes toujours pas passés aux affaires sérieuses, alors ?

Non, pas encore.

J'ai piétiné cette pensée.

— Rendors-toi. Je te rappelle plus tard.

— Quand ça arrivera, je veux des détails, a marmonné Evie. Des tonnes de détails. *Click.*

Quand.

Ouais, c'est ça.

Pas ton genre, Lil, me suis-je morigénée. *Ton objectif, c'est un vampire héréditaire.*

Mais mon objectif le plus pressant, c'était de dénicher quinze mâles virils (en plus des treize qu'Evie avait rassemblés), dont un roux. Et pour ce faire, je disposais désormais de moins de cinq jours (nous étions dimanche et la pleine lune aurait lieu le vendredi). Sinon, Viola et ses consœurs de la SPA rateraient leur fenêtre de tir pour perpétuer l'espèce.

Le contretemps risquait de les agacer, et de donner lieu à une demande de remboursement. Soit ça, soit ma tête finirait sur une pique, à côté de la haie d'azalées sujette à controverses. Quelques graines à oiseaux dans ma bouche, et je ferais office de mangeoire pour le restant de l'éternité.

Ce scénario a suffi à doucher toute pensée de luxure qui aurait pu me passer par la tête lorsque Ty a réapparu avec plusieurs sacs de provisions. Il avait pensé à tout – du sang pasteurisé label « gourmet » aux tee-shirts blancs Hanes par paquet de trois en passant par quelques paires de jeans.

— J'ai des relations, a-t-il expliqué en réponse à mon haussement de sourcils.

Dès qu'il eut tout rangé, il se déshabilla et s'étendit sur le grand lit, au rez-de-chaussée, vêtu en tout et pour tout d'un slip blanc.

Bon, peut-être la douche n'avait-elle pas été assez froide. Mais j'ai réussi à ne le mater que quelques instants, le cœur battant, avant de détacher le regard.

J'ai roulé sur le dos et me suis concentrée sur le plafond, et sur le vrai problème : trouver un plan de secours pour boucler ma liste de mâles dominants.

Un plan qui, de préférence, ne nécessitait pas d'écumer tous les magasins de sport de New York. Ou tous les stands de tir. Ou tous les bars de motards. Il me fallait un plan qui ne m'oblige pas à sortir du chalet, qui m'épargne de risquer ma peau et d'énerver Ty. Les possibilités ne me sautaient pas exactement aux yeux, mais je n'allais pas céder au découragement. Je n'avais pas peur de me tuer au travail. Ni de faire preuve d'originalité, de créativité, d'astuce.

Ma vie entière m'obligeait à faire preuve d'originalité, de créativité et d'astuce.

J'étais parfaitement capable d'y arriver.

24

— Je ne vais jamais y arriver, ai-je déclaré à Ty.

Nous étions mardi soir (oui ! *mardi,* déjà !) Je venais de passer deux jours à me triturer les méninges pour trouver un moyen viable de recruter des mâles virils sans quitter le chalet, et mes efforts avaient porté leurs fruits.

Enfin… Plus ou moins.

À force de me promener sur tous les sites de rencontres en ligne, j'avais trouvé cinq autres candidats potentiels. Evie – que grâces lui soient rendues – en avait trouvé deux autres, ce qui nous faisait un total de sept. Sept plus treize, on en était à vingt, il ne nous en manquait plus que huit, dont un – impérativement – poil de carotte.

Huit.

Et je disposais de trois jours seulement avant la pleine lune.

— Je suis sérieuse, ai-je insisté en allant me planter devant Ty, attablé devant son ordinateur, dans la cuisine. Je suis au bord du désespoir.

— Si vous tenez à vous sortir de ce pétrin, il va vous falloir être patiente. Ce genre de choses demande du temps, a-t-il répondu sans quitter son écran des yeux.

— Je ne parle pas de l'inculpation de meurtre.

Les recherches de Ty concernant le vrai meurtrier avançaient à peu près aussi bien que ma quête d'un rouquin dominant.

Grâce au propriétaire du chalet, nous avions appris que c'était un correspondant anonyme qui avait renseigné les flics sur l'endroit où je me trouvais. Ce que nous ignorions, en revanche, c'est si ce correspondant anonyme se nommait bien Remy Tremaine.

J'ai agité la main entre Ty et son écran et il a enfin daigné lever les yeux.

— Je parle du dossier Viola.

Elle m'avait déjà appelée deux fois pour s'enquérir des progrès de mes recherches.

Plus exactement, le premier coup de fil avait pour objet de s'informer de mes progrès, et le second, de me prévenir qu'elle mettait un contrat sur la tête de mon père, et espérait que le trépas imminent de ce dernier n'allait pas dégrader nos relations professionnelles. À ce qu'il semblait, mon père avait renoncé à la tactique du désherbant et recommencé à massacrer les haies. L'outil de jardinage qu'il avait choisi ? Une tronçonneuse.

Bon, sa tronçonneuse, c'était son problème.

Et de toute façon, seul importait le fait que Viola *avait appelé*.

— Je n'ai plus que soixante-douze heures pour honorer le cahier des charges, ai-je expliqué à Ty.

Or, sous réserve qu'il se mette à pleuvoir des hommes – je dois avouer que je m'étais résolue à prier mais par pitié, ne le répétez pas à ma mère – j'en étais arrivée à la douloureuse conclusion que j'allais faire chou blanc.

Je ne pourrais pas honorer ma part du marché, ce qui reviendrait à signer du même coup la perte de Vamp'n'Love.

— Calmez-vous ! Tout va finir par s'arranger.

— Facile à dire, pour vous ! Vous n'avez pas une garelle en pleine ovulation qui vous souffle sur la nuque.

— C'est sûr, a-t-il répondu avec un sourire.

J'ai froncé les sourcils.

— Je suis contente que vous trouviez ça drôle.

— *C'est* drôle.

Je l'ai trucidé du regard.

— Parce que vous n'êtes pas dans la ligne de mire ! Savez-vous à quel point c'est difficile de rester à se tourner les pouces quand les fruits d'un dur labeur menacent de s'écrouler, et que toute votre vie est au point mort ?

Ty a regardé autour de lui. Des flacons de sang à moitié vides traînaient çà et là (oui, il s'était mis au régime pasteurisé depuis l'incident de l'« autre » fille. Un tas de paperasse débordait d'un placard et ne cessait de croître, grâce à l'imprimante/fax portable qu'il avait installée à la place de l'écureuil empaillé. C'était le prix à payer pour garder le contact avec le monde extérieur puisque, pour m'aider, il avait été contraint de suspendre lui aussi ses activités.

— Comment pourrais-je savoir une chose pareille ?

— Bon, très bien. Mais savez-vous ce que ça fait, de voir le rêve de sa vie se balancer devant soi, à portée de main sans possibilité – et c'est bien là le problème – de le toucher parce que vos mains sont ligotées ?

Il m'a dévisagée et une étincelle aussi menaçante que sensuelle a crépité dans son regard.

— Non, a-t-il répondu, d'une voix sourde et éraillée qui m'a fait un certain effet. Une fois encore, comment pourrais-je le savoir ?

— Oubliez ce que je viens de dire. (J'ai réfléchi à toute allure, ce n'était pas le moment de faire la sourde oreille, ni de dérailler.) Mais je parie que vous ignorez ce que c'est que d'avoir une employée qui dépend entièrement de vous pour son approvisionnement en *mocha latte*, son abonnement au câble et sa survie en général.

— En fait, j'en ai trois qui dépendent de moi.

— Trois employés ? (Mon cerveau a arrêté sa course folle pour essayer de traiter cette information.) Mais... vous n'avez même pas de vrai bureau !

— Je n'ai pas besoin de bureau. Un téléphone portable et un ordinateur me suffisent. Mes gars font ce qu'il y a à faire, là où il faut le faire et quand je leur dis de le faire. Et je leur vire leurs honoraires en échange de leur aide.

— Vous leur payez une mutuelle ?

Evie me harcelait depuis un mois à ce propos et je lui avais promis de me renseigner sur les différentes options proposées aux petites entreprises.

Ty a secoué la tête.

— Je doute qu'ils en aient l'utilité. Ils ne sont pas vraiment humains.

— Ce sont des vamps ? (Il a secoué la tête à nouveau et en voyant qu'il s'apprêtait à me répondre, je l'ai arrêté d'un geste.) Si c'est pour me dire une fois de plus que vos types jouent dans une catégorie qui n'appartient qu'à eux, inutile de gaspiller votre salive.

— J'aurais plutôt dit une division.

S'il s'imaginait que j'allais lui demander des éclaircissements, il pouvait toujours courir – même si j'étais dévorée de curiosité.

— Très bien – peut-être avez-vous une petite idée de ce que je traverse mais je parie que vous, vous n'avez pas un tas de traites de carte de crédit en souffrance dans votre tiroir à lingerie.

— Sur ce point, vous m'avez eu. (Il a haussé les épaules.) Je range les miennes dans une boîte à biscuits.

J'ai plissé le front.

— Vous êtes un comique-né.

Il a levé un sourcil.

— Parlez pour vous. Votre *tiroir à lingerie ?*

— Parce que c'est le seul endroit où je ne regarde pas très souvent. Non, non ! Ce n'est pas ce que vous croyez, me suis-je empressée d'ajouter en voyant l'étonnement peint sur son visage. Je porte des sous-vêtements. (Quand cela ne compromettait pas l'aspect final de ma tenue, du moins.) Et comme je lave la plupart d'entre eux à la main, en général, ils restent suspendus sur la corde du rideau de douche jusqu'à ce que j'en aie besoin. (J'ai haussé les épaules.) La lessive, c'est pas trop mon truc.

— Le ménage non plus, a-t-il ajouté en balayant des yeux le chaos qui nous entourait.

— Et je n'ai aucune intention de commencer à aimer ça.

— Je vais arrêter d'espérer une amélioration, en ce cas, a-t-il répondu en souriant avant de reporter son attention sur l'ordinateur.

Je me suis remise à faire les cent pas. J'ai tenu en tout et pour tout dix minutes – j'ai allumé la télévision, je me suis attaquée à plusieurs grilles de mots croisés, et j'ai même redressé un flacon de sang vide qui gisait sur le flanc. Attention, je ne faisais pas le ménage. Je rangeais. Nuance.

— Ty…

Affalée sur le fauteuil en tissu camouflage, en face de la table de la cuisine, j'ai attendu qu'il lève les yeux.

C'était de ça dont j'avais besoin. De son attention sans partage. Ainsi, il verrait à quel point j'étais sérieuse, et malheureuse. Et s'il ne le voyait pas, il ne pourrait manquer de remarquer à quel point j'étais sexy et sensuelle, surtout lorsque je battais des cils et dévoilais un peu de mon décolleté. Du coup, il ne pourrait rien me refuser.

Mordu ou héréditaire, il n'en restait pas moins un mâle.

Il a continué à pianoter sur son clavier.

— Allô ? La Terre à Ty ?

Tap tap tap.

J'ai renoncé à la tactique du décolleté et je suis passée à la méthode forte.

— *Je suis nue !* ai-je pensé, très fort.

Il a relevé la tête d'un coup.

— Quoi ?

Bingo.

Il a plissé les yeux et m'a détaillée de pied en cap.

— Très drôle.

— Je ne cherche pas à être drôle. Je suis sérieuse. Je dois arrêter de gaspiller mon temps et me remettre au travail. Je ne peux pas perdre cette cliente.

— Eh bien, remettez-vous au travail. Vous avez un ordinateur, et un téléphone portable. Que vous faut-il de plus ?

— Un Home Depot.

— Ce n'est pas un Home Depot, ai-je observé en balayant du regard le magasin dans lequel nous nous trouvions.

L'endroit était plein comme un œuf. Les étagères débordaient de tout ce qu'on peut imaginer – depuis les produits d'hygiène féminine jusqu'au maïs destiné à attirer les chevreuils. En apercevant des lots de tee-shirts Hanes et une montagne de jeans Wrangler pliés, j'ai compris que c'était un des commerces dans lequel Ty était venu s'approvisionner la nuit de notre arrivée. Une affichette décolorée proclamant « Nixon Président » était placardée derrière la caisse, à côté d'une photo dédicacée de Babe Ruth[1], et d'une pancarte peinte à la main indiquant « Chez Morty Magasin Général ».

1. Un des plus grands joueurs de l'histoire du base-ball (1895-1948).

— C'est le mieux que je puisse faire. Et ils ont un rayon quincaillerie, a ajouté Ty en tendant la main vers la droite.

Je me suis tournée et j'ai vu, sur une petite étagère, un assortiment de marteaux, de tournevis, et plusieurs boîtes de café remplies de clous.

— Vous m'avez dit que nous allions dans une quincaillerie ! ai-je râlé en lui décochant un regard agacé.

— Non, j'ai dit « un magasin ». C'est vous qui avez supposé qu'il s'agissait d'une quincaillerie parce que j'ai ajouté que c'est ce qui se rapprochait le plus d'un Home Depot.

— Encore un mensonge.

— Hé ! Dans un coin comme celui-ci, c'est l'équivalent d'un Home Depot.

— C'est une maison de retraite, ai-je corrigé en désignant les deux hommes installés devant un échiquier, près de l'entrée. J'ai besoin de mâles dominants. Pas de vieillards.

— En ce cas, rentrons au chalet.

Cela étant, je n'ai jamais été du genre à faire de la discrimination. J'ai assassiné Ty du regard et je me suis avancée vers les deux hommes.

Certes, ils n'étaient pas dans leur prime jeunesse. Mais la sagesse vient avec l'âge. Ces deux-là étaient probablement au courant de tout ce qui se passait dans leur patelin, et ils devaient connaître tous les autochtones.

— Je cherche des mâles alfa, ai-je annoncé tout de go.

— Connais pas d'Alfred Mann, a répondu l'un des deux.

Il portait des lunettes et avait le crâne aussi luisant que les pièces de menue monnaie qui traînaient à côté de ses pions.

— Elle a dit « mâles alpha », Ernest, a corrigé son copain, d'une voix à crever les tympans. Pas Alfred Mann.

— Connais pas d'Alfie Ness non plus, a repris Ernest en secouant la tête. Tu sais aussi bien que moi qu'il n'y a pas d'Alfie Ness dans le coin, Morty. Tu es là depuis encore plus longtemps que moi. (Le vieil homme a agité un doigt noueux vers moi.) Il est né ici et n'en a jamais bougé.

— C'est super.

Ernest a foncé les sourcils.

— Ah non, ma p'tite dame, ici, on ne joue pas au poker. Uniquement aux échecs.

— Il est un peu dur d'oreille, m'a glissé Morty.

Le vieil homme avait une impressionnante chevelure d'un blanc immaculé et une moustache broussailleuse, qui a frétillé lorsqu'il a tiré sur sa pipe. Il a réajusté ses lunettes pour mieux m'étudier. J'ai souri, et il a froncé les sourcils.

Voilà comment ça marche : mon magnétisme vampirique n'agit sur le sexe opposé que si le monsieur en question possède encore un peu de dynamisme. Or à l'évidence, Morty était hors course.

Et lorsque nos regards se sont croisés, j'ai compris pourquoi : en plus de s'être distingué lors de maints combats de la Seconde Guerre mondiale, il avait récemment souffert d'un cancer de la prostate qui l'avait considérablement amoindri. Et s'il avait recouvré une santé de cheval dont il était très fier, il se sentait aussi un peu seul. Tout en n'ayant pas besoin de remplacer sa chère et défunte Rosie, il appréciait tout de même un peu de compagnie, le soir, pour regarder ses jeux télévisés. Et quelques feuilletons à l'eau de rose – encore que ça, il n'était pas prêt de le reconnaître devant qui que ce soit, et surtout pas devant les copains de son association de vétérans.

Ernest, veuf lui aussi, avait également combattu sous les drapeaux. Il était fier de ses quatorze petits-enfants et trois arrière-petits-enfants, dont aucun, malheureusement, ne vivait dans les environs. Du coup, il passait la majeure partie de son temps à jouer aux échecs, à construire des cabanes pour les oiseaux et à aider son beau-frère, Morty, au magasin.

J'ai reporté mon attention sur Morty.

— C'est un bien beau magasin que vous avez là, messieurs.

— Merci, ma p'tite dame. Que puis-je pour vous ? Vous voulez des fruits ? Ils sont de tout premier choix.

J'ai tourné la tête vers les énormes cageots alignés contre le mur du fond et remplis de pommes et de pêches.

— Ils ont l'air absolument délicieux mais en fait, je me demandais si vous pourriez m'aider à résoudre un dilemme touristique.

— On ne sert pas de cocktails, dans le coin, a répondu Ernest en déplaçant son roi sur l'échiquier. Pour ça, il va vous falloir pousser jusqu'au routier.

— Elle ne parle pas d'un cocktail, a rectifié Morty en haussant la voix. Elle parle d'un dilemme. Un problème. Lié au fait qu'elle est une touriste.

— Je m'en fiche, qu'elle soit roumaine. Ici, on n'a rien de prétentieux.

— Il est sourd comme un pot. (Morty a agité la main.) Quel est votre dilemme, ma p'tite demoiselle ?

— Je me demandais s'il y avait dans les environs un night-club, ou quelque endroit susceptible d'attirer des hommes en quantité. Des célibataires, je veux dire.

Morty a réfléchi tout en tirant sur sa pipe, avant de l'agiter vers sa droite.

— Il y a le cercle des vétérans, là, juste au bout de la route. Demain soir, ils font une soirée spaghettis. Il devrait y avoir un tas de gars et toute une bande de célibataires. Je sais pour sûr que Howard Eisenbacher y sera. Un sacré bon parti, celui-là. Il a perdu sa dame il y a une vingtaine d'années, et depuis, il vit sur l'assurance-vie. Et comme il touche aussi une retraite, il doit avoir un drôle de magot.

— Il a l'air formidable, mais, en réalité, je cherche des hommes un peu plus jeunes.

Morty a secoué la tête.

— Ah, là, je peux pas vous aider. Dans le coin, la plupart sont des retraités, et ils sont tous vétérans. Sauf Lloyd, mon neveu, évidemment. Lui, c'est un petit jeune.

— Vraiment ? ai-je fait en retrouvant le sourire. Et il sait manier un marteau ?

— Et comment ! Il vous répare une voiture ou vous débite un arbre en moins de deux. Franchement, moi et Ernest, on serait perdus sans lui. Il nous donne de sacrés coups de main au magasin. Ben, justement, il est là en ce moment, dans la réserve. Vous aimeriez faire sa connaissance ? a ajouté Morty avec un grand sourire.

— Vous plaisantez ? J'adorerais faire sa connaissance. Par le plus grand des hasards, il n'aurait pas les cheveux roux ?

— Eh ben si, justement.

Tout n'était peut-être pas perdu, après tout.

J'ai souri et attendu qu'Ernest aille chercher Lloyd.

25

L'homme que j'ai vu sortir de l'arrière-boutique mesurait un bon mètre quatre-vingts. Carrure impressionnante. Jambes aussi solides que des troncs d'arbres. Il portait une chemise en flanelle rouge, un jean et des godillots. Il transportait une hache dans une main, et un boisseau de bûches dans l'autre. Il sentait la sciure et les pommes de pin. C'était un homme, un vrai.

Et poilu de surcroît.

J'ai fixé la toison d'un roux vif qui débordait de l'échancrure de sa chemise. D'autres poils couvraient le dos de ses mains charnues. Sa bouche disparaissait dans une barbe et une moustache qui lui mangeaient la moitié du visage. Des duvets aussi roux dépassaient de l'intérieur de ses oreilles.

Il avait du poil *partout*, sauf là où il aurait dû en avoir. Son crâne était aussi luisant qu'une boule de billard et mon cœur a émis un battement désappointé.

J'étais totalement fichue.

— Voici mon neveu, a dit Morty. Lloyd, cette jeune dame est impatiente de faire ta connaissance. Elle cherche un célibataire qui ne soit pas un vieux schnock comme nous.

— C’est vrai ?

Une lueur d’espoir a illuminé ses yeux vert pâle. De beaux yeux, au demeurant, une fois qu’on dépassait son côté hybride de yéti croisé avec M. Propre. J’ai capté son regard et son CV s’est déroulé dans ma tête.

Lloyd Herbert Price. Quarante-quatre ans. Fils unique. Père et mère décédés. Jamais marié. Accro à la chaîne Discovery. Jamais marié. Amateur de pêche, de chasse, et lui aussi collectionnait les bestioles empaillées dans son chalet. Jamais marié. Travaillait pour son oncle le jour, et s’adonnait à des travaux de taxidermie le soir.

Et ai-je déjà mentionné qu’il n’avait *jamais été marié* ?

Ce n’était pas faute d’avoir essayé. Simplement, il n’avait jamais trouvé la femme idéale avec qui partager ses centres d’intérêts et surtout capable de passer outre le fait qu’il avait le dos aussi velu que le torse.

Beurk ! Trop d’informations ! Mieux valait me concentrer sur l’espoir qui brillait dans son regard. Je lui ai adressé un sourire éblouissant.

— Lil Marchette… enfin… (Je me suis éclaircie la voix tandis que mon cerveau, affolé, me rappelait quelques points clés : *en cavale, recherchée pour meurtre, discrétion avant tout.*) C’est-à-dire que je… euh, je travaille pour Lil Marchette. Une fille formidable. Une authentique icône de mode. Bref, je m’appelle Evie et je travaille pour Vamp’n’Love, une agence démente, basée à New York et dédiée à tous ceux et celles qui se trouvent au point mort et ont besoin qu’on les dépanne. (Mon sourire a redoublé d’éclat.) Ce serait un honneur pour moi de vous aider.

— Il y a déjà un service de dépannage dans le coin, est intervenu Morty.

— Canotage ? s’est étonné Ernest, en fronçant les sourcils. Mais ils ont tous des bateaux à moteurs d’au moins cinquante chevaux, dans le coin ! Sauf Stuart

Jenkins, évidemment. Lui, il fait le malin avec son insupportable moteur électrique.

— Elle a dit DÉPANNAGE, l'a corrigé Morty. Un service de DÉPANNAGE.

— Je n'ai pas besoin d'être dépanné, m'a dit Lloyd d'une voix grave et bourrue.

Il faisait peut-être un spécimen dominant parfaitement décent et totalement brut de décoffrage. Mais séduisant ?

Dans ma tête, j'ai procédé à quelques coupes et quelques copier-coller pour réarranger le système pileux. Un peu plus ici, beaucoup moins là... Bon, éventuellement...

— J'ai pas de voiture que vous pourriez dépanner. J'ai eu un pick-up, dans le temps, mais je l'ai revendu. J'ai pas trop l'occasion de descendre en ville.

Tiens donc...

— Je me suis mal exprimée. Quand je parlais de dépannage, c'était au sens figuré. Nous dépannons les célibataires, pas les véhicules. Nous sommes une agence de rencontres. J'ai bien peur de n'avoir pas de cartes sur moi. (Je les avais laissées chez Ty lorsque nous avions fui pour échapper aux flics.) Je séjourne dans un chalet en haut de la route. J'adorerais vous présenter les options qui s'offrent à un beau célibataire musclé comme vous.

— Redites-moi ça ?

— Eh bien, un homme jeune et viril comme vous n'a que l'embarras du choix, en matière de femme. L'option la plus évidente, c'est que vous en rencontriez une, que vous vous casiez, et que vous vous enfonciez jusqu'au cou dans les traites de crédits. (Mes paroles ont provoqué la réaction attendue : ses yeux se sont à demi fermés.) Ou alors, vous pouvez préserver votre espace vital. Personne pour vous donner des ordres, vous faire sortir la poubelle ou rouspéter parce que vous avez oublié de rabattre la lunette des toilettes. Vous restez libre, sans attache et vous vous amusez. C'est une façon de tester la température de l'eau. En tant que professionnelle, je ne saurais trop vous conseiller de toujours commencer par tester l'eau.

Lloyd m'a regardée fixement quelques instants, sans rien dire, avant de secouer la tête.

— Merci bien, mais non merci. Mon puits pompe de l'eau de source, pure à cent pour cent. On l'a testée pas plus tard que l'an dernier.

— Elle te parle pas de qualité de l'eau, couillon, est intervenu Morty. Mais de la nature du contrat.

Un sourcil roux et broussailleux s'est arqué.

— J'ai pas de contrat pour mon puits. Mais j'en ai un pour le chalet, cela dit. En bonne et due forme.

— Elle te parle pas de ce contrat-là ! (Morty a secoué la tête.) *Le* contrat. Tu sais bien. Pour nettoyer le fusil de chasse. (Et comme Lloyd n'avait pas l'air plus éclairé pour autant, Morty a ajouté :) Le sexe, crétin. La dame parle de S-E-X-E.

Le regard de Lloyd s'est détourné de son oncle pour venir se poser sur moi. Il a pétillé d'une étincelle carrément lubrique.

— Vous voulez coucher avec moi ?

Comment aurais-je pu l'en blâmer ? Certes, je n'étais pas un modèle d'élégance, avec ce tee-shirt basique et ce jean neuf et raide, mais sous ces vêtements on ne peut plus ordinaire, je demeurais une vampirette. Je suintais le magnétisme.

— Non, non, pas moi. Non que je n'aimerais pas coucher avec vous. J'adorerais. Simplement, je ne mélange jamais le travail et le plaisir. Or ici, il s'agit uniquement de travail. Voyez-vous, j'ai une cliente très belle, pleine de vivacité et extrêmement riche qui recherche activement un spécimen musclé comme vous pour… euh… un peu de compagnonnage.

— Le sexe, a clarifié Morty à l'intention de son neveu. C'est bien ça que vous entendez par « compagnonnage » ?

— C'est possible. Je me contente de procéder aux présentations entre vous et ma cliente, ensuite c'est à Mère Nature de décider.

— Alors, vous ne pouvez pas garantir qu'il aura la main heureuse ? a demandé Morty.

— Non. Pas exactement.

— En ce cas, autant oublier tout de suite, a tranché Morty en agitant sa pipe. Il va pas vous dire oui sans la garantie qui va avec. Pas vrai, Lloyd ? (Et comme le neveu restait sans réaction, Morty a répété, coup de coude à l'appui :) Pas vrai ?

— Mm... Ouais. Si vous ne pouvez pas me donner de garanties, je ne suis pas intéressé. J'ai mieux à faire que perdre mon temps avec des rendez-vous arrangés.

Ouais, empailler de malheureux lapins sans défense, par exemple.

— Je ne peux pas vous *promettre* du sexe.

— *Et pourquoi pas ?* a lancé la voix grave de Ty dans ma tête.

Je me suis retournée. Il se trouvait à l'autre bout du magasin, où il examinait un présentoir d'appâts à poissons, en me tournant le dos.

Ce petit jeu de conversation par télépathie, qui s'était reproduit un peu trop souvent au cours des quelques derniers jours, m'énervait. C'était comme s'il violait mon intimité. Mais là, dans ce magasin, j'ai senti une impression curieuse de camaraderie.

— *N'est-ce pas le but ?* a-t-il poursuivi. *D'offrir à Viola et ses copines l'occasion de passer une nuit mémorable à* nettoyer le fusil ?

Non, je n'allais *pas* sourire.

L'heure était grave et je marchais sur la corde raide. Viola voulait des résultats, et je devais lui en donner.

Même si Lloyd n'était pas exactement conforme à ses attentes, il correspondait à peu près au profil.

Du moins lorsque j'aurais procédé à quelques retouches.

— *Mon but est de lui proposer des* candidats, ai-je répondu à Ty. *Ensuite, qu'elle* nettoie ou pas le fusil, *ce ne sont pas mes affaires. D'ailleurs, je vous ai déjà dit que tout ce qui concerne le nettoyage, ce n'est pas mon rayon.*

Il s'est retourné et nos regards se sont croisés. Une étincelle amusée a fusé des profondeurs bleues de ses yeux et j'ai senti un grand creux à l'estomac.

— *Je ne parlais pas de ce nettoyage-là et vous le savez.*

C'est exact. Mais voyez-vous, je ne voulais pas le savoir. Je voulais que ma vie retrouve un cours normal.

— *Je sais, et je n'utilise pas non plus d'armes à feu.*

Bon, d'accord – je voulais d'abord sauter sur Ty et ensuite que ma vie retrouve un cours normal. Je m'exerçais à l'autodiscipline, mais comme Ty n'arrêtait pas de me provoquer et de flirter, mes résolutions ne cessaient de s'effriter.

J'ai humecté mes lèvres soudain devenues sèches et je me suis forcée à reporter mon attention sur Lloyd.

— Il m'est impossible de vous garantir que ma cliente et vous parviendrez à ce degré d'intimité. (Je ne pouvais que l'espérer et – n'allez surtout pas le répéter à ma mère – prier pour que cela se produise.) Quand deux personnes se rencontrent, c'est une alchimie qui s'opère ou non. Mais je peux vous promettre qu'elle sera exceptionnellement belle et pas bégueule pour deux sous.

— Bé*quoi* ? a demandé Lloyd en haussant de nouveau les sourcils.

— Elle aura le feu aux fesses, a traduit Morty avant de tirer sur sa pipe.

Quand Lloyd a enfin compris, ses yeux vert pâle ont redoublé d'éclat, mais il n'a pas rougi – même pas un peu, et je n'arrivais pas à décider si c'était là un bon, ou un mauvais point. *A priori*, il s'agissait plutôt d'un argument en faveur de sa virilité. Un mâle alpha ne rougit pas. Il laisse ça à des types moins virils, plus émotifs.

Mais d'un autre côté, j'étais à peu près certaine que Richie Cunningham avait rougi plus souvent qu'à son tour dans chaque épisode de *Happy Days*. En deux mots, j'étais fichue.

— *Si vous avez fini de jouer les mères maquerelles, nous devrions rentrer*, m'a dit Ty en langage télépathique tandis qu'il venait se poster à côté de moi.

Je lui ai décoché un regard agacé, avant de me retourner vers Lloyd.

— Alors, qu'en dites-vous ? Vous seriez intéressé par un rencard ? ai-je lancé avec un sourire éblouissant.

Oui, ai-je poursuivi en lui coulant mon regard vampirique le plus intense. *Tu vas dire oui à tout ce que je veux, parce que je suis archisexy et que tu es incapable de résister à la bête de sexe que tu devines en moi.*

Lloyd est resté figé, un voile sur les yeux, comme en transe, pendant plusieurs longues secondes jusqu'à ce que Morty lui assène un coup de coude dans les côtes.

— Eh bien, mais réponds à la dame, mon garçon !

Oui, oui, oui, ai-je psalmodié en silence.

Le voile s'est dissipé, et Lloyd a hoché la tête.

— Je crois que oui.

Bingo !

Ou presque… car en le voyant enfoncer un doigt dans son oreille velue pour la gratter, j'ai dû faire abstraction de l'angoisse qui m'a aussitôt vrillé l'estomac pour me concentrer et montrer un visage aussi positif et enthousiaste que possible.

— Génial ! Le rendez-vous a lieu vendredi soir. Je passerai vous chercher ici et nous vous conduirons en ville.

— *Conduire ?* a tiqué Ty. *Poupée, on est venus ici par les airs.*

— Et si *vous* nous conduisiez, plutôt ? ai-je dit à Lloyd. Les femmes adorent voir les hommes au volant. (Il a encore hoché la tête et j'ai souri.) C'est tellement viril, d'être assis derrière un volant, avec toute cette puissance entre vos mains.

— Je suppose que je pourrais emprunter le break d'oncle Morty.

— Ou bien, nous pourrions louer une voiture. Qu'en dites-vous, très cher ? ai-je ajouté en me retournant vers Ty avec mon sourire le plus charmeur.

— *Vous êtes tombée sur la tête ? On se fait discrets, vous l'avez oublié ? Ce qui exclut de brandir à tout-va vos papiers et votre permis de conduire chez un loueur de voiture.*

— *Mais il ne peut pas débarquer chez Viola au volant d'un break ! Il lui faut un gros truc bien macho. Un 4 x 4.*

Ty a reporté son attention sur Lloyd.

— Empruntez le break. (Sans me laisser le temps de protester, Ty a passé un bras autour de ma taille et a serré si fort que ça m'a fait tressaillir.) On vous indiquera la route à suivre jusque dans le Connecticut et vous pourrez vous débrouiller tout seul. À plus.

— À jeudi ! ai-je lancé par-dessus mon épaule tandis que Ty me poussait vers la sortie.

J'étais à deux doigts de lui briser une côte avec mon coude. Le problème, c'est que je n'arrivais pas à lever le bras assez haut. Pour un converti, il était étonnamment costaud. En plus, afin d'éviter d'attiser cette fringale qui palpitait en moi, je ne me nourrissais que du strict minimum depuis le début de notre cohabitation, mes sens étaient émoussés : ma vue était moins perçante ; certains petits détails échappaient à ma vigilance ; mon ouïe était moins affûtée. Je ne dis pas que j'avais perdu mes pouvoirs de vampirette. De ce côté-là, tout marchait à merveille. Simplement, ils ne fonctionnaient pas à plein régime. Donc, je suis restée collée à Ty tandis qu'il m'entraînait en direction de la porte.

— Attendez ! a lancé Lloyd dans mon dos. Je croyais que le rendez-vous était vendredi ?

— Jeudi, c'est une préparation au rendez-vous. Je passe vous chercher ici.

— Vous êtes un idiot, ai-je assené à Ty lorsque nous sommes sortis sous le porche du magasin.

— Vous allez nous faire prendre. Un 4 x 4 ? Et puis quoi encore ?

— Vous ne voyez donc pas ce contre quoi je me débats ?

— Si : une inculpation pour meurtre.

— Professionnellement, je voulais dire.

— Une inculpation pour meurtre.

— Vous avez vraiment un cerveau monopiste. Ça vous ennuierait de me lâcher ? ai-je ajouté en regardant la main refermée sur mon épaule.

Ty a relâché sa prise et m'a fait un clin d'œil.

— Il suffisait de demander.

— Lloyd ne peut pas débarquer chez Viola au volant d'un break.

— Il n'aura pas le choix.

— Bon, je vais mettre les points sur les *i* : Lloyd ne peut pas se rendre au pince-fesses de Viola au volant d'un break parce que ce serait en totale contradiction avec son personnage de mâle dominant. Sans même mentionner le fait que je refuse de monter dans un break.

— Pour ce dernier point, soyez sans crainte, vous n'irez nulle part. Vous restez ici.

J'ai ouvert la bouche – pour la refermer aussitôt.

Je *sais*. *Moi*. Qui m'en aurait crue capable ?

Le truc, c'est qu'en voyant sa mâchoire contractée et la lueur d'intense agacement dans ses yeux, j'ai compris qu'il n'allait pas changer d'avis dans l'immédiat. Par ailleurs, j'étais fatiguée. Je ne disposais pas de toute mon énergie habituelle, et je devais préserver le peu qu'il me restait afin de régler des problèmes bien plus graves d'ici vendredi.

Des problèmes bien plus *velus*.

— Très bien, ai-je ronchonné. On rentre ?

— Avec grand plaisir.

J'ai ignoré la vague de chaleur que cette réponse a déchaînée en moi et j'ai suivi Ty. Nous avons contourné le magasin puis nous sommes enfoncés dans les bois. Une poignée de secondes plus tard, nous avions parcouru les quelques kilomètres qui nous séparaient du chalet.

Une fois à l'intérieur, Ty s'est aussitôt réinstallé devant son ordinateur, et moi j'ai filé chercher mon téléphone portable pour saisir à bras-le-corps le problème numéro un.

26

— Il faudrait que tu me fasses parvenir deux ou trois bricoles d'ici demain soir, ai-je indiqué à Evie lorsqu'elle a enfin décroché, après plusieurs sonneries.

Je me suis affalée sur le canapé et j'ai posé les pieds sur la table basse, entre l'album de photos et le chandelier en ramure. *Beurk !* J'avais sacrément besoin d'une pédicure.

— Des cartes de visite ?

— Un pot de cire à épiler. (Une image de Lloyd s'est matérialisée dans ma tête.) Non, disons plutôt cinq.

Et j'ai mis Evie au parfum de mes progrès concernant la recherche de l'Alpha Doody et du mini-relooking que j'avais planifié.

— Ça ne changera rien au problème, a-t-elle dit lorsque je me suis interrompue pour reprendre mon souffle. Il est chauve. Richie Cunningham n'était *pas* chauve.

— Peut-être que la copine de Viola ne le remarquera pas.

— Tu ne le remarquerais pas, toi ?

— Elle aura peut-être d'autres chats à fouetter. Les soirées de Viola ne sont pas de tout repos.

Bien que n'ayant jamais observé de près une garelle pendant la pleine lune, j'avais cependant eu l'occasion de voler quelques images à distance depuis la maison de mes parents, *via* une paire de jumelles.

— Lil, il est *chauve*. Certaines femmes trouvent ça très sexy, je ne dis pas le contraire, mais pour d'autres, c'est carrément un remède contre l'amour. Un vrai répulsif. Plus efficace qu'une douche froide.

— Toi, je sens que tu ne les aimes pas.

— Je ne peux pas les encadrer. Mon ex l'était, et c'était un salaud. La seule vue d'une tête sans cheveux me retourne l'estomac.

— Tu es peut-être une exception.

— Moi je dis : ne prenons pas de risque. Contentons-nous de leur envoyer vingt-huit types à la virilité classique, et croisons les doigts. Crois-tu vraiment qu'elle sera en rogne ? Je suis sûre qu'elle ne s'attend pas vraiment à ce qu'on lui livre un roux. C'est sans doute juste son idéal. Comme le glaçage d'un gâteau, si tu veux. C'est joli, mais jamais personne ne le mange.

Je n'avais jamais goûté au glaçage d'un gâteau mais je savais, de source sûre, que c'était le meilleur.

— Bon, on va lui coller une perruque sur le crâne, ai-je décidé.

— Perruque. Noté. Quoi d'autre ?

Un vague souvenir a frémi dans ma mémoire : une garelle très agressive, en train de tirer sur la fourrure de son partenaire. La perruque, ce n'était pas possible.

— Ajoute quelques tubes de Superglue.

Qui n'essaie rien n'a rien.

— Superglue. Noté. Si je t'expédie le colis demain matin à la première heure, tu devrais l'avoir d'ici jeudi. À quelle adresse dois-je l'envoyer ?

Je lui ai indiqué l'adresse du magasin général de Morty, imprimée sur un des sacs que Ty avait rapportés à la maison lors de notre première nuit au chalet.

— Tu es à la campagne ?

— Ouais, c'est ça. Tu crois vraiment que j'irais m'enterrer à la cambrousse quand le soleil, le sable chaud et les beaux Jamaïcains ne sont qu'à quelques heures d'avion ?

La culpabilité m'a grignotée parce que a) jamais de ma vie je n'avais pris l'avion et b) je me serais enflammée au premier rayon de soleil. Mais ça, Evie ne le savait pas puisqu'elle ignorait toujours le pot aux roses – à savoir que j'étais une vampire – et je ne tenais pas à l'impliquer davantage dans mes histoires. En outre, moins je reconnaissais le caractère désespéré de ma situation, mieux je me portais. Parfois, le déni a du bon.

— Non, je ne suis pas à la campagne.

— De même que tu n'es pas avec le chasseur de primes, c'est ça ?

Mon regard a glissé vers Ty, qui venait de se rasseoir à la table de la cuisine, devant son ordinateur, un flacon de sang à la main. Il a bu une longue rasade. J'ai regardé sa pomme d'Adam monter et descendre. J'ai senti une douleur au creux de mon estomac, et soudain j'ai manqué d'air.

— Exactement, ai-je tout de même réussi à répondre. Et mis à part la recherche de beaux spécimens virils, ça se passe comment ?

Quand la tactique du déni échoue, reste celle de la diversion.

— Esther est sortie avec mon oncle.

— Et ?

— Ils sont allés au bowling. C'était son jour de veine. Il a fait dix strikes.

— Et Esther ?

— Aucun.

— Mais elle s'est amusée ?

— Au début, oui.

— Ce qui veut dire ?

— Mon oncle a la vue un peu basse, et il n'avait pas remarqué qu'elle était encore au milieu de la piste quand il s'est mis en position pour son lancer. Il l'a plus ou moins touchée avec la boule.

— *Plus ou moins ?*

— Bon... Il l'a mise K.O., et ensuite il l'a piétinée. Mais elle n'a pas eu besoin de points de suture, juste de quelques serviettes en papier de la buvette. Simplement... Ça saignait beaucoup.

Ben tiens...

— Elle est remise, a poursuivi Evie. Je lui ai parlé ce soir. Elle a dit qu'elle était prête à essayer à nouveau. Mais pas au bowling, cette fois. Et elle ne veut pas d'un candidat qui souffre de cataracte. Sinon, elle est partante pour tout et n'importe quoi. Un vrai petit soldat.

— Envoie-lui quelques fleurs et dis-lui que nous lui avons préparé un petit extra surprise pour le rencard numéro deux.

— Que lui avons-nous préparé ?

— Je ne sais pas encore mais je promets que ce sera une surprise très spéciale. Pour l'instant, occupe-toi juste des fleurs et esquive les questions jusqu'à...

Jusqu'à ce que j'aie casé avec succès Viola et sa bande de garelles, découvert l'identité de celui qui essayait de me faire inculper de meurtre, et survécu à une autre nuit dans la même pièce que Ty Bonner.

Je me suis éclairci la voix.

— Jusqu'à ce que les choses reviennent à la normale.

— Je pourrais appeler un autre de mes oncles.

— Non, non, on arrête, avec les oncles. En revanche, si tu avais quelques tantes sous le coude, ça pourrait m'intéresser.

— Elles sont toutes mortes. Mais ma voisine de palier est veuve.

— Et elle aurait une copine ?

— Elle a une sœur jumelle. Elles viennent de fêter leurs quatre-vingts ans. Pourquoi ? Tu penses à quoi, comme surprise ? Un ménage à trois ?

— Ce n'est pas pour Esther. Mais pour Morty et Ernest.

Je lui ai donné quelques détails sur les deux hommes.

— Nos services les intéressent ?

— Eh bien… non. Pas encore.

Mais une fois que je leur aurais fait l'article, en allant récupérer le colis de soins de première urgence qu'allait m'envoyer Evie, ils ne pourraient que dire oui.

C'était, du moins, ce que j'espérais.

Evie et moi nous étions tellement concentrées à donner satisfaction aux requêtes de Viola que nous avions plus ou moins oublié de poursuivre nos efforts de développement. Certes, pour l'instant, nous avions des clients. Mais qu'adviendrait-il une fois qu'ils et elles seraient casés ?

Je n'allais pas m'inquiéter de ça maintenant. Je ne pouvais pas me le permettre. En ce qui me concernait, mon univers n'allait pas au-delà du vendredi et des innombrables choses que j'avais à faire afin d'être prête pour Viola et ses copines de la SPA.

Evie et moi avons passé en revue notre liste « Mâles dominants », et je lui ai demandé de recontacter chacun des hommes pour vérifier une dernière fois qu'ils savaient bien où aller le vendredi et à quelle heure.

J'étais sur le point de raccrocher pour éviter coûte que coûte de me laisser distraire quand je me suis entendue demander précipitamment :

— Est-ce que ma mère a appelé ?

Hou là là ! Qu'est-ce qui ne tournait pas rond, chez moi ?

La culpabilité – voilà le nœud du problème. Je n'avais pas interrogé ma messagerie vocale depuis que j'avais appelé Max pour lui demander de m'excuser de manquer le commando thé.

— Huit fois, m'a informée Evie.

— Ç'aurait pu être pire.

Je m'étais attendue à une bonne douzaine d'appels.

— Huit fois *aujourd'hui*. Hier, elle a appelé quinze fois. Elle a dit qu'il était impossible que tu sois à ce point accaparée par le sexe et que tu devrais l'appeler. (J'ai entendu un sourire dans la voix d'Evie.) Tu lui as parlé du chasseur de primes ?

— Je ne suis pas avec le chasseur de primes. Comme j'étais obligée de rater une réunion de famille, j'ai prétendu que j'avais un nouveau copain pour qu'elle pardonne mon absence.

— À sa voix, elle ne semblait pas prête à te pardonner. Mais elle ne paraissait pas en colère non plus. Juste bouleversée. Elle n'arrêtait pas de parler d'une certaine Mandy qui détruit la vie de ton frère.

Manifestement, l'opération commando avait fait chou blanc, et Jack et Mandy avaient annoncé la grande nouvelle.

— Mais ça, c'était hier, a poursuivi Evie. Aujourd'hui, on aurait dit qu'elle avait pris des cachets.

— Quand elle est contrariée, elle picole.

— Ce qui explique pourquoi elle n'arrêtait pas de marmonner qu'elle allait brûler Mandy sur un bûcher.

Manifestement, le mariage n'avait pas été la seule nouvelle de la soirée.

— Bref, elle veut que tu la rappelles. Je lui ai dit que tu ne le pourrais peut-être pas puisque tu es recherchée par la police.

— Et qu'a-t-elle répondu ?

— Qu'elle a sacrifié des années entières de sa vie à te choyer et à t'élever. Que le moins que tu pusses faire, c'était de lui accorder cinq malheureuses minutes.

Ce n'est pas pour rien que Jacqueline Marchette a été nommée P.-D.G. de Culpabilité, S.A.

Cette conversation terminée, j'ai entrepris de récapituler, par écrit, les grandes lignes du relooking de Lloyd. À peine avais-je réussi à formuler mon ordre de mission que j'ai senti le regard de Ty sur moi.

J'ai relevé la tête et croisé ses yeux bleu fluo.

— Qu'y a-t-il ?

— J'ai passé au crible tous les suspects inscrits sur votre liste.

— Et ?

— Et mis à part la demi-douzaine de bonnes femmes rencontrées dans les magasins qui se feraient une joie de vous tartiner de goudron et de plumes avant de vous pendre en haut de l'Empire State Building, je n'ai rien.

— Une demi-douzaine, ce n'est pas rien.

— Elles ont toutes des alibis en béton, poupée. Ce qui signifie qu'on est de retour à la case départ. Ce qu'il nous faut, c'est quelqu'un qui aurait un mobile solide. (Il s'est levé et s'est dirigé vers la fenêtre.) Celui qui a fait ça, quel qu'il soit, a une sacrée dent contre vous. Nous parlons ici d'une haine féroce. Par-dessus le marché, cette personne vous connaît de toute évidence assez bien pour savoir comment vous atteindre. (Il a reporté son regard sur moi.) Vous blesser. (Une lueur a incendié le bleu regard de ses yeux.) Vous devez réfléchir, Lil. J'ai besoin d'autres pistes. Sinon...

Sinon, jamais je ne réussirais à me sortir de ce pétrin. Je serais condamnée à passer le restant de ma vie en cavale. Je n'aurais plus à me soucier de Viola et de ses copines. Je n'aurais plus besoin d'elles parce que c'en serait fini de ma carrière d'entremetteuse. Je serais une fugitive.

J'ai dégluti péniblement, accablée par cette révélation. Mes yeux se sont posés sur le plan que je venais de commencer et j'ai lu la première phrase : *rendre Lloyd aussi séduisant que possible aux yeux de la garelle fétichiste.*

Mon regard s'est attardé sur le mot *garelle.*

Garelle, loup-garou...

— Il y a forcément quelqu'un, a insisté Ty.

Ou quelque chose.

— Le loup-garou jaloux, ai-je bafouillé en repensant soudain au grand bal annuel de minuit sponsorisé par le club de chasse de ma mère. Vous vous souvenez du soir où, grâce à moi, le nouveau Francis a fait ses débuts dans la haute société des vamps ? Ce soir-là, j'ai également tenté une petite expérience avec Wilson et Nina, pour voir s'ils s'aimaient bien : je les ai casés chacun avec quelqu'un d'autre, pour titiller leur jalousie. Et ça a marché. Mais ce n'est pas là où je veux en venir. Le truc, c'est que ma petite manœuvre a également rendu quelqu'un d'autre jaloux : l'ex-amant d'Ayala – un loup-garou – qui a débarqué à l'improviste et a voulu zigouiller Wilson. C'est comme ça que je me suis fait empaler.

Ce qui expliquerait les échantillons de mon ADN qui se baladaient dans la nature – j'avais saigné abondamment.

Vous comprenez, je ne pouvais tout de même pas rester les bras ballants pendant qu'un loup-garou, atteint de rage lupine, massacrait le promis de ma meilleure amie. J'étais intervenue, naturellement, et c'est dans *mon* épaule que le pieu s'était enfoncé.

— Mes frères se sont chargés de le reconduire, ai-je expliqué à Ty. Lorsque je me suis évanouie, ils lui ont réglé son compte.

— Ce ne peut donc pas être lui qui vous cherche des noises.

— Non, mais ce pourrait être sa famille. Je sais que s'il m'arrivait quelque chose, la mienne serait vraiment enragée… (Encore qu'au train où j'allais…) Peut-être qu'ils sont assez en colère pour vouloir me punir.

— Il avait de la famille ?

— Oui, certainement. Qui n'en a pas ?

Les convertis, me suis-je souvenue en voyant passer, sur le visage de Ty, une expression étrange qui m'a aussitôt donné envie de lui tendre la main. Par chance, cette expression s'est dissipée aussi vite qu'elle était apparue, et je suis restée scotchée sur le canapé.

Ty a semblé réfléchir.

— C'est possible.

— C'est plus que possible. C'est ça. C'est forcément ça. (J'ai souri.) C'est sa famille. Ils ont une dent contre moi. Ça explique tout.

Je n'ai obtenu qu'un laconique « peut-être » et Ty est reparti s'installer devant son ordinateur.

— Un peu d'enthousiasme ne serait pas superflu, vous savez. Vous pourriez vous exclamer, par exemple, « Mince alors, Lil ! Il y a du Einstein en vous ! »

— Vous auriez dû me parler de lui dès le début.

— Il m'était sorti de la tête.

À dire vrai, je faisais tout mon possible pour oublier que j'avais été empalée. Non seulement ç'avait été un accident physiquement douloureux, mais en plus, à cause de lui, je me retrouvais liée pour l'éternité à un mordu qui n'était *absolument pas* mon genre.

Ty a rentré quelques informations sur son fichier puis il a envoyé plusieurs e-mails, avant de se lever.

— J'ai deux ou trois choses à faire. Je reviens.

J'ai ignoré cette étrange sensation de vide qui s'emparait de moi chaque fois qu'il passait la porte. Parce que je ne souffrais pas d'un sentiment de vide. Et que je *voulais* qu'il passe la porte. C'était bien plus facile pour moi de travailler et de dormir quand il n'était pas dans les parages.

Oui, beaucoup plus facile, ai-je songé en reportant mon attention sur les grandes lignes de mon relooking.

Un problème de réglé, on passe au suivant.

— C'est drôlement chaud, a observé Lloyd tandis que j'étalais de la cire chaude sur son épaule droite.

Le jeudi soir, j'étais arrivée Chez Morty Magasin Général juste après le coucher du soleil. J'avais installé une chaise dans la réserve et déblayé, sur les étagères, un espace entre le stock de Pringles et celui de Cheez Whiz pour déballer mon colis de premiers soins d'urgence, dans lequel Evie avait ajouté, en plus des articles demandés, une paire de gants en latex.

Oui – Evie et moi étions bien des âmes sœurs.

— Ça détend, a ajouté Lloyd.

— Je suis heureuse de vous l'entendre dire, ai-je répondu en étalant sur sa peau une nouvelle languette de cire réchauffée au micro-ondes. Dans ce genre de situation, mieux vaut toujours se concentrer sur les points positifs.

À cet instant, comme s'il venait de comprendre les implications de ma remarque, il s'est raidi.

— Ça va faire mal, c'est ça ?

— Peut-être un peu.

— Un peu comment ?

— Détendez-vous. Les femmes font ça tout le temps. C'est donc que ça n'a rien d'un calvaire, pas vrai ?

— C'est sûr.

J'ai appliqué une bandelette en tissu par-dessus la cire, j'ai frotté, soulevé un coin et *rrrrrip* !

Lloyd a hurlé.

Cela dit, les femmes passent leur temps à enfanter, et tout le monde sait que ça, ça fait un mal de chien. De ma main gantée, j'ai tapoté l'autre épaule de Lloyd.

— Allons, allons. Ça ne peut pas être aussi terrible.

— Vous... Ça... ça... ça..., a-t-il haleté. Je ne peux pas...

— Du calme, mon bon monsieur. La première fois est toujours la pire.

— C'... c'est vrai ? a-t-il fini par articuler entre deux halètements entrecoupés de respirations sifflantes.

— Bien sûr. À partir de maintenant, ça va être un vrai parcours de santé. Vous voyez, votre corps bourdonne d'une douleur intense qui l'empêche de remarquer une douleur moins intense. (J'ai étalé une nouvelle bande de cire sur les touffes de poils voisines et appliqué la bandelette en tissu par-dessus.) Comptez jusqu'à cinq, rassemblez vos forces et je tire. D'accord ?

Lloyd a dodeliné de la tête et compté d'une voix éraillée :

— Un, deux, trois – *ppppputain* !

— J'imagine que celle-là a fait mal aussi ? (Je me suis entendue traiter de plusieurs noms d'oiseaux.) L'élément de surprise n'a pas marché. (J'ai étalé d'autre cire sur la peau incroyablement velue.) Si ça peut vous consoler, vous commencez à avoir l'air supercanon.

— C'... c'est vrai ?

J'ai regardé les bandes de peau rose, à vif, et je me suis retenue de ciller.

— Absolument.

— En ce cas, je s-suppose que ça v-vaut la peine. Vous dites que cette femme est très s-sexy ?

— On ne peut plus sexy.

De cela, au moins, j'étais bien certaine, même si je n'avais jamais rencontré en chair et en os l'amante d'Alpha Doody. Viola était séduisante et toutes les garelles n'étaient-elles pas des versions plus poilues et sans canines des vampires ? Dans la mesure où mes congénères et moi-même étions de supercanons, je supposais qu'il devait en être de même pour nos copines garelles.

Du moins, l'espérais-je.

Une autre bande de cire, un autre *rrrrip* ! Et Lloyd a éclaté en sanglots.

— Allons, allons, Lloyd ! Ce n'est jamais qu'une petite bande de cire inoffensive. Si vous continuez à ce train-là, que va-t-il se passer lorsque je vais sortir la Superglue ?

27

Tôt le vendredi soir, je me suis regardée dans le petit miroir de la salle de bains. Je portais ma robe portefeuille blanche et noire à manches courtes Diane von Furstenberg et une paire de sandales en python – soit la tenue dans laquelle j'avais fui avec Ty lors de la descente de flics.

Si j'avais eu le choix, pour rencontrer ma meilleure cliente, j'aurais plutôt opté pour mon tailleur noir Dolce & Gabbana et mon sac Francesco Biasia, mais j'allais devoir faire avec.

Encore heureux que je n'aie pas été couchée dans le lit de Ty, en caleçon et vieux tee-shirt usé lorsque les flics ont débarqué. Vous parlez d'un scénario catastrophe.

J'ai inspiré à pleins poumons pour calmer les battements frénétiques de mon cœur.

En vain.

Laissant tomber les exercices respiratoires, j'ai rassemblé mon courage et posé la main sur la poignée de la porte.

Mon cœur martelait un solo de batterie de Metallica lorsque je suis sortie de la salle de bains pour gagner la cuisine, où Ty était assis, penché sur son ordinateur.

Il était vêtu d'un jean délavé et… de rien d'autre. Son dos était large et musclé, ses bras bien dessinés. Ses longs cheveux bruns étaient ramenés sur sa nuque et j'ai eu l'envie soudaine d'y passer mes doigts.

Ou du moins aurais-je pu éprouver cette envie soudaine si, en vraie pro consciencieuse, je n'avais pas eu qu'une seule chose en tête à ce moment : satisfaire Viola et encaisser le reste de mes honoraires. Bon, d'accord – ça fait deux choses. Le point où je veux en venir, c'est que j'étais là pour travailler, pas pour m'amuser.

Pigé ?

Apparemment, Ty avait autant de conscience professionnelle que moi car c'est à peine s'il a levé les yeux lorsque j'ai contourné la table pour me glisser sur la chaise en face de lui.

Depuis que j'avais évoqué la piste de la famille du loup-garou dont j'aurais pu froisser la susceptibilité, Ty menait de vastes recherches sur les antécédents de toute sa parentèle – mère, père, sœurs, frères, cousins germains, cousins aux deuxième, troisième, quatrième degrés, oncles, tantes, grands-pères, grands-mères, arrière-grands-pères, arrière-grands-mères…

Sur un total de deux cent soixante-deux personnes, Ty avait découvert au moins deux pistes qui valaient la peine d'être explorées. Un des frères du loup-garou avait fait de la prison pour agression, et une de ses cousines venait d'être placée sous ordonnance restrictive par un ex-petit ami. Les deux situations confirmaient un point : ce type avait des antécédents familiaux en matière de violence.

Je me suis éclairci la voix.

— Belle soirée.

Ty a lâché un grognement distrait.

Ça, c'était bon pour moi. À l'évidence, il n'écoutait pas vraiment, et les chances qu'il m'entende lorsque je lui annoncerai avec décontraction que je partais retrouver Lloyd, étaient donc microscopiques.

N'étant pas du genre à me miner pour des trucs improbables, je me suis lancée avec confiance :

— Je…

— Non.

— Vous ne savez même pas ce que je vais dire !

— Vous ne sortez pas.

— Je n'ai pas le choix.

Il a appuyé sur une touche et refermé son ordinateur. Puis il s'est reculé contre le dossier de la chaise et a croisé les bras – geste qui a fait saillir ses muscles. Mon estomac a accusé le coup. Son regard a vagabondé sur moi.

— Pourquoi n'êtes-vous pas sortie par la fenêtre de la salle de bains ? a-t-il demandé finalement.

J'ai désigné mes pieds.

— Dans ces chaussures ?

— Vous auriez pu vous métamorphoser, a-t-il insisté. Les chauves-souris ne portent pas de chaussures.

— Qu'essayez-vous de dire ?

— Que vous auriez pu le faire, mais que vous ne l'avez pas fait.

— Je suppose que vous n'êtes pas en train de sous-entendre que j'ai une conscience ? (Ou que je puisse me sentir redevable de quelques obligations envers la seule personne qui m'était venue en aide.) Ouais, je m'en doutais.

— Alors pourquoi ne pas l'avoir fait ?

— Ma vision nocturne me joue des tours, ces temps-ci.

Voilà, c'était dit. C'était la vérité. Une partie de la vérité, en tout cas.

Ty m'a dévisagée longuement et attentivement, puis, semblant être parvenu à une conclusion, il a fait glisser vers moi un flacon de sang dont il avait bu la moitié.

Le parfum suave, enivrant, a aussitôt titillé mes narines. La pointe acérée de mes crocs m'a chatouillé la langue. Des picotements m'ont parcouru les doigts. Je mourais d'envie d'attraper ce flacon.

Une seule gorgée et c'en serait fini de tous mes soucis. C'en serait fini de l'étau du désir, des fantasmes.

Je parle ici du sang, naturellement.

Car pour ce qui était de Ty, je devinais que je pourrais m'en gorger des heures entières sans jamais être rassasiée pour autant.

Raison pour laquelle j'ai tenu mes canines en respect, posé les mains sur mes genoux et serré les poings.

— Non merci.

— Allons, ça vous fera du bien.

Si seulement.

— J'ai déjà bu. Tout à l'heure.

— Je ne vous ai pas vu le faire.

— Vous ne voyez pas tout.

— Dans vos rêves.

Je me suis souvenue de la façon dont, la veille, je l'avais maté depuis la mezzanine lorsqu'il s'était déshabillé et mis en caleçon. À son insu, du moins le pensais-je. Mais à en juger par la lueur qui s'était allumée dans ses yeux, j'ai eu l'impression qu'il n'avait été que trop conscient de mon regard insistant, et de ce que j'avais fait avec ma…

Du calme, ma fille.

— Vous êtes une vampire. Vous devez boire.

— Vous comptez m'apprendre à vivre ? Ça fait cinq cents ans que je suis là. Je pense que je sais ce que j'ai à faire.

— Bon, alors c'est quoi, le problème ?

— Je viens de vous le dire. J'ai bu quelques gorgées par-ci, par-là. Écoutez, je dois absolument sortir ce soir. Je vous jure que je serai prudente. Un modèle de discrétion. Je ne parlerai à personne, excepté Viola. Et Lloyd.

Et les autres hommes. Naturellement, il me faudra dire quelques mots aux membres de la SPA, et si Viola a d'autres invités, alors je serai obligée de les saluer et de me montrer polie, mais c'est tout. Et à minuit, promis, je m'éclipserai.

— Envoyez Evie.

— Vous plaisantez ? Elle n'est au courant de rien en ce qui concerne Viola, moi, ou l'orgie d'accouplement qui doit commencer dans moins de quatre heures – si la chance est avec moi. (Quand sonneront les douze coups de minuit et que la lune sera pleine, les garelles seront au zénith de leur forme.) Et j'ai bien l'intention de faire en sorte que mon secret reste un secret.

— Vous auriez dû embaucher une vampire, et non une humaine. (J'ai levé un sourcil et attendu qu'il prenne conscience de la pleine portée de sa remarque.) Oubliez ce que je viens de dire. Vous êtes la seule vampire qui croit que les gens ont besoin de se fréquenter avant de s'accoupler.

— Je ne suis pas la seule !

J'étais à peu près certaine d'avoir convaincu Wilson et Nina II. C'était grâce à moi qu'ils s'étaient trouvés. Et puis, il y avait aussi Francis et Melissa.

Encore que, dans ce dernier cas, lui étant un vampire et elle, toujours une humaine, il ne s'agissait pas d'accouplement au sens classique du terme. De s'envoyer en l'air régulièrement, ça oui. Mais pour le reste… Tout accouplement supposait un engagement, qui lui-même impliquait de vivre éternellement et de faire ensemble des bébés vamps. Or ça, pour eux, il n'en était pas question. Il n'en serait jamais question.

Néanmoins, ils semblaient heureux, ce qui m'a fait repenser à Ty et à ses fabuleux pectoraux et à l'envie qui me démangeait de passer la main sur ses muscles bandés et…

J'ai chassé énergiquement l'image affriolante qui cherchait à s'insinuer dans ma tête. Bon, où en étais-je ?

Ah oui – la partie fine, les douze coups de minuit. Il était temps pour moi de lever le camp.

— Accordez-moi dix minutes pour procéder aux présentations, encaisser le solde de mes honoraires et mettre Lloyd à l'aise. Je dois au moins m'assurer qu'il ne va pas se faire dévorer tout cru dans un élan de rage. Ensuite, je vais traîner un peu jusqu'à ce que la fête batte son plein. Croix de bois, croix de fer, si je mens je vais en enfer.

Ty a secoué la tête.

— Vous êtes la vampire la plus infernale que j'aie jamais rencontrée.

— Ça veut dire que c'est oui ?

— Non.

Je me suis raidie.

— Bon, écoutez – je voulais éviter de vous en imposer, hiérarchiquement parlant, mais vous ne me laissez pas le choix.

— M'en imposer *comment* ?

— Hiérarchiquement. C'est moi la vampire héréditaire ici, au cas où quelqu'un l'aurait oublié. C'est moi qui mène la danse. (J'ai abattu mon coude sur la table et je lui ai fait signe d'avancer sa main.) Finissons-en. Le vainqueur décide si je sors, ou si je reste.

Un sourire a flotté sur ses lèvres.

— Vous voulez faire un bras de fer ?

J'ai haussé les épaules.

— Je me dis que ce sera plus facile pour votre ego qu'un bottage de train en règle.

Le sourire s'est évanoui et son regard s'est assombri.

— Vous êtes sérieuse ?

— Aussi sérieuse que vous avez les foies.

Il a calé son coude sur la table et empoigné ma main.

— C'est parti, poupée.

J'aurais dû boire quelques gorgées de sang, ai-je pensé plusieurs minutes plus tard tandis que, doigts étroitement entrelacés à ceux de Ty, je m'échinais à tenir bon.

J'étais certaine de la supériorité de ma force. C'était dans l'ordre des choses. Ne suis-je pas une vampire héréditaire ? Cinq cents ans d'entraînement et de conditionnement n'allaient pas s'évanouir en fumée en quelques secondes.

N'est-ce pas ?

Cela étant, Ty était *drôlement* costaud. L'effort faisait saillir son biceps et ses yeux bleu fluo restaient obstinément rivés aux miens. Il semblait à la fois résolu et détendu. Le seul indice qui indiquait que peut-être – je dis bien *peut-être* – je lui donnais du fil à retordre, c'était le battement frénétique de son pouls, que je sentais dans son poignet.

J'ai rassemblé ma détermination et me suis concentrée sur des scènes du futur proche : Viola me tendant un autre chèque, enrichi d'un bon gros bonus grâce à Lloyd ; moi, en train de galoper à la banque. De payer mes factures. Et de filer chez Barney's, pour chercher ce carré Hermès divin, repéré quelques semaines plus tôt…

— *Vous vous défendez bien.*

La voix grave a résonné dans ma tête et stoppé net mon petit film.

— *Merci,* ai-je répondu avec un sourire crispé.

— *Mais pas assez bien.*

Il a accentué la pression et j'ai perdu quelques centimètres de terrain. Mon sourire s'est évanoui.

— *Vous ne réussirez pas à me faire craquer,* ai-je riposté. *Je suis bien trop motivée.*

— *Ce pourrait être un piège. Viola est une garelle. Elle se trouvait dans votre bureau lorsque la police est venue vous arrêter. Ne trouvez-vous pas que ça fait un peu trop de coïncidences ?*

— *Viola est la voisine de mes parents depuis des dizaines et des dizaines d'années. Jamais elle ne ferait un truc pareil.*

— *Qu'en savez-vous ?*

— *Je suis une vampire. Je suis clairvoyante.*

— *Quand ça concerne les humains. Pas les Autres.*

— *Peut-être suis-je différente.*

— *Vous êtes en train de me dire que vous pouvez lire dans les pensées des Autres ?*

— *Je suis en train de vous dire que je peux sentir certaines choses à leur sujet. S'ils sont malsains, je le sens et j'ai la chair de poule. S'ils sont honnêtes, je le sens aussi. S'ils sont pervers, j'éprouve aussitôt l'envie de me laver les mains. Et s'ils mangent des croquettes pour chiens et s'amusent à rapporter des balles à la pleine lune,* ai-je ajouté en songeant à Rachel, la garelle-chihuahua, *alors il me prend l'envie de leur grattouiller l'arrière de l'oreille.* (J'ai crispé mes doigts avec plus de force autour des siens, et j'ai tenu bon.) *Je connais Viola et je sais qu'elle n'a rien à voir avec tout ça.*

Du moins en étais-je certaine à quatre-vingt-quinze pour cent. Les cinq pour cent restants ? La place du doute. Viola pouvait, effectivement, être impliquée dans ce complot. Mais je ne suis pas du genre à prendre les jambes à mon cou au moindre risque – surtout quand les risques en question sont aussi minces.

Sans compter l'appel du carré Hermès…

— S'il vous plaît.

Il m'a dévisagée, attentivement, et avec détermination. Il a resserré sa prise et a commencé à pousser…

— Et merde. (Il a lâché ma main et secoué la tête.) *Merde,* a-t-il répété en me lançant un regard exaspéré. C'est bon, on y va. Mais c'est un aller-retour direct. Et pas d'embrouille. Pigé ?

— Aller-retour direct, ai-je confirmé en bondissant sur mes pieds.

J'ai attrapé mon sac avant qu'il ne change d'avis.

— Et je ne monte pas dans un break. On y va en volant, et on laisse Lloyd se débrouiller seul pour trouver son chemin.

— Il est nerveux. Il a besoin de moi. Et puis, il a emprunté une fourgonnette à un ami.

— Fourgonnette ou break, c'est du pareil au même.

J'étais d'accord avec lui, mais j'essayais de faire valoir le bon côté des choses.

— Au moins, il est bleu.

— Et ?

— Et le bleu, ça fait mec.

— Le noir fait mec.

— Il est bleu foncé. Ça fait plutôt mec.

— Si vous le dites.

— J'apprécierais un peu de bonne volonté de votre part.

— Ce sont des garelles. Une fois que la pleine lune aura agi, elles se moqueront pas mal de s'envoyer en l'air avec un buffle d'eau.

— Peu importe. Quand vous disiez aller-retour direct… ai-je lancé en ouvrant la porte du chalet, Ty sur les talons, vous ne pensiez pas direct-direct, n'est-ce pas ? Vous pensiez à un direct qui implique un minimum d'arrêts obligatoires en des lieux n'offrant aucun risque ?

— Un minimum de quel ordre ?

— Deux. Un chez mes parents…

— Bon sang de bonsoir, Lil ! (Il a secoué la tête et claqué la porte derrière nous.) Vous allez finir par me tuer, vous savez.

— Vous êtes immortel.

Il m'a décoché un regard furieux.

— Oui, c'est bien ma déveine. Et où d'autre ?

— Le premier vidéoclub qu'on croise.

À 23 heures, nous étions devant la gigantesque demeure de Viola. J'ai traîné Lloyd en haut du perron et actionné la sonnette. Derrière moi, la fourgonnette était sagement garée le long du trottoir. Ty avait proposé de nous déposer un peu plus bas dans la rue pour préserver l'image de Lloyd, mais je me suis dit que si le crâne chauve passait – Lloyd s'était montré allergique à la Superglue – tout passerait.

Des talons ont cliqueté sur le sol en marbre et la porte s'est ouverte toute grande. Viola était aussi sublime que d'habitude, avec sa longue chevelure brune et son rouge à lèvres écarlate, assorti à la robe qui moulait chaque courbe de son corps. Une étrange lueur a brillé dans ses yeux et elle m'a semblé un peu plus essoufflée que d'habitude.

— Ah, vous êtes là ! Je me faisais du souci. Il nous manquait le numéro vingt-huit.

— Le voilà, ai-je répondu en montrant Lloyd. Je vous présente votre mâle dominant roux.

Une lueur d'incrédulité a passé dans les yeux bruns de la garelle, et un demi-sourire a un peu étiré ses lèvres sensuelles.

— Ma chère, au cas où vous ne l'auriez pas remarqué, il est chauve. (Son sourire s'est évanoui. Elle a scruté Lloyd un instant, avant de secouer la tête.) J'ai bien peur qu'il ne fasse pas l'affaire.

— Quoi ? a hoqueté Lloyd. Ça veut dire que j'ai pas droit à la bagatelle ?

— Chut ! lui ai-je intimé à voix basse avant d'adresser un sourire éclatant à Viola. Évidemment qu'il ne fera pas l'affaire. Pas tel quel. Mais avec un petit coup de pouce.

— J'ai peur de ne pas vous suivre…

J'ai brandi un DVD de *Happy Days*.

— C'est un *best of* de la série. Votre amie n'a qu'à regarder ça, concocter un bon petit fantasme et, ensuite, le mettre à exécution avec Lloyd.

— Un seul coup d'œil suffira à anéantir le fantasme.

— Voilà pourquoi j'ai également apporté ça. (J'ai brandi un mouchoir rouge vif que j'avais pris chez Morty avant de grimper dans la fourgonnette.) C'est un bandeau, ai-je expliqué en le tendant à Viola. Lloyd est viril, tout en lui sent le mâle et il se conduit comme tel. Que vous faut-il de plus ?

Viola a semblé soupeser mes mots, avant de secouer la tête.

— Vous avez fait un boulot formidable, Lil. Vraiment. Les hommes sont superbes et vous avez plus que gagné vos honoraires. Mais ce…

— Oups ! J'ai failli oublier. Attendez un instant.

J'ai regagné dare-dare le minivan, pour en rapporter l'outil que j'étais passée chercher chez mes parents avant d'arriver chez Viola.

— Tenez, ai-je dit en lui tendant.

— C'est quoi ? a demandé Viola en regardant l'objet en métal jaune.

— La nouvelle tronçonneuse de mon père.

Je peux vous assurer que ça a ravivé son intérêt.

— Celle qu'il utilise pour ratiboiser mes haies ? Il en achètera une autre quand il découvrira que celle-ci a disparu.

— Peut-être. Sauf s'il apprend qu'elle est en votre possession. Auquel cas, il sera déterminé à la récupérer parce que, évidemment, il sera hors de question pour lui de vous la laisser. C'est le principe, après tout.

— Et cela fera encore un autre point de discorde entre nous.

— Pas si vous l'utilisez pour négocier un accord par écrit concernant les haies. Un papier qui stipule que les haies sont plantées sur votre propriété.

Viola a souri.

— Pas bête du tout. Je crois que vous avez mérité votre bonus, finalement.

28

J'ai contemplé le chèque que Viola venait de me tendre et qui, bizarrement, n'a pas déclenché l'euphorie attendue. Puis j'ai regardé ce qui se passait de l'autre côté du rideau d'arbres, dans le jardin de ma cliente.

Pendant que je m'entretenais avec cette dernière, Ty s'était éclipsé sous prétexte « de voir où en étaient les choses ». Voyant qu'il tardait à revenir, je m'étais réfugiée dans la fourgonnette pour ne pas gêner Viola et ses invités, et laisser la nature suivre son cours.

Mais après dix minutes passées à zapper entre différentes stations de radio, ma curiosité – ainsi qu'un vrai concert de hurlements – avait fini par m'attirer en haut d'un arbre, aux confins de la propriété de Viola. Je me trouvais donc en équilibre sur une branche très mince qui n'aurait pas supporté le poids d'un chat, et encore moins celui d'une femme adulte.

Mais une vampirette... Posséder des crocs et jouir de tous les avantages afférents à ma condition avaient décidément de bons côtés.

Un spasme nerveux m'a secouée tout entière.

Pathétique, je sais. N'aurais-je pas dû avoir le sentiment de dominer le monde ? D'être comblée ? Je m'étais acquittée de ma mission auprès de Viola. Ayala passait la soirée avec Remy et devait se régaler puisqu'il était un candidat de premier choix. Esther n'avait plus à redouter de se faire piétiner. Je possédais une piste solide qui allait sans aucun doute me conduire jusqu'au vrai meurtrier et me tirer d'affaire. Et j'étais à deux pas de chez mes parents – leur propriété s'étendait dans mon dos – sans avoir une seule fois envisagé de m'auto-empaler sur le premier objet pointu qui se présenterait.

Vous parlez d'un moment de triomphe.

La lune flottait dans le ciel noir et velouté tel un fruit rond et mûr à point. L'air bruissait d'électricité, parcouru d'ondes d'énergie. Tous mes sens étaient archiréceptifs – et mes nerfs vrillés à souhait – tandis que j'observais la scène qui se déroulait en contrebas.

C'était aussi sauvage que je l'avais imaginé, aussi bruyant, aussi primitif. Je me trouvais trop loin pour pouvoir tout distinguer précisément – encore que de temps en temps, je percevais les scintillements d'un regard féroce, tel un code morse. Je savais que Lloyd était vivant, que tout se passait bien pour lui et que – à en croire les vagissements orgasmiques qui parvenaient à mes oreilles – il vivait l'expérience de sa vie.

Des corps se tortillaient, luisant de transpiration. Les hommes haletaient et grognaient. Les femmes gémissaient et hululaient. À force, mon estomac s'est creusé et un douloureux élancement m'a saisi entre les jambes (je voudrais bien vous y voir, assister à un tel spectacle sans être émoustillée) et s'est propagé dans mon hémisphère nord. Mes seins ont gonflé. Mes tétons sont passés en mode alerte rouge.

— Qu'est-ce qui ne va pas ?

La voix grave de Ty a attiré mon attention et j'ai tourné la tête à l'instant où, d'un mouvement souple, il se propulsait du sol pour venir se percher sur ma branche, à côté de moi, sans faire bouger une seule feuille.

— Vous avez l'air triste.

— Triste, ce n'est pas le mot. Excitée, plutôt. (Pourquoi, mais pourquoi avais-je dit *ça* ? Bon, disons que ça m'avait échappé.) Des dizaines de gens se livrent à des ébats phénoménaux, et je n'en fais pas partie.

Il a lâché un petit rire chaleureux qui a glissé sur ma peau avant d'atteindre mes oreilles. Mon corps tout entier a été parcouru de fourmillements. Mes nerfs se sont mis à vibrer.

— Ce n'est la faute de personne, sinon la vôtre, a-t-il répondu, d'une voix de gorge épouvantablement excitante. Il ne tient qu'à vous d'en faire autant.

— Avec un humain ? (J'ai secoué la tête.) Pas mon truc. J'ai déjà essayé, bien sûr. Plein de fois. (D'accord, j'exagérais un peu, histoire de ne pas passer pour une oie blanche aux yeux de Ty.) Mais au bout de cinq cents balais, ça lasse.

— Qui vous parle des mecs qui sont en bas ?

J'ai planté mes yeux dans les siens.

— Et vous, de qui parlez-vous ?

De toi. De moi. De nous.

Ces possibilités se sont mises à flotter dans ma tête, mais Ty n'a rien répondu. Il s'est contenté de me dévisager, de me sonder, longuement, avant de demander :

— Vous voulez quoi, au juste, Lil ?

La question a charrié une tonne de réponses possibles, dont aucune ne me satisfaisait, et que je ne pouvais de toute façon pas énoncer à haute voix.

— Un autre chèque d'arrhes comme celui que je viens de recevoir ? ai-je hasardé avec un grand sourire.

— Je ne parlais pas de votre vie professionnelle. Mais de votre vie privée. Qu'est-ce que vous cherchez ?

Mes épaules ont tressailli.

— Ce que cherche toute vampire héréditaire : un compagnon d'éternité.

— Un vampire héréditaire, donc.

J'ai hoché la tête.

— Oui, c'est en général comme ça que ça marche. Couple de vamps héréditaire égale bébés vamps.

Et égale reine mère comblée qui arrête de fourrer son nez partout.

Bon, d'accord – on parle de *ma* mère ici. Je me serais volontiers contentée d'un résultat sur deux.

— Et c'est si important que ça ? Là, tout de suite ? C'est ça que voulez plus que tout, en *cet* instant ?

Ty. Voilà ce que je voulais plus que tout. Et que je n'aurais pas dû désirer pour une bonne douzaine de raisons déjà énoncées cent fois et qui, toutes, m'étaient en cet instant sorties de la tête, tant à cause de sa proximité que de l'air rempli de bruits par trop évocateurs.

— On devrait y aller, ai-je tranché.

Tout de suite. Avant que j'arrête de penser à ce que je devais faire et que je fasse tout simplement ce que je voulais.

Ce que j'étais à deux doigts de faire.

Ty m'a dévisagée un long moment avant qu'un sourire n'ouvre ses lèvres. Un sourire qui ne semblait pas exactement refléter les profondeurs sombres et indéchiffrables de son regard plus bleu que bleu.

— La fourgonnette de mademoiselle est avancée.

Ah non ! la fourgonnette, ça n'allait pas être possible.

Pas parce que ce n'était pas un véhicule assez viril, ou assez chic, ou assez cool. Mais parce que la perspective de passer deux heures assise à côté de Ty (le temps de regagner notre chalet) était plus que je ne pouvais en supporter pour l'instant. Par ailleurs, Lloyd aurait besoin d'un moyen de transport, le moment venu.

Donc, nous avons abandonné la fourgonnette sur place, nous nous sommes métamorphosés en un couple de vaillantes chauves-souris, et le trajet a été une affaire réglée en moins de vingt minutes.

De retour au chalet, Ty a regardé ses e-mails. Il attendait des renseignements sur la garelle qui avait écopé d'une ordonnance restrictive et, avec un peu de chance, un de ses informateurs lui aurait trouvé le dernier domicile connu de la dame. Pour ma part, j'ai filé dans la salle de bains et sous la douche, que j'ai prise glacée.

Je devais me calmer. Ensuite, je pourrais affronter le reste de la soirée en sa compagnie.

Mais une chose après l'autre… J'ai attrapé le flacon de Mane'n Tail[1]. Étais-je tombée au plus bas de l'apathie hormonale ? J'ai été alarmée par mon absence de frisson lorsque j'ai versé ce liquide blanchâtre au creux de la main avant de l'étaler sur mes cheveux. Ce n'était pas le shampoing sophistiqué que j'utilisais d'habitude, mais il sentait relativement bon, et de toute façon, il n'y en avait pas d'autre en stock chez Morty. Il m'a tenue occupée pendant les deux heures suivantes.

Car une fois terminée la phase lavage, il a fallu rincer. Puis étaler un produit démêlant. Et puis sécher au séchoir. Et faire un brushing. Et un beau brushing, ça ne se réalise pas en cinq minutes.

Lorsque j'ai émergé de la salle de bains, il était 4 heures du matin. Ty avait éteint son ordinateur ainsi que les lumières et s'était couché. Le clair de lune filtrait par l'entrebâillement des rideaux et se répandait sur le lit, illuminant sa silhouette endormie.

J'en ai été soulagée. La dernière chose dont j'avais besoin en cet instant, c'est qu'il me pose d'autres questions,

1. Shampooing nourrissant dont la formule était, à l'origine, étudiée pour le toilettage des chevaux.

qu'il me regarde, qu'il me bouffe mon espace vital, qu'il me regarde.

J'ai longé le lit – et il faut le mettre à mon crédit – j'ai réussi à ne pas le mater en me dirigeant vers la mezzanine. Je me suis enfouie sous les draps et obligée à fermer les yeux. Tout ce qu'il me restait à faire : oublier entièrement la scène primitive dont j'avais été témoin plus tôt dans la soirée. Vous savez, celle qui passait en boucle dans ma tête, me donnait des fourmis dans tout le corps, me faisait recroqueviller les orteils et affolait mes tétons.

Ouais, celle-là.

Au bout de cinq minutes, j'ai renoncé. Je n'allais jamais arriver à dormir tout de suite. Je me suis relevée et je me suis approchée de la balustrade qui surplombait le rez-de-chaussée du chalet, et Ty.

Il était étendu de tout son long en travers du grand lit, un bras replié au-dessus de la tête, l'autre sur le torse. Un drap blanc imprimé de petits poissons bleu marine couvraient son corps viril, du thorax jusqu'aux pieds. Je n'ai pas pu m'empêcher de me demander s'il avait retiré son slip.

Nan. Il l'avait gardé. Mince ! Et son jean ? Ne l'avait-il pas ôté non plus ?

Mais juste après, le jean en question a accroché mon regard, posé sur le dossier d'une chaise. Oh oh. J'ai fouillé des yeux les environs immédiats, mais je n'ai rien aperçu de blanc. Ouf ! Moins une.

Donc, il avait bien gardé son slip.

Enfin… probablement.

Bon, il n'y avait vraiment qu'une seule façon de m'en assurer. Ensuite, je pourrais oublier ce dilemme (est-ce qu'il l'a gardé ? Est-ce qu'il l'a retiré ?), repartir au lit et me consacrer à un sommeil dont j'avais grand besoin.

Je me suis concentrée sur un angle du drap, en lui ordonnant de se déplacer. Le coton a glissé de quelques centimètres vers le bas.

Plus bas !

Le drap a obéi, sans se presser, dévoilant progressivement des tablettes de chocolat impressionnantes, séparées par une ligne de poils bruns et soyeux. Il a glissé encore plus bas et la ligne de poils se poursuivait en dessinant une spirale.

Bigre.

La soie noire encerclait son nombril et repartait vers son…

— *Si vous devez me déshabiller, arrêtez de tergiverser et faites-le carrément.*

La voix grave de Ty s'est insinuée dans ma tête et je me suis raidie. Le drap a marqué une halte subite et mon regard s'est déporté brutalement vers son visage. Ses yeux bleu néon me fixaient et soudain je n'ai plus eu de salive.

— Je vous demande pardon ?

— Arrêtez de jouer les saintes nitouches, et caressez-moi vraiment.

Sur ce, en l'espace d'un battement de paupière, il s'était levé et m'avait collée contre le mur. Son regard m'a pénétré comme une brûlure.

— *Caressez-moi.*

Sans trop savoir pourquoi, j'ai obtempéré.

Bon, d'accord, je sais pourquoi – cela faisait si longtemps, et j'étais affreusement excitée et Ty était là, nu comme un ver, et c'était… bon, dans l'ordre des choses, non ?

Plutôt que de me laisser le temps d'approfondir cette dernière réflexion, j'ai mobilisé toute mon énergie pour me coller étroitement contre lui, presser mes lèvres sur les siennes et l'embrasser.

C'était un baiser sauvage, avide. Nos langues se cherchaient, se caressaient, dansaient l'une avec l'autre. Mais ce n'était pas assez.

— *Vous ne me caressez toujours pas.*

Je me suis écartée. Lèvres entrouvertes, je l'ai fixé droit dans les yeux, longuement, puis mon regard a commencé à descendre, à glisser en ligne droite depuis sa jugulaire, le long de son torse… pour être arrêté par une érection – ma foi drôlement impressionnante.

J'ai refermé mes doigts autour de son sexe puissant et incroyablement dur. Ty a lâché un grognement sourd, rauque qui a décuplé en moi cette faim primitive que je faisais de mon mieux pour contrôler.

Je voulais ce type et soudain, j'ai compris que ce n'était jamais que du sexe. Je n'aurais pas à me lâcher complètement et planter mes crocs dans son cou.

Lil ? Ça, tu l'as déjà fait.

Bon – d'accord. Disons que ce n'était pas comme si j'allais le laisser me planter ses crocs dans le cou.

Du sexe, et rien d'autre, me suis-je juré avant de l'embrasser à nouveau.

29

Bon, bon – d'accord. Ce n'était pas *juste* du sexe. C'était du sexe phénoménal.

Surtout quand Ty m'a enlacée pour m'attirer sur le lit, qu'il m'a allongée et emprisonnée sous son corps tendu de désir. Les caresses qu'il me prodiguait n'étaient ni élaborées, ni parfaites. Une flamme primitive brillait dans ses pupilles, mais j'y voyais aussi une hésitation, fait exceptionnel dans les yeux d'un vampire.

Mais Ty n'était pas n'importe quel vampire.

À un moment donné, il avait été homme, un simple mortel, et lorsqu'il a posé ses mains sur moi, c'était avec une avidité d'homme. Comme si l'impatience le dévorait. Comme si j'étais la femme qu'il avait le plus désirée de toute son existence.

La seule femme.

Hé la, minute. Ça sortait d'où, ça ?

Je l'ignorais. Et plus encore, je ne voulais pas le savoir. Je voulais juste que nos deux corps fusionnent.

Tout de suite.

Aussitôt dit, aussitôt fait. Il suffisait de demander. Ses mains, un peu rêches, terriblement excitantes, ont glissé le long de mon corps, écarté mes cuisses et d'un coup de reins, mon vœu a été exaucé.

Et il a recommencé à m'embrasser avec voracité, avec férocité, avec urgence, comme si lui aussi voulait que nos deux corps ne fassent plus qu'un. Le plaisir est monté en une vague puissante et l'orgasme m'a frappée de plein fouet, avec une force inouïe qui m'a complètement retournée et emplie d'une onde de bonheur si intense que j'en ai eu le souffle coupé.

Fort heureusement, respirer n'est pas pour moi une nécessité.

J'avais juste besoin de sentir... cet élancement entre mes cuisses, suivie du battement sourd et de la lente propagation du plaisir à travers chaque centimètre carré de mon corps.

Cette sensation s'est prolongée plusieurs minutes, jusqu'à ce que, finalement, je prenne conscience de deux détails importants : Ty était toujours en moi et son érection n'avait pas faibli ; et il avait les lèvres – ce qui revient à dire, les crocs – posées sur mon cou.

J'ai senti la caresse menaçante de leurs extrémités acérées. J'ai ouvert les yeux d'un coup et mon cœur s'est arrêté lui aussi.

Il n'allait pas... Il n'oserait pas...

Il ne l'a pas fait.

Au lieu de cela, ses lèvres ont glissé vers ma clavicule. Je sentais la caresse de ses crocs, de sa langue. Sa bouche brûlante s'est refermée avec gourmandise sur le bout de mon sein, mais ses crocs n'ont pas mordu dans la chair tendre. Pas encore.

Jamais, me suis-je juré. *C'est non, et un non catégorique.*

Et peu importe à quel point je voulais, en cet instant, qu'il le fasse.

J'ai attrapé ses épaules, je l'ai retourné sur le dos et je me suis assise à califourchon sur lui.

Il a haussé un sourcil.

— La hiérarchie ne perd jamais ses droits, c'est ça ?

— Tu le sais bien, bébé.

Et là, j'ai glissé le long de son corps tendu – loin, très loin de cette bouche délectable et de ces crocs aussi aiguisés que des lames de rasoirs – et j'ai connu la chevauchée la plus sauvage de mon existence.

Une heure plus tard, j'étais blottie contre l'oreiller, soudain si vidée de mes forces que je n'arrivais pas à garder les yeux ouverts. L'épuisement qui vient avec l'aube tirait sur mes muscles, en même temps que la satisfaction qu'apportent des ébats vraiment torrides.

J'ai senti un poids creuser le matelas tandis que Ty posait ses pieds au sol.

— Où vas-tu ?

— Chercher à manger.

Car aussi gratifiant que le sexe ait été, il lui avait manqué cette complétude suprême que nous aurait apportée la délectation du sang de l'autre. Je le savais, tout comme lui le savait, mais aucun de nous n'a fait la moindre réflexion.

C'est vrai, quoi ? Pourquoi gâcher un tel instant de félicité ? Car, encore une fois, morsures mises à part, on parle ici de sexe *phénoménal*.

Mes paupières se sont fermées lentement. Au loin, j'ai entendu le petit bruit caractéristique d'une bouteille qu'on débouche. Et un long *glou-glou-glou* tandis qu'il se rassasiait. Puis il est revenu se coucher et m'a attirée contre lui.

Ensuite, tout s'est noyé dans le battement régulier de mon cœur et j'ai dormi comme jamais je n'avais dormi depuis des mois.

Je mourais de faim.

Plus tard cet après midi-là, juste avant le coucher du soleil, j'ai gagné la cuisine sur des jambes en coton et j'ai attrapé la bouteille presque vide que Ty avait bue le matin. Une gorgée, me suis-je dit. Ça devrait suffire à me requinquer.

J'ai bu trois gorgées.

Bon, d'accord – c'était plutôt des rasades, mais un vampire tout nu m'attendait dans le lit. Il me fallait prendre des forces.

À l'instant où je m'apprêtais à m'accorder un petit rab, j'ai soudain eu une drôle de sensation. La sensation d'une présence. La sensation d'être observée.

Le duvet de ma nuque s'est hérissé et mes nerfs se sont crispés. J'ai senti un remue-ménage dans mon estomac et mes tripes.

Je me suis retournée et j'ai regardé en direction de la chambre. Ty n'avait pas bougé. Allongé sur le flanc, drap remonté jusqu'à la taille, il me tournait le dos. Un parfum m'a chatouillé les narines – un parfum qui évoquait le caramel, et les cacahuètes.

Et là, une voix familière s'est infiltrée dans mes oreilles :

— Il est drôlement sexy.

J'ai levé les yeux vers la mezzanine, et j'ai découvert Ayala qui me contemplait.

Hé, minute ! *Ayala ?*

Mon estomac s'est convulsé de nouveau et j'ai fermé les yeux.

— Ça s'est mal passé, c'est ça ? ai-je demandé

— De quoi parlez-vous ?

— Remy. C'est pour ça que vous êtes là. C'était quoi le problème, cette fois ? Il n'était pas assez blond ? Pas assez grand ? Pas assez petit ?

— En fait, il était trop. Trop vampire, je veux dire. (Elle m'a décoché un regard bizarre.) Vous n'avez pas encore compris ?

Que tu es une garce chipoteuse ? Oh que si !

— Écoutez, Ayala, je sais que vous êtes inquiète. Que vous êtes aux abois. Je suis passée par là, moi aussi. Je dirais même plus : j'y suis toujours. Les parents perpétuellement sur votre dos, la pression sociale qui en rajoute avec cette mode des bébés. Je comprends tout à fait.

— Vous ne comprenez rien.

— Mais bien sûr que si. Votre horloge tourne, le sablier se vide.

— À vrai dire, c'est plutôt le vôtre qui se vide. (En un battement de paupières, elle s'est dressée devant moi, dans la cuisine. Elle a contourné la table et est venue m'arracher la bouteille des mains.) Vous ne comprenez toujours pas ?

En fait, si – je commençais à comprendre.

J'ai réfléchi à toute allure et les pièces du puzzle ont commencé à s'assembler. Le loup-garou jaloux avait été l'ex-amant d'Ayala. C'était à cause d'elle que je m'étais fait empaler. (J'admets que c'était arrivé à cause de ma précipitation pour protéger Wilson, mais vous avez compris où je veux en venir.)

Le soir de l'incident, j'avais saigné abondamment sur la nappe dont on m'avait enveloppée, et Ayala était présente. Rien de plus facile pour elle que de se procurer un échantillon de mon ADN. Elle se trouvait également chez le journaliste, la nuit où il s'était fait débiter en petits morceaux, mais personne ne l'avait vue parce que, étant une vampire, elle pouvait entrer et sortir sans se faire remarquer. Et si jamais quelqu'un avait constaté sa présence, rien de plus simple pour elle que d'aller influencer ce témoin intempestif. En résumé, elle m'avait suivie chez la victime, puis en était ressortie, à l'insu de tous les regards et sans laisser la moindre empreinte.

— C'était en fait bien plus facile que je ne l'imaginais, a-t-elle dit, comme si elle lisait dans mes pensées. Je n'avais pas prévu que vous lui rendriez visite ce soir-là. Je comptais juste y passer, me débarrasser de lui, et laisser des traces de votre ADN ainsi qu'une description précise de vous dans l'esprit du portier, et de toute personne que j'aurais pu croiser dans le hall. Mais vous êtes arrivée, et vous l'avez même laissé vous prendre en photo avec son portable. Vous parlez d'un coup de pot, a-t-elle conclu avec un sourire.

Je me suis raidie. Mes mains se sont mises à trembler. Mon estomac a encore fait des siennes, douloureusement cette fois, mais je n'y ai guère prêté attention, concentrée que j'étais sur la rage qui bouillonnait en moi et la brume rouge vif qui brouillait ma vision.

J'allais lui botter le train dans les règles de l'art.

Mais une chose après l'autre. Elle devait d'abord répondre à la question qui tournait en boucle dans ma tête.

— Pourquoi ?

— Il est mort, maintenant. À cause de vous.

— Je dirais plutôt qu'il est mort à cause de vous, ai-je rétorqué. C'est vous qui l'avez largué. Vous qui êtes partie avec quelqu'un d'autre. C'est vous qui l'avez poussé à s'emparer de ce pieu pour s'en prendre à Wilson.

Elle a haussé les épaules et suivi du doigt le contour de l'étiquette sur la bouteille.

— J'ai fait simplement ce que je devais faire. Ça ne pouvait pas devenir sérieux entre nous. Je ne pouvais pas infliger une telle disgrâce à mes parents. (Elle a secoué la tête.) Je devais mettre un terme à cette histoire et trouver un partenaire à ma mesure. Le problème, a-t-elle enchaîné en me regardant dans les yeux, c'est que j'ai essayé, et que c'est tout bonnement impossible.

En voyant l'angoisse qui dévorait son regard noisette, et alors que j'étais à deux doigts de la réduire en charpie – ou du moins de lui faire très, très mal – je n'ai pu réprimer un élan de pitié. N'était-ce pas une version vampiresque de Roméo et Juliette ? Des amants liés par un amour plus puissant que tout, et néanmoins séparés par des forces qui les dépassaient ?

J'ai ravalé la boule qui s'était formée dans ma gorge.

— Mon père menaçait de me couper les vivres, a-t-elle poursuivi. Je n'avais d'autre choix que de rompre avec Brian. Je n'allais pas renoncer à mon héritage. Je lui ai dit que nous pourrions continuer de nous voir, si nous restions discrets et sauvegardions les apparences. C'était la seule solution, mais il ne voulait pas en entendre parler. Il voulait m'épouser. (Elle a éclaté de rire.) Vous imaginez ? Une vampire héréditaire ne se marie pas. Et encore moins avec un loup-garou.

Juliette, tu parles ! Une garce froide, insensible, arrogante et près de ses sous, oui !

— Nous, nous devons choisir quelqu'un qui corresponde à certains critères, a-t-elle repris. Quelqu'un comme Remy. Il n'est pas mal. Il n'est pas Brian, mais faute de mieux, il fera l'affaire.

— Remy est trop bien pour vous. Laissez-le tranquille !

Elle a éclaté de rire.

— Mais c'est vous qui nous avez présentés ! (Son visage s'est figé.) Vous l'aimez bien, n'est-ce pas ?

— Nous sommes amis.

Même s'il avait lancé ses collègues à mes trousses quelques nuits plus tôt.

Si tant est qu'il l'avait fait.

Je me suis souvenue de l'étrange sensation d'être épiée que j'avais ressentie chez Ty. La même que tout à l'heure tandis qu'Ayala m'observait depuis la mezzanine.

— Comment avez-vous trouvé l'adresse de Ty ?

— Ça aussi, c'était facile. Il a tout un tas de contacts au NYPD. Une fois que j'ai su que vous étiez chez lui, ça a été simple comme bonjour de faire parler ces types. La plupart d'entre d'eux, du moins, car ça n'a pas marché avec certains vampires bêcheurs.

— Mais comment saviez-vous que j'étais chez Ty ?

— Votre idiote d'assistante, a répondu Ayala avec un haussement d'épaules.

— Evie ?

— Ça a été un jeu d'enfant. Un regard droit dans les yeux, et elle s'est mise à table. Naturellement, une fois que j'ai eu les renseignements que je désirais, j'ai effacé toute la scène de sa mémoire.

C'est à ce moment-là que ça a fait tilt !

— Evie n'est pas homo !

— Si vous le dites. Tout ce que je sais, c'est que je n'ai eu aucun mal à la vamper. Pour moi, ça sent la lesbienne.

Pour moi aussi.

Cette idée m'a ennuyée plus encore que les tentatives d'Ayala pour ruiner ma vie. Non parce que je suis homophobe, mais parce que Evie et moi sommes amies. On se raconte des trucs. J'aurais dû être au courant.

— Plonger dans le monde des Autres peut être amusant, mais ils sont vraiment différents de nous, a poursuivi Ayala. Enfin, je suis sûre que vous le savez. (Son regard s'est déporté vers Ty.) Les mordus ne jouissent pas de notre constitution de fer. Certes, ils sont forts, mais ils ont tendance à être esclaves de leurs désirs les plus vils. Ils n'ont aucun self-control face à leurs appétits. Il dort d'un sommeil de plomb, vous ne trouvez pas ? Sans doute parce que, en fait, il ne dort pas. Sans doute est-il paralysé en ce moment. Qu'il a un pied dans la tombe.

J'ai suivi le regard d'Ayala et remarqué à mon tour l'immobilité troublante du corps de Ty, en dépit du fait qu'on était en début de soirée. Qu'il était l'heure de se lever et de briller.

Ou de mourir.

Une terreur m'a glacé le sang.

— Que lui avez-vous fait ?

Un hoquet a ponctué ma question et aussitôt après une crampe m'a vrillé l'estomac.

Ayala a souri et brandi la bouteille.

— La même chose qu'à vous.

J'ai regardé fixement la bouteille dans laquelle il restait un fond de liquide rouge. Pour la première fois, j'ai remarqué les minuscules particules blanches qui flottaient au fond.

— De l'ail, a confirmé Ayala. S'il ne nous fait ni chaud ni froid quand il est porté en collier – ça, ce sont des contes de bonne femme – en revanche, c'est l'enfer dans les intestins.

Mes tripes se sont nouées encore une fois, et je me suis retenue à l'angle de la table pour m'empêcher de me plier en deux.

— Je croyais que votre but était de me punir, pas de me tuer, ai-je grondé entre mes dents serrées, tout en luttant pour surmonter une autre vague de douleur.

— C'est la prérogative d'une femme de changer d'avis. Ça fait mal, n'est-ce pas ? (Elle s'est penchée vers moi et ses lèvres m'ont effleuré l'oreille.) Ne vous en prenez qu'à vous-même. Si vous aviez bu davantage au lieu de pinailler, ce serait moins douloureux. Vous glisseriez en douceur dans le sommeil éternel comme votre délicieux chasseur de primes. À plus tard, ma très chère. Je transmets votre meilleur souvenir à Remy.

En dépit de la douleur phénoménale qui m'avait assaillie, j'ai entendu la porte se refermer et su qu'elle était partie. J'ai essayé de voir au-delà des points blancs qui dansaient devant mes yeux. Je devais bouger, je devais aller voir Ty, je devais…

Cette pensée a été balayée par un nouvel assaut de la douleur, si puissant que je me suis effondrée par terre. Mes tripes se sont contractées une dernière fois, et tout est devenu noir.

30

— Lil ! Y a quelqu'un ? Lil !

L'écho de mon nom, suivi de martèlements sourds, se répercutait dans ma tête, accentuant la douleur.

Allez-vous en, ai-je supplié mentalement. *Allez-vous en.*

Il y a eu une nouvelle salve de *bam ! bam ! bam !* frénétiques, puis le silence est revenu.

Ah ! Voilà qui était mieux.

BAM !

Un coup plus fort que les autres, et la seconde d'après deux grosses mains m'ont empoignée par les épaules.

Mon corps hurlait, une douleur a lacéré mon estomac, si violente, si dévorante que mes yeux se sont emplis de larmes et que je me suis cassée en deux.

— Lil ?

— Stop ! ai-je grogné. Arrêtez de me secouer.

La prise sur mon épaule s'est relâchée, mais la douleur, elle, ne s'est pas dissipée.

J'ai ouvert les yeux. La silhouette floue de Lloyd dansait au-dessus de moi. J'ai battu des paupières, et elle est redevenue nette.

Il portait la même chemise que la veille, lorsqu'il s'était rendu chez Viola. Son cou s'ornait d'un énorme suçon violet. Et, à en juger par ses sourcils froncés et ses lèvres pincées, il était inquiet.

— Lloyd ? ai-je marmonné. (Mes lèvres étaient très endolories, mais j'ai tout de même pu parler.) Qu'est-ce que vous faites là ? Vous ne devriez pas être en en train de faire des bébés loups-garous ?

— Quoi ? Je ne comprends rien à ce que vous dites. Articulez.

Heureusement. *Des bébés loups-garous ?* Non mais... où avais-je la tête ?

Eh bien, pour l'heure... ma tête se faisait matraquer à mort par de minuscules ouvriers déterminés à m'expédier droit en enfer.

En voyant mes paupières papilloter à nouveau, Lloyd s'est remis à me secouer.

— Merde ! ai-je grondé en rouvrant les yeux, d'une voix plus forte cette fois. À quoi jouez-vous ? Vous essayer de me tuer ?

— Je suis venu vous remercier pour hier soir, mais comme vous ne répondiez pas et que je vous ai entendu gémir et...

Il s'est tu d'un coup en me voyant lever la main.

— Chuchotez. S'il vous plaît.

— Mais que s'est-il passé ?

La question, en faisant son chemin dans ma tête, a tenu la douleur en respect et ouvert la voie à un flot de souvenirs.

Ayala... Le sang... L'ail... et...

— Ty. (J'ai agrippé le bras de Lloyd.) Je... Il... Oh, non !

— Allons, calmez-vous, a dit Lloyd en essayant de m'empêcher de me lever. Ne bougez pas. Il dort.

— Non ! (J'ai bataillé pour me mettre debout, en dépit de la grosse patte de Lloyd qui voulait m'en empêcher.) Il est souffrant. Il...

Je me suis refusée à aller jusqu'au bout de ma pensée. Dans une brume de douleur, j'ai titubé jusque devant le lit où Ty était toujours allongé, me tournant le dos.

J'ai saisi son épaule et j'ai tiré vers moi. Il a roulé sur le dos, le visage aussi passif que s'il dormait d'un profond sommeil.

Ou que s'il était mort pour de bon.

Non !

Je me suis penchée et j'ai posé délicatement la main sur son torse. J'ai senti sous ma paume un battement poussif. Une vague de soulagement m'a submergée. Son cœur battait toujours.

Pour l'instant.

— Nous devons l'emmener à l'hôpital, a décrété Lloyd en se postant derrière moi. Je vais chercher la fourgonnette.

— Nous n'avons pas le temps. (J'ai attrapé le téléphone portable posé sur la table de nuit et composé un numéro que je connaissais bien.) C'est l'hôpital qui va devoir venir à lui.

— Merci d'être venu, ai-je dit à Jack moins d'une heure plus tard.

Assise sur le canapé, j'observais Mandy vérifier la poche de sang pourpre alimentant la perfusion plantée dans le bras de Ty.

— Il semblerait que ce soit un empoisonnement du sang. Si c'est le cas, les globules rouges luttent en pure perte contre les blancs. Ils se détruisent les uns les autres, m'avait-elle expliqué lorsque, paniquée, je lui avais décrit la situation au téléphone. Ça veut dire que nous devons le perfuser avec autant de sang neuf et sain que nous pourrons pour reconstituer son stock de globules rouges.

Elle était donc arrivée avec plusieurs poches de sang, en un temps record grâce à Jack qui, plutôt que de la conduire dans sa BMW, avait décidé d'imiter Superman en choisissant la voie aérienne, plus rapide.

J'ai regardé la perfusion reliée à mon propre bras. Mon sang lui aussi avait été empoisonné, mais dans de moindres proportions puisque je n'avais bu que quelques gorgées, à la différence de Ty, qui avait vidé presque toute la bouteille. Sitôt que ce sang neuf avait commencé à couler dans mes veines, je m'étais sentie beaucoup mieux.

Ty lui aussi se requinquait.

— Il va se remettre, m'a rassurée Jack, comme s'il avait lu l'inquiétude qui me tenaillait. Mandy a dit que ça allait juste prendre un peu de temps.

— Merci d'être venu.

— J'ai bien failli ne pas le faire. (En me voyant hausser un sourcil, l'air intrigué, il a ajouté :) Je comptais sur toi, au thé, pour ne pas être seul au front.

— Merci beaucoup.

— Au lieu de quoi, maman n'avait que moi dans le collimateur. (Il a secoué la tête.) C'était quelque chose !

— J'imagine qu'elle est beaucoup moins excitée par ce mariage que Mandy et toi.

— Tu rigoles ? Elle est prête à payer des adeptes d'une secte pour me kidnapper et me faire subir un lavage de cerveau. La seule chose qui l'a tenue en respect, c'est Mandy. Quand maman s'est mise à hurler, Mandy l'a menacée de lui jeter un sort.

— Mandy n'est pas sorcière.

— Tu le sais, je le sais, mais maman, elle, est convaincue du contraire. Surtout depuis qu'elle sait qu'une aïeule de Mandy a péri sur le bûcher.

— Je n'en reviens pas que vous lui ayez raconté ça.

— Mandy pensait que ça améliorerait les rapports. (Il a regardé sa fiancée, qui enroulait le bandeau du tensiomètre sur le bras de Ty.) Ça a marché.

Je me suis souvenue de l'excitation de Mandy.

— Mais pas dans le sens qu'elle espérait.

Jack a opiné.

— Certes, mais nécessité fait loi. Maman a eu la trouille de se retrouver transformée en grenouille, ou d'écoper de quelques rides à cause d'un sortilège vieillissant, alors elle a accepté de la boucler.

— Veinard !

— On pourra toujours lui dire que ton petit copain, là, était un sorcier avant d'être mordu.

— Oh, c'est pas mon petit copain. On baise, c'est tout.

C'est tout, me suis-je rappelé.

Ce qui ne fournissait pas le commencement d'une explication à cet étau qui était en train de se resserrer sur ma poitrine.

Cela dit, Ty et moi étions amis. Donc il était normal que je m'inquiète de sa santé. C'était autre chose que d'avoir peur pour lui.

Non – le problème, c'était qu'Ayala se baladait librement dans la nature, qu'elle n'avait pas renoncé à ruiner ma vie et qu'elle ne renoncerait pas avant que je fasse quelque chose pour l'en empêcher.

— Jack, j'ai besoin que tu fasses quelque chose pour moi, ai-je dit tandis qu'un plan commençait à prendre forme dans ma tête.

— Ça ne va jamais marcher, a objecté Jack une heure plus tard.

Laissant Ty sous la surveillance de Mandy, nous avions gagné l'appartement de cette dernière, pour un dernier bras de fer avec Ayala.

— Elle n'a pas reconnu ta voix, au moins ?

— Elle n'a jamais entendu ma voix.

— C'est bien l'idée. Et elle n'est jamais venue ici ?

— Non. Mais c'est un appartement. Ça ne ressemble pas à un cabinet d'avocat.

— Mais tu lui as bien dit que c'était un appel officieux, n'est-ce pas ? Que tu étais juste un avocat très consciencieux qui essayait d'agir du mieux qu'il pouvait en dépit d'une clique de garelles intéressées. Et comme lesdites garelles sont tes clientes, la logique veut que tu ne puisses pas recevoir leur ennemie à ton bureau. Que tu sois obligé de la rencontrer dans un endroit discret. Ici, ai-je ajouté en désignant d'un geste circulaire le salon immaculé de Mandy. Jack, arrête de te faire du mouron. Ça va marcher. Elle va te prendre pour un vampire héréditaire prétentieux, tout comme elle, qui trahit la confiance de sa cliente parce que... Eh bien, parce que les vampires héréditaires prétentieux se serrent les coudes entre eux !

Jack semblait tout sauf convaincu.

— Elle s'est débrouillée pour te coller un meurtre sur le dos. Elle est maligne. Trop maligne pour tomber dans un piège aussi grossier.

— Si elle croit que Brian, le loup-garou, lui a légué un joli magot et que la famille se démène pour faire casser le testament, elle viendra. Le fric, ça motive les gens.

Les gens – c'était là le mot clé. Ayala ne pouvait pas être assimilée aux gens en général. Elle était une vampire, dotée de tous les attributs dont jouissent les habitants du royaume des morts vivants, y compris une intelligence supérieure. Mais – et c'était là-dessus que je tablais – elle n'en était pas moins femme. À sa façon tordue, elle avait aimé Brian. Je l'avais vu dans ses yeux quand brillait cette étincelle de folie. Et par-dessus le marché, elle était avide.

— Elle va venir, ai-je affirmé. Tu as appelé Remy ?

— Oui. Il arrive.

— Parfait.

J'ai sorti le dictaphone que Mandy utilisait pendant ses séances d'autopsie (elle m'avait expliqué que je le trouverais dans la poche de sa blouse) pour le glisser dans celle de ma robe – qui commençait à être vraiment cracra, mais n'avait rien perdu de son chic.

— Et si tu n'arrives pas à lui arracher des aveux ? s'est inquiété Jack tandis que je m'installais sur le canapé.

— Elle avouera.

— Oui, mais si elle refuse ? Tu feras quoi ?

— Je lui botterai le train.

— Et si elle te botte le train la première ?

— Au moins, j'aurai lutté avant de tomber, ai-je dit avec un sourire déterminé.

Ayala est arrivée une demi-heure plus tard. Jack est allé ouvrir.

— Navré de vous avoir obligée à venir jusqu'ici, s'est-il excusé en l'introduisant et en refermant la porte. Mais les parents de Brian refusent catégoriquement que vous soyez informée des dispositions du testament. Ils me paient très bien, mais j'ai prêté serment et je me sens tenu de faire ce que j'ai à faire.

— C'est admirable de votre part, a approuvé Ayala en le suivant dans le salon.

Captivée d'entrée de jeu par l'odeur succulente de mon frère, Ayala n'avait pas remarqué ma présence, dans un coin du salon. À l'instant où son regard s'est posé sur moi, elle s'est arrêtée net.

— Que faites-vous ici ? (Elle s'est retournée aussitôt vers mon frère.) Vous n'êtes pas avocat.

— Ah ! me suis-je moquée. La vamp qui est en vous se réveille enfin !

— Qu'en est-il du testament de Brian ?

— Il n'y a pas de testament. Enfin, si, peut-être. Je n'ai pas vérifié. Mais s'il en a laissé un, vous n'êtes à l'évidence pas couchée dessus. Pourquoi le seriez-vous ? Vous l'avez largué, et c'est quasiment vous qui l'avez tué.

Elle a plissé les yeux.

— Que voulez-vous de moi ?

— Je veux vous aider. Il est évident que vous avez un sérieux problème, Ayala. Vous n'arrivez pas à contrôler votre colère. Sans être une experte en la matière, découper quelqu'un en petits morceaux est généralement le signe d'une agressivité intérieure.

— Envers vous. Je vous hais.

— Bien, bien. Allez-y, videz votre sac. (Elle m'a jeté un regard intrigué.) La confession soulage l'âme. Je parie que si vous laissez tout sortir, si vous nous racontez, sans omettre aucun détail sordide, ce que vous avez fait subir à Keith, vous vous sentirez bien mieux.

— Je me porte comme un charme.

— Pour l'instant, mais soyez sûre que ça vous vaudra des années d'affreux cauchemars. Vous l'avez *taillé en pièces*, Ayala. Haché menu. Il y avait du sang partout. Et je parie qu'il a hurlé. Qu'il vous a implorée. (Bon, je commençais à me retourner moi-même l'estomac. J'ai repoussé la nausée qui s'emparait de moi, et j'ai continué.) Je parie même qu'il a prié.

— Moins que vous dans un moment, a-t-elle riposté en brandissant soudain un revolver et en ouvrant le feu sur Jack.

Mon frère a été catapulté contre le mur et s'est effondré. Certes, la blessure ne serait que temporaire, mais cela m'a tout de même ébranlée et Ayala a profité de cet instant de choc pour me foncer dessus.

L'instant d'après, elle se retrouvait sur moi. Mais ce n'était pas un revolver qu'elle pressait contre ma poitrine. C'était un coupe-papier en métal, pointu, mortel.

Cette fois, c'était vraiment la fin des haricots. J'ai regardé mon frère, affolée. Certes, sa blessure n'avait rien de fatal – son corps était déjà en train d'expulser la balle – mais il continuait à saigner abondamment et toute force avait abandonné ses membres. La douleur le faisait grimacer et torturait son corps.

Une odeur de pralines a empli mes narines (écœurant, hein ?) et m'a soulevé l'estomac.

— Je croyais que vous vouliez me faire souffrir, ai-je dit pour temporiser.

Que fabriquait Remy ?

— Comme je vous l'ai dit au chalet, j'ai changé d'avis. Je vous veux morte.

Admettons – sauf que moi, je n'avais aucune envie de mourir.

J'ai riposté en une fraction de seconde : j'ai armé mon bras et je lui ai décoché un crochet sous le menton, assez puissant pour la faire reculer. Mais avant que j'aie pu rassembler mes forces, elle a plongé vers moi.

Pour esquiver le coup, j'ai rentré la tête dans les épaules et roulé sur moi-même, heurtant au passage la table basse. J'étais sur le point de la frapper à nouveau quand la porte s'est ouverte brusquement, livrant passage à Remy, revolver au poing. Il a tiré, et Ayala s'est effondrée à mes pieds, assez longtemps pour permettre aux hommes de Remy de la cerner et de la maîtriser.

— J'imagine qu'elle n'était pas la compagne idéale pour moi, a dit Remy en venant à ma rencontre. Et dire que nous avons passé une si bonne soirée.

Je lui ai lancé un regard pas très amène.

— Inutile de songer à demander un remboursement.

Ses yeux ont pétillé. Il a souri et, en dépit du fait que j'aimais bien Ty et que ce n'était pas près de changer, j'ai senti une étrange chaleur au creux de mon ventre.

— Je n'en avais pas l'intention, mais tu me dois une fière chandelle.

Épilogue

— Il nous faut d'autres côtelettes, a annoncé Mandy en poussant les portes à battants et en faisant irruption dans la vaste cuisine. Elles ont tout mangé. (Elle a posé le plat vide sur le comptoir en marbre de l'îlot où je disposais une montagne d'ailes de poulets de manière à représenter un landau.) Et elles commencent à montrer les crocs. Une d'elles a même grogné méchamment.

— Elles sont toutes sur le point de pondre.

Huit mois et demi s'étaient écoulés depuis la fameuse soirée de la pleine lune et présentement, j'avais vingt-huit garelles enceintes dans le salon adjacent.

Laissant Evie à l'agence en lui confiant le soin de faire tourner la boutique, j'avais réquisitionné Mandy afin de me donner un coup de main pour le Grand Événement – une fête en l'honneur des futures mamans qu'étaient devenues Viola et ses copines de la SPA. Evie avait d'abord été froissée par ma décision mais je l'avais convaincue que, pour pouvoir me concentrer, je devais être certaine qu'une personne compétente veillait sur la bonne marche des affaires en mon absence. Et pour la caresser dans le sens du poil, j'avais ajouté un bon cadeau de Neiman Marcus.

Les ronchonnements d'Evie, ce n'était rien à côté de ce qui aurait pu se passer si les garelles cédaient à un excès d'excitation ou de contrariété, et je ne pouvais pas me permettre de perdre une assistante à ce point formidable. Mandy, elle, faisait quasiment partie de la famille. Et elle était médecin. D'ailleurs, elle était arrivée avec une seringue remplie de sédatif, au cas où les choses dégénéreraient.

Pour parachever ma sculpture, j'ai disposé des coupelles de sauce ranch en guise de roue et j'ai glissé le plat vers Mandy.

— Tiens, ça va les occuper pendant que je découpe la selle de bœuf.

Mandy a regardé mon installation et j'ai vu son expression soucieuse s'effacer en un instant.

— Comme c'est mignon ! On croirait que tu as été traiteur toute ta vie.

J'ai haussé les épaules.

— Il suffit d'avoir les bonnes connexions. En l'occurrence, un boucher sur la 3e Rue qui vend au prix de gros.

— Et les fleurs, tu t'y connais aussi ?

— Je me défends. Pourquoi ?

— Parce que je suis débordée au boulot et que Jack n'a jamais organisé ce genre de choses avant. (Elle m'a regardée avec un sourire plein d'espoir.) Ce serait génial si tu pouvais nous donner un coup de main pour le mariage. Jack tient à ce que sa famille s'implique dans les préparatifs et ta mère n'a pas l'air décidée à prendre les choses en main.

La seule chose que ma mère « prenait » en main, concernant Mandy, c'était une double dose de Valium tous les dimanches, lorsque les fiancés de fraîche date débarquaient pour la chasse.

— Je lui ai envoyé par e-mail des exemples d'invitation le mois dernier, pour qu'elle puisse les regarder à tête reposée.

— Et ?

— Elle me les a renvoyés avec la mention « Partie sans laisser d'adresse ». (Une lueur de désespoir a empli ses yeux.) Ça signifierait tellement pour nous deux. S'il te plaît.

Non. Entre mes activités de prospection pour faire rentrer des dossiers et la recherche de compagnons pour mes actuelles clientes (Rachel la chihuahua-garelle, et Esther, pour n'en nommer que deux), c'est à peine si j'avais trouvé le temps d'organiser cette fiesta « futures mamans ». Un mariage ? Avec des kilomètres de tulle, des cargaisons de pétales de roses et un gâteau à étage ?

— Bon, d'accord. (Que voulez-vous ? Le chantage au désespoir, ça marche à tous les coups avec moi.) Mais, maintenant, file avant qu'elles ne commencent à s'entre-dévorer. (Mandy m'a lancé un regard interloqué.) Je *rigole*. (Si seulement...) Enfin, ne traîne pas. À titre de précaution.

Avec une expression déterminée, elle a soulevé le plat et s'est dirigée vers les portes battantes.

— Et une selle de bœuf extra bleue ! Une ! a trompeté Lloyd en venant déposer une cocotte sur le comptoir.

Qu'est-ce que c'est que ça ? vous demandez-vous.

Eh bien, vu que je ne suis pas un as des fourneaux – pour des raisons qui tombent sous le sens – j'avais enrôlé Lloyd pour jouer les maîtres rôtisseurs. Par ailleurs, ça m'avait semblé approprié de solliciter son aide puisqu'il avait déjà mis la main à la pâte et était, d'une certaine façon, l'artisan d'un des futurs heureux événements.

Plus encore, Lloyd m'était redevable. N'étant pas submergé de rendez-vous galants les week-ends, il venait de se lancer dans les affaires en créant un service d'étalon. Une des garelles, voyez-vous, attendait des jumeaux – et elle n'était autre que la fétichiste d'Alpha Doody. Il se trouve que si les chauves sont chauves, c'est à cause de leur mégadose de testostérone. Donc, non seulement Lloyd avait mis en plein dans le mille, mais par deux fois.

Pour vous la faire courte, Lloyd n'avait plus une seule soirée d'éclipse lunaire libre pour les dix ans à venir.

— Merci, ai-je dit en faisant glisser le rôti dans un plat géant. Et la poitrine, elle est cuite ?

— Elle arrive.

Il est reparti vers le monstrueux foyer de barbecue qui fumait au fond du patio.

Le patio de Remy, pour être précise.

Le commissaire de Fairfield avait eu la gentillesse de prêter sa maison pour accueillir le Grand Événement. En plus d'avoir sauvé ma peau lors de l'épreuve de force avec Ayala.

En d'autres termes, je lui devais vraiment une fière chandelle.

Heureusement, je n'avais guère eu le loisir de songer à ce que cela signifiait, ni à ce qu'il pourrait attendre de moi en échange, ni au fait qu'il pourrait exiger un retour d'ascenseur quand bon lui chanterait.

J'avais l'esprit occupé par d'autres soucis plus pressants : 1) ma jeune et petite entreprise ; 2) une meute de garelles aux hormones en folie ; et – le plus gros de tous – 3) un chasseur de primes porté disparu.

Oui. Porté disparu. Comme évanoui dans la nature.

Alors qu'il se débattait entre la vie et la mort au chalet, Ty avait reçu un coup de fil. Une affaire urgente. Et ni une, ni deux : il s'était extrait du lit et avait filé en ville, sans songer une seule seconde à ma sécurité.

Bon, d'accord – peut-être que je pousse un peu. Après tout, la lutte pour ma liberté et mon intégrité était terminée.

Après avoir tiré sur Ayala, Remy l'avait livrée aux autorités, en même temps que l'enregistrement de ses aveux. Dans les faits, cela s'était soldé pour elle par un rendez-vous immédiat avec la lumière du jour, car les flics qui l'avaient embarquée étaient membres d'une organisation secrète de vampires héréditaires très puissants, qui s'occupe de sceller le sort de ceux d'entre nous qui ont compromis l'anonymat et la sécurité de leur race.

Ayala appartenait désormais à l'histoire ancienne. L'organisation secrète avait concocté une histoire, vraies preuves à l'appui, qu'elle avait donnée en pâture aux autorités humaines. Mon nom avait été blanchi et j'avais même réussi à récupérer au passage un client vampire héréditaire. Il opère sous le nom d'Agent X (non, ce n'est pas une blague, et j'ai sa signature sur le dossier de Vamp'n'Love pour le prouver) et il est *mucho* sexy.

Mais ce n'est pas là où je veux en venir.

Au cours des huit mois écoulés, j'avais reçu très exactement *un* message de Ty, et qui ne comportait ni excuses, ni invitation à dîner, ni un remerciement du fond du cœur pour la plus belle nuit de son existence éternelle. L'objet du message, c'était de me demander de passer chez lui, collecter le courrier.

Oui, je sais…

Je ne suis peut-être pas rapide quand il s'agit de payer mes factures, mais je sais encore additionner deux et deux.

A priori, et contrairement à ce que j'avais d'abord cru, Ty n'avait pas gardé un souvenir impérissable de nos ébats, et je ne l'intéressais pas.

Ou alors, il avait été kidnappé par des extraterrestres.

Ben oui, quoi ? Ça peut arriver. Je n'ai jamais vu de petit homme vert de mes propres yeux, mais je n'avais jamais vu non plus de garelle enceinte. Et voilà que j'en avais vingt-huit rassemblées dans le salon de Remy.

À l'aide !

Un grand fracas a ponctué cette pensée, suivi par un hurlement qui aurait fait boucler mes cheveux si je ne les avais pas lissés au fer avant de sortir de chez moi.

— Lil ! a crié Mandy depuis le salon, juste avant de passer la tête dans l'entrebâillement de la porte, l'air soucieuse. Tu peux venir un instant ? On a un problème.

— Elles n'aiment pas les ailes de poulet ?

— Non, les canapés. Ils ne sont pas assez confortables. Les contractions ont commencé.

— Pour qui ?

— Pour toutes.

Hou là là !

Remerciements

Je voudrais remercier tout particulièrement, pour leur aide précieuse lors de l'écriture de ce livre : le Dr. Charles S. Hirsch, directeur du centre médico-légal de la ville de New York, qui a eu la gentillesse de répondre à toutes mes questions, aussi ridicules soient-elles, ainsi que les forces de police de Fairfield, pour avoir fait de même pour d'autres questions encore plus ridicules ; mon amie et confidente Tammy Ramsey, dont le coup de cœur pour Lil m'a donné des ailes ; mon camarade Gerry Bartlett, qui m'a fait part de son opinion sincère de lecteur. Un grand merci à vous tous !

Et je ne pourrais jamais remercier assez mes lecteurs et lectrices, pour les lettres et les e-mails qu'ils m'ont envoyés. Vos encouragements sont inestimables !

Cet ouvrage a été imprimé en France par

CPI
Bussière

à Saint-Amand-Montrond (Cher)
en octobre 2009

Composé par Nord Compo Multimédia
7, rue de Fives, 59650 Villeneuve-d'Ascq

FLEUVE NOIR
12, avenue d'Italie
75627 Paris Cedex 13

— N° d'imp. : 092985/1. —
Dépôt légal : novembre 2009.